# इंस्पेक्टर रंजीता

# इंस्पेक्टर रंजीता

**क्राइम और सस्पेंस की 20 थ्रिलर कहानियाँ**

**ममता चंद्रशेखर**

*प्रकाशक*

**प्रभात पेपरबैक्स**

4/19 आसफ अली रोड, नई दिल्ली–110002

फोन : 23289777 • हेल्पलाइन नं. : 7827007777

इ–मेल : prabhatbooks@gmail.com ❖ वेब ठिकाना : www.prabhatbooks.com

*संस्करण*

प्रथम, 2021



*मूल्य*

दो सौ पचास रुपए

*मुद्रक*

मणिपाल टेक्नोलॉजीज़ लिमिटेड, मणिपाल

———— ★ ————

**INSPECTOR RANJEETA**
*by* Smt. Mamta Chandrashekhar

Published by **PRABHAT PAPERBACKS**
4/19 Asaf Ali Road, New Delhi-110002

ISBN 978-93-90378-88-3

₹ 250.00

# भूमिका

भारतीय समाज में स्त्री की बदलती तसवीर की एक खूबसूरत मिशाल है इंस्पेक्टर रंजीता। वह पुलिस विभाग में शामिल होकर ही अपने को औरों से अलग सिद्ध कर देती हैं। उसकी मान्यता है कि दुनिया का कोई भी काम असंभव नहीं है। बिना किसी भेद के स्त्री-पुरुष दोनों किसी भी क्षेत्र में अपना श्रेष्ठतम दे सकते हैं।

अपराध, अपराधियों व कानून की बारीकियों के निर्वाहन के चलन के साथ ही उनकी सुबह व रात होती है। उसके जीवन में कभी रविवार नहीं आता। इंस्पेक्टर रंजीता अपने सामाजिक व परिवारिक जीवन के साथ-साथ विभागीय कार्यों को बड़ी ही सहजता के साथ अंजाम देती है।

उनका चेहरा व दिल तो खूबसूरत है, परंतु उनकी कार्यशैली की खूबसूरती व समर्पण उन्हें औरों से पृथक् करती है। उनका मानना है कि सौ अपराधी छूट जाएँ, परंतु एक निर्दोष को सजा न मिले। इसलिए वह जब भी किसी आपराधिक प्रकरण की विवेचना करती हैं तो इस बात का खयाल रखती हैं कि कोई भी व्यक्ति पुलिस कार्यप्रणाली की प्रतिक्रियास्वरूप अपराधी न बन पाए।

इंस्पेक्टर रंजीता पुलिस विभाग की एक ईमानदार व समर्पित पुलिस ऑफिसर हैं। वे प्रत्येक प्रकरण को पूर्ण एकाग्रता के साथ विवेचित करती हैं, इसलिए लगभग सभी प्रकरणों का वह निराकरण कर लेती हैं। उनकी

श्रेष्ठतम कार्यशैली के लिए उन्हें कई बार विभाग के द्वारा सम्मानित भी किया गया है।

इंस्पेक्टर रंजीता की इन 20 कहानियों में उनके व्यक्तित्व व कृतित्व की अनुभूति निश्चित तौर पर रोमांच, रहस्य व रमणीयता से परिपूर्ण एक सुंदर संयोजन है।

# अनुक्रम

इंस्पेक्टर
रंजीता
SERIES

# बिना सिर की लाश

# बिना सिर की लाश

दूर-दूर तक फैली हरियाली की चादर के मध्य स्थित फार्म हाउस के इर्द-गिर्द लोगों की भीड़ जमा है। वे आपस में कानाफूसी कर रहे हैं। तभी साँय-साँय की तीव्र ध्वनि निकालते पुलिस वाहनों की आवाज आने लगी। भीड़ को चीरते हुए गाड़ियाँ मुख्य भवन के गेट पर आ ठहरीं। गाड़ी का गेट खुला। उसमें से थाना प्रभारी पंकज चौधरी व एक महिला पुलिस सब इंस्पेक्टर मानसी पँवार उतरीं।

उनके साथ अन्य पुलिसकर्मी, फोरेंसिक साइंस लेबोरेट्री की टीम व पुलिस फोटोग्राफर भी हैं। वे सब फार्म हाउस के कमरा नंबर एक में पहुँचते हैं। वहाँ का सीन देखकर सभी दंग रह जाते हैं कि ये कैसी लाश है, जो बिस्तर पर बैठी हुई है। वह जिस दीवार से टिकी हुई है, उसके ठीक पीछे एक खिड़की है। जिस पर लगा परदा उड़कर उसके चेहरे पर आ ठहरा है। उसके दोनों वक्षों से होती हुई सुर्ख खून की धारा गोद में जाकर थक्का बन गई है। ऐसा प्रतीत होता है कि जैसे किसी ने उसके सिर पर गहरा वार करके उसे मार डाला है।

विभिन्न कोणों से लाश का फोटो खींचने के लिए फोटोग्राफर जैसे ही लाश के चेहरे के ऊपर का परदा हटाता है, लाश का सिर ही गायब दिखता है।

बिना सिर की लाश की खून से लथपथ गरदन व उसमें से झाँकता मांस का लोथड़ा। गरदन की कटी हुई नसों से बहते रक्त के बहाव का उसके वक्षों

में आकर ठहरना दिल को दहला रहा है। लाश का यह डरावना मंजर देखकर मानसी चीख पड़ती है। उसका सिर चकराने लगता है। पंकज उसे सँभालता है।

पंकज के कहने पर लाश के सिर को यहाँ–वहाँ ढूँढ़ा जाने लगा, परंतु सिवाय रक्त के जमे थक्कों के अतिरिक्त उन्हें कुछ नहीं मिला। फोरेंसिक साइंस के विशेषज्ञों ने यहाँ–वहाँ बिखरे रक्त के सैंपल लिये। वहाँ रखी वस्तुओं के फिंगर प्रिंट लिये।

पुलिस ने बारीकी से कमरे की तलाशी ली। ऐसा कहा जाता है कि अपराधी चाहे कितना भी चालाक क्यों न हो, परंतु वह घटनास्थल पर कुछ–न–कुछ साक्ष्य छोड़ ही जाता है। कमरे की सारी चीजें अपने ठिकाने पर रखी हैं, परंतु मृतका का नाम फार्म हाउस के रजिस्टर में दर्ज नहीं है।

बिना सिरवाली यह लाश एक पहेली–सी बनती जा रही है। किसने, क्यों और कैसे मारा होगा? ये प्रश्न सभी के जहन में हैं।

घटनास्थल से लाश को पोस्टमार्टम के लिए भिजवाकर पंकज ने एक सिपाही से कहा, “जाओ, यहाँ के चौकीदार को बुलाकर लाओ।”

“जी, जी।” कहते हुए उसके जाते ही पंकज ने बड़े ही प्यार से मानसी से पूछा, “अब कैसा लग रहा है मानसी?”

“जी, अब ठीक लग रहा है।”

“पुलिस की सर्विस में जब मैं नया–नया आया था, तब मैं भी तुम्हारी तरह ही लाशें व खून देखकर भयभीत हो जाता था। परंतु धीरे–धीरे आदत बनती गई और अब···”

पंकज की बात को पूरा करते हुए मानसी हँसकर बोली, “किसी भी ब्लाइंड मर्डर के केस से डर नहीं लगता है।” इस बात पर दोनों हँस पड़ते हैं।

ठीक उसी वक्त वहाँ पर नगर पुलिस अधीक्षक आ पहुँचते हैं। वे उन दोनों को हँसते देख लेते हैं, परंतु कुछ नहीं कहते। दरअसल वे भी मानसी के सौंदर्य पर मुग्ध रहते हैं।

पंकज व मानसी झट से खड़े होकर अपने सी.एस.पी. को सेल्यूट करते हैं। वे कुछ कहते, उससे पहले ही वहाँ पर सिपाही चौकीदार को लेकर आ

जाता है। चौकीदार डर के मारे काँप रहा है।

पूछताछ करने पर वह कहने लगा कि "मुझे कुछ नहीं मालूम है साहब।"

"तो फिर कत्ल कैसे हो गया।"

"मुझे कुछ नहीं मालूम है साहब।"

सी.एस.पी. साहब बोले, "इसे थाने ले चलो। वहाँ पर सब उगल देगा।"

उनकी बात सुनते ही वह गिड़गिड़ाने लगा, "साहब, मुझे थाने मत ले जाओ, मैं सब बताता हूँ।"

"हूँउउ अब आया न लाइन पर, बोल।"

"साहब, कल शाम को बहुत तेज बारिश हो रही थी। मैं यहीं इसी हॉल में बैठा था, तभी एक आदमी व एक औरत आए। उस आदमी ने मुझे पाँच सौ का नोट पकड़ाते हुए कहा कि हमें यहाँ रात रुक जाने दो, सुबह तड़के चले जाएँगे।"

"उनका यहाँ के रजिस्टर में नाम वगैरह क्यों नहीं लिखा।"

"सर, मैंने सोचा कि सुबह तो चले ही जाएँगे। किसी को कोई खबर ही नहीं होगी। उनको कमरा दिखाकर मैं अपने कमरे में चला गया। सुबह उठकर यहाँ आया तो कमरे का दरवाजा खुला था, मैंने सोचा कि वे लोग कमरा खाली करके चले गए हैं। इसलिए मैं सहज भाव कमरे में घुसा तो पलंग पर बिना सिर की लाश देखकर डर गया। मेरी घिग्घी बँध गई। मैं भागकर अपने कमरे में गया। सोचने लगा कि क्या करूँ। मालिक को पता चलेगा तो नौकरी चली जाएगी। बहुत देर तक मैं हक्का-बक्का बैठा रहा, फिर थोड़ी हिम्मत करके पुलिस को फोन लगाया।"

सी.एस.पी. ने पंकज से कहा, "इसके कमरे की तलाशी लो।"

'जी' कहते हुए पंकज चौकीदार के साथ चल दिया तो उसके पीछे-पीछे मानसी भी चल देती है। यह बात सी.एस.पी. साहब को नागवार गुजरती है।

तलाशी के दौरान उन्हें सोने के कंगन, घड़ी व मंगलसूत्र मिलते हैं, इसलिए वह शक के घेरे में आ जाता है। अत: उसे थाने ले जाया जाता है।

पंकज ने मानसी की ओर ऐसे देखा, मानो कह रहा हो कि कातिल मिल गया। मुबारक हो।

तीन दिन की पुलिस रिमांड में पूछताछ के दौरान चौकीदार ने बताया कि "उस दिन कमरा दिखाने के बाद जब वह बाहर निकला तो रास्ते में उसे एक छोटे से पर्स में यह गहने मिले।"

तीसरे दिन चौकीदार को छोड़ दिया गया व उस पर खुफिया नजर रखी जाने लगी। पंकज व मानसी सहित पूरा पुलिस महकमा बिना सिर की लाशवाले प्रकरण की गुत्थी सुलझाने में लगा है। तभी एक आदेश आया और मानसी का स्थानांतरण दूसरे शहर में कर दिया गया।

इस आदेश ने पंकज व मानसी के मध्य अंकुरित होते प्रेम को पनपने से पहले ही रौंद दिया था।

खैर, दूसरे शहर जाकर भी मानसी बिना सिरवाली लाश की गुत्थी से बाहर नहीं आ पाई थी। वह वहाँ रहकर भी पंकज से जुड़ी रही।

एक दिन मानसी को थाने पर सूचना मिलती है कि टीले पर बने काली माता के मंदिर से कुछ सड़ने की बदबू आ रही है। ऊँचाई पर बने इस मंदिर में दुर्गा पूजा के दिनों में ही भीड़भाड़ रहती है।

मानसी पुलिस दल के साथ जब मंदिर पहुँचती है तो करीब 200 मीटर की दूरी से ही बदबू हवा के झोंकों के संग नाक से आ चिपकती है। वह मुँह व नाक में कपड़ा बाँधकर जैसे ही अपने पुलिस दल व दो स्थानीय गवाहों के साथ मंदिर में प्रवेश करती है, उसे खून की टपकती बूँदों के निशान दिखाई देते हैं। उन्हीं बूँदों के सहारे वह अंदर की ओर जाती है और माता के बाने पर लटके एक कटे हुए सिर को देखकर विचलित हो जाती है, फिर अगले ही क्षण उसे अपने पूर्व थाने के बिना सिर की लाशवाला केस याद आ जाता है।

वह अपने सीनियर पुलिस ऑफिसर्स को इस घटना की इत्तला देने से पहले पुलिस इंस्पेक्टर पंकज को फोन लगाकर कहती है, "सर, बधाई हो! आपका केस सॉल्व हो गया।"

"अरे कौन सा। वह बिना सिर की लाशवाला।"

"जी सर, उसी महिला का सिर मेरे थाना क्षेत्र के एक ऊँचे टीले पर बने मंदिर में मिला है।"

"ओह! सच में। मैं अभी आता हूँ।" वह प्रफुल्लित होकर कहता है। फिर थोड़ा रुककर कहता है, "मानसी।"

"हाँ।"

"देखो मैं तो आ जाऊँगा, तुमसे मिलना भी हो जाएगा। पर तुम इस केस को विभिन्न कोणों से देखो।"

"जी, जरूर।" कहती हुई वह फोन रख देती है।

पुलिस जाँच प्रकिया में रक्त के मिलान व शरीर के दोनों भागों के मिलान से यह तो स्पष्ट हो गया कि यह एक ही औरत के शरीर के हिस्से हैं।

पुलिस के शक के दायरे में चौकीदार तो है ही। इसके साथ ही उस शख्स की भी तलाश की जा रही है, जो मृतका महिला के साथ था।

मंदिरवाले केस की विवेचना की जिम्मेदारी मानसी को दी गई। वह पूरे मनोयोग से प्रकरण की जाँच में जुट जाती है। सर्वप्रथम वह मृतका का स्केच बनवाकर हर गली-मुहल्ले में लगवा देती है। वह पंकज से भी ऐसा करने को कहती है। फिर केस का खुलासा करनेवाले को वह इनाम देने की घोषणा कर देती है।

दो दिन बाद एक महिला शाम के वक्त मानसी से मिलने उसके घर पर आती है। उसने परंपरागत ढंग से साड़ी पहन रखी है। सिर तक पल्लू ले रखा है। उसकी उम्र करीब 55 साल की होगी। वह मानसी से कहती है कि "मैं जानती हूँ कातिल को।"

"आप?" मानसी आश्चर्य से पूछती है।

"हाँ।"

"कौन है वो? क्या नाम है उसका? कहाँ है वह? इतने सारे प्रश्न मानसी ने एक साथ पूछ डाले।

वह महिला गंभीरता से बोली, "उसका नाम राकेश यादव है। वह मेरे ही गाँव में रहता है, परंतु वह भी पिछले चार-पाँच दिनों से गायब है।"

"ओह! पर आप कौन हैं?"

"मैं...मैं मृतका लड़की की माँ हूँ।" कहते-कहते वह रो पड़ी।

"ओह, क्या नाम था उसका?"

"रजनी राजपूत।"

"कितनी उम्र थी?"

"छब्बीस साल।"

"किसी के साथ कोई अफेयर था क्या?"

"हाँ, उसी राकेश से, जिसने उसे मार डाला है।"

"ओह!" मानसी को लगा कि अब केस सुलझने के काफी नजदीक है।

मानसी पुलिस दल के साथ राकेश के घर जाती है, परंतु उसे घर पर न पाकर वह उसके घरवालों से कड़ाई से पूछताछ करती है, तो वे उसका पता बता देते हैं। मानसी राकेश तक पहुँच जाती है।

पूछताछ करने पर राकेश ने बताया कि "हम दोनों एक-दूसरे को जी-जान से प्यार करते थे, परंतु उसके घरवालों को यह पसंद नहीं था। इसलिए हम दोनों को घर से भागना पड़ा। उस दिन हम दोनों भागते-भागते एक खाली फार्म हाउस के पास जा पहुँचे। अँधेरा हो चला था और बारिश भी शुरू हो गई थी, इसलिए मैंने चौकीदार को पाँच सौ का नोट देकर एक कमरा ले लिया।"

"हूँउउ, फिर?"

"फिर कमरे में जाकर मैंने रजनी से कहा कि पहले तुम नहा लो, क्योंकि मुझे नहाने में ज्यादा वक्त लगता है। उसके बाद मैं नहाने चला गया। जब मैं नहाकर वापस कमरे में आया तो मेरे होश उड़ गए। रजनी बिस्तर पर मृत पड़ी थी। उसका सिर गायब था। मैं घबराकर बाहर की ओर भागा। बाहर कोई नहीं दिखा तो मैं सड़क की ओर भागा। बारिश बहुत तेज थी। मेरा पैर फिसला और मैं खाई में जा गिरा।"

"ओह! कहानी अच्छी बनाई है तूने।" एक हेड कांस्टेबल ने कहा।

"नहीं साहब, मैं सच कह रहा हूँ।"

थोड़ा रुककर राकेश हाथ जोड़कर गिड़गिड़ाते हुए आगे कहता है,

"मैडम, उन लोगों को पकड़ लो। उन्हीं ने मेरी रजनी को मारा है।"

"किन लोगों ने?"

"उसके घरवालों ने।"

"क्या?"

"जी, मैडम।"

राकेश के कथन में समाहित दृढ़ता को देखकर सभी दंग रह गए।

मानसी सोचने लगी कि अब पुलिस की जाँच के दायरे में तीन एंगल हैं—चौकीदार, राकेश और मृतका के परिजन।

पुलिस की एक टीम रजनी के घर गई। मृतका के परिजनों के कथन दर्ज करते हुए मानसी को लगा कि राकेश खुद को बचाने के लिए मृतका के परिजनों पर हत्या का आरोप लगा रहा है। अरे, कोई अपनी ही बेटी को मारता है क्या? नहीं।

विवेचना करने के उपरांत मानसी जैसे ही रजनी के घर से बाहर निकली, तेज हवा का एक झोंका आया और खून में सनी एक शर्ट मानसी के ऊपर आ गिरी। मानसी ने उसे जाँच के लिए लेबोरेट्री भेज दिया।

दूसरे दिन शर्ट पर लगे खून की जाँच रिपोर्ट आ जाती है। वह बिना सिर की लाश व मंदिर में मिले कटे हुए सिर के खून से मिलती है।

मानसी बिना विलंब किए अपराधियों को पकड़ने की योजना बनाती है, लेकिन सारा क्रेडिट खुद नहीं लेना चाहती। इसलिए उसने पंकज को फोन पर कहा, "बिना सिर की लाशवाले प्रकरण में कुछ महत्त्वपूर्ण सुराग मिले हैं। जल्दी थाने आ जाइए।"

तीन-चार घंटों का सफर तय कर पंकज जब मानसी के थाने में पहुँचता है तो कुछ क्षण के लिए वे दोनों एक-दूसरे को देखते रह जाते हैं।

शाम का वक्त है। पंकज व मानसी, मृतका रजनी के घर पहुँचते हैं। उस समय परिजन भोजन का आनंद ले रहे थे। पुलिस फोर्स को देखकर वे थोड़ा सकपका तो गए, परंतु फिर अकड़ते हुए पूछने लगे, "मुलजिम पकड़ा गया क्या?"

पंकज बोला, "बस पकड़ा ही जाएगा।"

मानसी ने पंकज की बात को आगे बढ़ाकर, शर्ट को दिखाते हुए कहा, "जैसे ही इस शर्ट के मालिक का पता चलेगा।"

खून में सनी अपनी ही शर्ट को पुलिस के हाथों में देखकर मृतका का बड़ा भाई घबरा गया। उसके मनोभावों को ताड़ते हुए पंकज ने पुलिस के जवानों से कहा, "इसे हथकड़ी पहना दो।"

उसी वक्त उसकी पत्नी घर के अंदर से बाहर आकर जोर से बोलती है, "सिर्फ ये ही गुनहगार नहीं हैं।"

पास में खड़ा उसका ससुर धीरे से कहता है, "बहू, चुप कर।"

"क्यों चुप करूँ? करे कोई, भरे कोई।"

पुलिस को माजरा समझ में नहीं आया। थाना प्रभारी पंकज ने मृतका के पिता को पास बुलाकर उससे पूछा, "ठाकुर, तुम बताओ बात क्या है? ये तुम्हारी बहू ऐसे क्यों चीख रही है?"

इतना सुनते ही वह बिफर पड़ा, कहने लगा कि "रजनी ने उस यादव के बच्चे के साथ रिश्ता बनाकर समाज में हमारी नाक कटवा दी थी। मैंने उसे बहुत समझाया, पर वह नहीं मानी और उस दिन राकेश के साथ भाग गई। उसी वक्त हमने उसे जान से मार देने का फैसला कर लिया। मैंने व मेरे बड़े बेटे ने उसका पीछा किया। जब वह राकेश के साथ फार्म हाउस के कमरे में खिड़की के पास बैठी ध्यानमग्न होकर कुछ पढ़ रही थी, मैंने खिड़की के अंदर अपना हाथ डालकर रजनी की नाक में बेहोशी की दवा लगा दी। वह बेहोश होने लगी तो उसी वक्त हमने उसका गला दबा दिया। उसकी साँसें रुक गईं। पर⋯।"

"क्या पर⋯।"

"हम दुनियावालों को बता देना चाहते थे कि माँ-बाप के खिलाफ जाने का अंजाम क्या होता है। इसलिए मेरे बेटे ने धारदार बकुआ से उसका सिर काट दिया।"

"ओह⋯।" मानसी के मुँह से निकल गया।

"फिर ?"

"फिर वह कटा हुआ सिर लेकर हम दोनों उस मंदिर में गए, जहाँ पर मन्नत माँगने पर उस कुलक्षिणी का जन्म हुआ था। हमने उसका सिर उसी माता कालका के बाने में भेद दिया और हाथ जोड़कर घर आ गए।"

वह आगे बोला, "हम लोगों को लगा था कि रजनी की हत्या का इल्जाम उसके आशिक राकेश पर आएगा।"

"ओह! तो ये बात है।" पंकज से आश्चर्य से कहा।

रजनी कहने लगी, "आज महसूस हो रहा है कि खून के रिश्तों से प्यार का रिश्ता बड़ा होता है।" ऐसा कहते हुए मानसी ने पंकज की ओर देखा, जो उसी की ओर बड़े ही प्यार से देख रहा था। दोनों की नजरें मिलीं। वे मुसकरा दिए। ऐसा लगा मानो बिना सिर के लाश की आत्मा मुसकरा दी हो।

□

# बक्से में बंद लाश

# बक्से में बंद लाश

सर्दियों की रात में साँय-साँय करती हवा से कई बार उसके दाँत किटकिटाने लगते हैं। शरीर में कंपन होने लगता। ऊनी वर्दी में ठंडी हवा के झोंके अपनी उपस्थिति दर्ज कराकर उसे रोक रहे हैं, लेकिन दायित्वों की जंग में मौसम को हारना ही पड़ता है। इंस्पेक्टर रंजीता अपने कर्तव्य के निर्वहन हेतु ठीक 12 बजे रात को अपने थाना क्षेत्र की रात्रि गश्त के लिए अपने पुलिस दल सहित निकल पड़ती है।

सप्ताह में एकाध बार थाना प्रभारी को भी रात्रिकालीन गश्त करनी होती है। थाने से करीब दो किलोमीटर की दूरी पर स्थित एक मालगोदाम के पीछे उसे कुछ संदिग्ध व्यक्ति दिखे। धारा 109 सी.आर.पी.सी. की काररवाई कर उसने उन्हें थाने भेज दिया।

जिन-जिन पॉइंट पर पुलिस फोर्स तैनात थी, उन सबके पास जाकर इंस्पेक्टर रंजीता उनके हाल-चाल पूछकर उनका मनोबल बढ़ाती है। गश्त करते-करते रात के तीन बज जाते हैं। वह रेलवे लाइन से गुजर रही होती है। उसका ध्यान दूर से चली आ रही रेलवे लाइन की सुनसान पटरियों पर है। उनके इर्द-गिर्द पसरा सन्नाटा कुछ चुगली-सा करता महसूस हुआ।

उसे अँधेरे में कुछ अजनबी सी परछाईं दिखाई दी। उसने गाड़ी रुकवाई। गाड़ी के अंदर बैठे-बैठे ही उसने अपने शक को खँगालने के लिए अपनी आँखों का पहरा बिछा दिया। चाँदनी रात की दूधिया रोशनी में कुछ क्षणों तक ट्रैक पर नजरें गड़ाने के उपरांत उसे ऐसा लगा कि रेलवे पटरियों के बीचोबीच कुछ है।

कड़कड़ाती ठंड में दोनों ओर झाड़ियों से घिरे रेलवे ट्रैक तक जाने से पहले वह अपने अनुमान को तसल्ली की चादर ओढ़ा लेना चाहती थी। कुछ सोचकर उसने अपनी गाड़ी में पिछली सीट पर बैठे हैड कांस्टेबल से पूछा, "गाड़ी में टॉर्च है क्या ?"

"जी, मैडम, ये लीजिए।"

टॉर्च की रोशनी से देखने पर उसे एक बक्सा दिखा, जो कि रेलवे लाइन के बिल्कुल बीच में रखा था। उसे देखते ही इंस्पेक्टर रंजीता को प्रथम दृष्टया लगा कि यह विस्फोटक पदार्थ से भरा हुआ बक्सा हो सकता है, जो कि ट्रेन लूटने की किसी साजिश का एक हिस्सा हो।

हो सकता है, अपराधी भी यहीं-कहीं छुपे हों। पुलिस को देखकर वे भाग जाएँगे। इसलिए उन्हें रँगे हाथ पकड़ने के लिए वह रेलवे पुलिस को फोन करके स्टेशन से गुजरनेवाली रेलगाड़ियों को रुकवाती है। फिर वह पुलिस नियंत्रण कक्ष में इसकी सूचना देकर अपने उच्चाधिकारियों को सूचित करती है।

इंस्पेक्टर रंजीता वहीं घटनास्थल पर अपनी गाड़ी बंद करके अपनी रिवॉल्वर में गोलियाँ लोड करके चौकन्नी हो जाती है। रेलवे की पटरियों पर रखे उस बक्से की निगरानी व पुलिस बल के आने की प्रतीक्षा करने लगती है।

देखते-ही-देखते इंस्पेक्टर रंजीता के नेतृत्व में एक पुलिस दल सक्रिय हो जाता हैं। विस्फोटक को निष्क्रिय करनेवाला दल व अपराधियों को काबू करनेवाला सशस्त्र बल वहाँ आ पहुँचता है।

इंस्पेक्टर रंजीता के कहने पर पुलिस के जवान पूरे इलाके को चारों ओर से घेर लेते हैं। पुलिस हर स्थिति का सामना करने के लिए तैयार है। यह कोई आतंकवादी, नक्सलवादी या फिर डकैत, कोई भी हो सकते हैं। जो भी हो, परंतु उनका इरादा नेक नहीं है। इसलिए बहुत ही सतर्कता के साथ इंस्पेक्टर रंजीता अपनी रिवॉल्वर तानकर बक्से की ओर बढ़ती है। उसके ठीक पीछे तीन अन्य जवान सतर्कतापूर्वक चल रहे हैं। इनके हाथों में थ्री नॉट थ्री राइफल है। जिसमें से एक की राइफल का रुख दाहिनी ओर, एक का बाईं ओर और एक पीछे को कवर किए हुए है।

बक्से के पास जाने पर उसे आश्चर्य हुआ कि यह बक्सा इतना नया कैसे है। ऐसा लगा मानो किसी ने अभी-अभी कहीं से खरीदकर यहाँ रख दिया हो। उसका मन तो कर रहा था कि इसे खोल ले, लेकिन सुरक्षा कारणों से उसने बक्से को बम नियंत्रक दल को सौंप दिया।

बड़ी ही सावधानी के साथ यह दल बक्से के पास आता है। बम डिटेक्टर यंत्र का उपयोग करता है, परंतु कोई संकेत न मिलने पर दल उस बक्से को खोलकर देखने की योजना बनाता है, परंतु ताला लगा होने के कारण उन्हें चाबीवाले को बुलवाना पड़ता है।

घटना की संवेदनशीलता को समझते हुए पुलिस नियंत्रण कक्ष के कहने पर संबंधित थाने की पुलिस आधा घंटे के अंदर ताला-चाबीवाले को घटनास्थल पर भेज देती है।

बक्से का ताला खुलते-खुलते सुबह की लालिमा अँगड़ाई लेने लगी। सूरज के आने की आहट पाते ही पंछियों का झुंड आसमान पर स्वच्छंद उड़ते हुए अपने कुल गीत गाने लगे। हवा ने सूर्य देवता के सम्मान में अपनी ठंडक को हौले-हौले कम करना शुरू कर दिया। यह बात अलग है कि बक्से की इस मुहिम में व्यस्त पुलिस को मौसम के बदलते मिजाज का अंदाजा नहीं हो पा रहा है।

कुछ ही क्षण में बक्से का ताला खुल जाता है। बम नियंत्रक दल सावधानी बरतते हुए सभी को दूर जाने का आदेश देता है।

इंस्पेक्टर रंजीता सहित सभी लोग बक्से से दूर हो जाते हैं। जैसे ही बक्सा खोला जाता है, उसके अंदर एक महिला को सोते देखकर दल के प्रभारी अधिकारी रोशन चौधरी के मुँह से चौंककर अनायास ही निकल पड़ता है, "ओह नो।"

थोड़ी दूरी पर खड़ी इंस्पेक्टर रंजीता पूछती है, "क्या बात है सर?

"महिला।"

"क्या···बक्से में महिला है?"

प्रभारी अधिकारी 'हाँ' में अपना सिर हिला देता है तो इंस्पेक्टर रंजीता

लगभग भागते हुए उस बक्से के पास पहुँचती है। करीब चार फीट लंबे, ढाई फीट चौड़े व उतने ही ऊँचे काले रंग के बक्से में एक सुंदर सी महिला उकड़ूँ लेटी हुई है, जिसकी उम्र करीब 40 साल होगी।

बदन पर ब्रांडेड जींस व टॉप पहने, एक हाथ में घड़ी व दूसरे में सोने का कंगन पहने हुए है। काले घुँघराले बाल उसके गोरे माथे पर बादल की भाँति छाए हुए हैं। ऊपर से देखने पर ऐसा प्रतीत हो रहा है, मानो वह जिंदा है।

इंस्पेक्टर रंजीता ने उसकी नब्ज देखकर निराशा भरे स्वर में कहा, "शी इज नो मोर।" थोड़ी देर के लिए उसके दिमाग की नसें शिथिल सी पड़ गईं। उसने अपने माथे पर आई सलवटों को अपने हाथ से टटोलते हुए एक लंबी साँस ली, फिर थानेदार से कहा, "फोरेंसिक साइंस टीम को कॉल करो।"

"जी मैडम।"

विवेचना के बदलते हुए रुख को देखकर इंस्पेक्टर रंजीता ने समूचे इलाके में घेरा डाले पुलिस बल को वापस लौटने के आदेश दे दिए।

घटना में आए इस नए मोड़ की पुलिस नियंत्रण कक्ष को जानकारी दी। बम नियंत्रक दल को वापस भेजा।

सुबह की पौ से बिखरे उजाले ने इंस्पेक्टर रंजीता के चेहरे पर आए तनाव की चुगली करनी शुरू कर दी। उसने खुद को सँभाला, फिर प्रारंभिक विवेचना कार्य में लग गई। घटनास्थल का परीक्षण, लाश की फोटो, जब्ती व पोस्टमार्टम के लिए भेजने इत्यादि कार्य करने के उपरांत वह थाने लौट आती है।

लावारिस बक्से में पाई गई लाश का कोई वारिस मिल जाए, इसके लिए इंस्पेक्टर रंजीता पोस्टमार्टम के उपरांत मृतक शरीर को शवग्रह में रखवाकर दूसरे दिन के समाचार-पत्रों में उसकी फोटो छपवा देती है, परंतु तीन दिनों तक जब कोई भी लाश को लेने के लिए नहीं आता तो पुलिस उसका अंतिम संस्कार करवा देती है।

पोस्टमार्टम रिपोर्ट में मौत का कारण विसरा में पाया गया जहर बताया गया। यानी उस महिला को जहर खिलाकर मारा गया, फिर लोहे के बक्से में

लाश को रखकर रात को ही रेल की पटरी पर रख दिया गया, ताकि रेलगाड़ी के नीचे कुचलकर सारे साक्ष्य नष्ट हो जाएँ।

इंस्पेक्टर रंजीता के शक की सुई रेलवे के ही कर्मचारियों की ओर घूमती है। वह वहाँ पर कार्यरत सभी छोटे-बड़े अधिकारियों व कर्मचारियों के बयान लेती है। मृतका की फोटो उन्हें दिखाती है, पर कोई सबूत नहीं मिलते।

कातिल की तलाश करने के लिए इंस्पेक्टर रंजीता ने पुलिस के सिपाहियों से कहा कि "शहर व आस-पास के इलाके में जाकर उस लुहार का पता करो, जो कि बड़े आकार की पेटियाँ बनाता है। साथ ही यह भी पता करो कि हाल में उसने किस व्यक्ति को यह पेटी बेची थी।"

पुलिस के कर्मचारी इंस्पेक्टर रंजीता के अनुसार जाँच कार्य करते हैं। एक दिन उसने सोचा कि रेलवे के क्षेत्रीय अधीक्षक से मिला जाए, शायद वहाँ से इस घटना के बारे में कोई सुराग मिल जाए।

जब वह उनसे मिलने के लिए उनके कार्यालय जाती है तो पता चलता है कि वे पिछले एक सप्ताह से अवकाश पर हैं। वे अभी-अभी दूसरे शहर से स्थानांतरित होकर आए हैं।"

कुछ सोचकर इंस्पेक्टर रंजीता उनके बँगले पर पहुँच जाती है तो देखती है कि गाड़ी बाहर खड़ी है। पूछने पर गार्ड ने बताया कि "साहब तो गोवा गए हैं।"

"किसके साथ?"

"मैडम के साथ।"

थानेदार के हाथ से फाइल लेकर इंस्पेक्टर रंजीता उसमें से एक तसवीर निकालकर गार्ड को दिखाते हुए कहती है, "कहीं यह तो नहीं है आपकी मैडम?"

वह मुसकराते हुए बोला, "हाँ, यही तो हैं हमारी मेम साहब।"

"साहब का मोबाइल नंबर है आपके पास।"

'हाँ जी, कहता हुआ वह अपने रजिस्टर के एक कोने पर लिखे हुए नंबर को पढ़कर बता देता है।

दिए गए मोबाइल नंबर पर इंस्पेक्टर रंजीता फोन कॉल करती है तो साहब उठा लेते हैं। वह पूछती है, "सर, कहाँ हैं आप?"

"क्यों? आप कौन हैं?

"सर, मैं आपके कार्यालय की ही एक कर्मचारी हूँ।" इंस्पेक्टर रंजीता ने जवाब दिया।

"ओके, कहिए क्या काम है?"

"सर, मेम साहब भी आपके साथ हैं क्या?"

"क्यों?"

"उनके नाम का एक पार्सल है, कुछ पैसे पे करने हैं। आप उनसे पूछ लीजिए, यदि वे कहें तो मैं यह पार्सल ले लूँ।"

"नहीं, रहने दो। मना कर दो।"

"ठीक है सर।"

थोड़ा रुककर वह कहता है, "अच्छा ठीक है ले लीजिए। मैं वापस आ ही रहा हूँ। आपके पैसे दे दूँगा।"

"ओके सर।" कहते हुए इंस्पेक्टर रंजीता मोबाइल रख देती है।

दूसरे दिन गोवा से आनेवाली फ्लाइट के समय पर एयरपोर्ट पर सिविल ड्रेस में पुलिस को तैनात कर देती है। वे जवान उसका पीछा करते हुए उसकी सभी गतिविधियों की खबर देते हैं।

पुलिस के जवान बताते हैं कि वह एक लड़की के साथ वापस आया है। उसने उस लड़की को उसके घर पर छोड़ा, फिर वह अपने घर गया। इसके उपरांत वह अपने कार्यालय गया।

इंस्पेक्टर रंजीता यह सारी जानकारी अपने उच्चाधिकारियों को देकर सीधे रेलवे अधीक्षक के कार्यालय में जाती है।

कैमरे में पुलिस को देखकर वह अपनी पी.ए. से कहता है कि "पुलिस को बाहर ही रोक दो। मैं अभी किसी जरूरी काम में व्यस्त हूँ।"

"जी सर।"

करीब एक घंटे के उपरांत इंस्पेक्टर रंजीता को अंदर बुलाया जाता है।

वह पहला सवाल करती है, "सर, आपकी वाइफ कहाँ हैं?"

"वो अपने मायके में हैं। क्यों?"

"रेलवे लाइन पर एक बक्से में बंद हमें एक महिला की लाश मिली है। उसकी फोटो देखना चाहेंगे आप?"

"हाँ, क्यों नहीं।

"ये देखिए सर।" इंस्पेक्टर रंजीता ने मृतका का फोटो दिखाया। उसे देखते ही वह थोड़ा विचलित हुआ, फिर बोला, "यह कैसे हो सकता है, वह तो अपने मायके में थी।"

"मायके से तो वह आ गई थी और फिर आपके साथ गोवा गई थी।"

"गोवा? नहीं तो।" वह बात को काटते हुए झुँझलाकर बोला।

"सर, तो फिर आपके साथ गोवा कौन गया था?"

"कोई नहीं। एक जरूरी मीटिंग के सिलसिले में मैं अकेले ही गया था।"

"सर, तो फिर उर्वशी मैडम आपके साथ एयरपोर्ट से बाहर क्यों निकली?"

"उर्वशी?"

"हाँ, उर्वशी।" इंस्पेक्टर रंजीता ने अपने साथवाले थानेदार से कहा, "वे सारी फोटो दिखाई जाएँ, जो एयरपोर्ट से लेकर अभी तक खींची गई हैं।"

उन फोटो को देखते ही अधीक्षक महोदय समझ गए कि अब बचना मुश्किल है। इसलिए वे खुद ही बोले, "चलिए, थाने चलकर बात करते हैं।"

थाने आकर उसने बताया कि करीब 9 साल पहले उसका विवाह सुरभि से हुआ था। उससे उसे एक बेटी हुई, किंतु दो माह बाद ही उसकी मृत्यु हो गई। इसके बाद एक दिन पता चला कि सुरभि को ब्रेस्ट कैंसर हो गया है। मैंने उसका इलाज करवाया। वह अच्छी भी हो गई, लेकिन न जाने क्यों, मेरा मन उससे भर सा गया। मैं इस शहर की एक महिला के संपर्क में आया। उसका कोई काम था, वह मैंने करवा दिया, लेकिन उसके बाद मैं उसकी ओर खिंचता चला गया।

थोड़ा रुककर वह आगे बोले, "मुझे ऐसा लगने लगा कि मैं उसके

बिना नहीं रह पाऊँगा। वह मेरे बच्चे की माँ बननेवाली थी। इसलिए मेरा खिंचाव उसकी ओर और बढ़ता गया। मैंने चोरी-चोरी उससे शादी भी कर ली। लेकिन इससे मेरे मन को शांति नहीं मिली तो मैंने सुरभि को रास्ते से हटाने का सोचा।"

"फिर ?"

"मैंने उसे उसके मायके में छोड़ा और स्थानांतरित होकर यहाँ आ गया। दो दिन बाद वह भी अचानक यहाँ के घर पर आ गई। उस समय मैं उर्वशी के साथ था।"

"हूँउउ।"

"उस दिन उसने जी भरकर मुझे खरी-खोटी सुनाई। मैं सुनता रहा। मेरे मन में कुछ और चल रहा था, इसलिए उसकी कोई बात मुझे बुरी नहीं लग रही थी।"

"हूँउउ। फिर क्या हुआ ?"

"उस वक्त जैसे-तैसे मैंने उसे मना लिया। दो-तीन दिन हम साथ रहे। फिर मैंने उससे कहा कि चलो, पास के एक रिसोर्ट में चलते हैं। एक-दो दिन वहीं रहेंगे।" वह तैयार हो गई।

मैंने अपने एक कर्मचारी से कहा कि कुछ सामान बाहर भेजना है, इसलिए एक बड़ा सा बॉक्स ले आए। जब वो लाया तो उसमें हमने कुछ सामान भर दिया और लोडिंग रिक्शा से उसे रवाना कर दिया।

इसके बाद हम लोग भी गार्ड व घर के अन्य कर्मचारियों से यह कहकर घर से निकल गए कि "हम गोवा जा रहे हैं। तीन-चार दिनों में वापस आ जाएँगे।"

"फिर मैंने लोडिंगवाले को फोन करके कहा कि "वह रिसोर्ट आ जाए।"

"वह जैसे ही रिसोर्ट आया मैंने सुरभि से कहा कि कुछ सामान मैंने गलती से इसमें रख दिया है, मैं ये देखता हूँ, तब तक तुम कुछ रेस्ट कर लो। चाहो तो जूस वगैरह ऑर्डर कर लो।"

उसने जूस मँगवाया। जब वेटर जूस का गिलास लेकर कमरे के अंदर जा रहा था। मैं वहीं रिसेप्शन के पास सोफे पर बैठा था। मैंने लपककर उससे गिलास लेकर सुरभि को दे दिया। थोड़ी ही देर में वह वहीं सोफे पर बैठी, तो बैठी रह गई।"

"पर कैसे?" इंस्पेक्टर रंजीता ने आश्चर्य से पूछा।

"मैंने अपनी जेब में रखी जहर की पुड़िया को जूस में मिला दिया था।" बताते समय उसने अपना सिर झुका लिया।

इंस्पेक्टर रंजीता ने पूछा, "लेकिन उसकी लाश रेलवे की पटरी पर कैसे पहुँची?"

"मैंने उस बक्से का सामान निकालकर उसमें सुरभि को लिटाकर उसमें ताला लगा दिया। फिर लोडिंग रिक्शावाले को दस हजार रुपया देकर उससे कहा कि बिना कोई प्रश्न किए इस बक्से को रेल की पटरी के बीचोबीच रखकर अपने घर चले जाना। उसके जाते ही मैंने उर्वशी को उसके घर से लिया और हम लोग गोवा चले गए।"

इंस्पेक्टर रंजीता ने एक लंबी साँस लेकर कहा, "ओह! कितनी चतुराई से योजना बनाई थी, परंतु अफसोस आप बच न सके।"

□

# कोचिंग मास्टर की हैवानियत

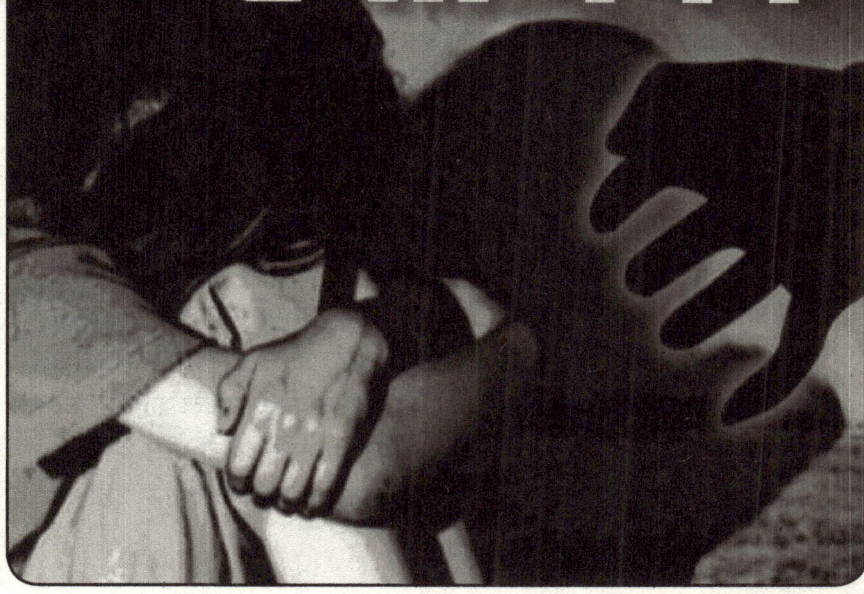

# कोचिंग मास्टर की हैवानियत

पुलिस की जीप थाने के सामने आकर रुकी। सिपाही ने फुर्ती से गाड़ी से उतरकर जीप का गेट खोला। इंस्पेक्टर रंजीता खाकी वर्दी में पी कैप लगाए, हाथ में केन लिये और कमर में बेल्ट बाँधे अपनी सर्विस रिवॉल्वर के साथ जैसे ही उतरी, वहाँ खड़े कई लोगों की नजर उस पर जाकर ठहर गई।

यहाँ पर रोजाना यही होता है। कई बार तो लोग सिर्फ उसे देखने के लिए ही थाने के सामने आकर खड़े हो जाते हैं। उसका रुतबा देखकर कई लोगों को जलन भी होने लगती है, तो कई लोगों को उस पर प्यार भी आता है। खैर, इससे उसे क्या फर्क पड़ता है। वह तो अपने दायित्वों के निर्वहन में डूबी रहती है। अनुशासनात्मक कार्य का दामन थामे देशभक्ति के लिए समर्पित है। सूरत तो ऊपरवाले की देन है, लेकिन सीरत खुद के वजूद का चलता-फिरता सबूत है। वैसे भी पुलिसवाले तो काँच के कटघरे में खड़े होते हैं। उनकी प्रत्येक गतिविधि पर सबकी नजरें होती हैं। खैर!

रोजाना की भाँति जैसे ही वह थाने के गेट से अंदर प्रवेश करने लगी, तभी अनायास ही उसके पाँव ठिठक गए। 14 वर्षीय मासूम बच्ची का उभरा हुआ पेट देखकर इंस्पेक्टर रंजीता का मन द्रवित हो उठा। सिर से पैर तक ढकी वह मासूम अपना पेट अपने दुपट्टे से छुपाने की असफल कोशिश कर रही है। उसकी सूजी पीली-सी धँसी हुई आँखें व अस्त-व्यस्त बाल अनकही दास्तान सुना रहे हैं। उसके चेहरे पर छाए मायूसी के बादल उसे उद्वेलित करने लगे हैं।

उसे देखकर लड़की के साथ बैठी उसकी माँ ने दयनीय आवाज में मैडम को हाथ जोड़कर नमस्कार किया। हल्का सिर हिलाकर उसका जवाब देते हुए इंस्पेक्टर रंजीता ने उससे पूछा, "आप लोगों को किससे काम है ?"

"जी, आपसे ही है।"

"हम्म। ठीक है। अंदर आ जाओ।" उस महिला से यह कहते हुए उसने पीछे देखकर अपने साथ आए सिपाही से कहा, "राजेश, इन्हें लेकर आओ।"

"जी, मैडम।" बड़े अदब से झुकते हुए उसने जवाब दिया।

कुछ ही देर में वो लड़की और उसकी माँ इंस्पेक्टर रंजीता के चैंबर में दाखिल हुए। उन्हें देखकर कुरसी की ओर इशारा करते हुए वह बोली, "बैठिए।"

वे दोनों इंस्पेक्टर रंजीता के सामने रखी कुरसी पर बैठ गए। लड़की ने फिर अपना पेट अपने दुपट्टे से ढका। लड़की के सिर पर माँग नहीं है। वह दुःखी व हैरान है। उसके चेहरे के हाव-भाव से काफी कुछ स्पष्ट हो रहा है, परंतु सत्यता को जानने के लिए इंस्पेक्टर रंजीता ने उनसे कहा, "हाँ जी, कहिए क्या बात है ?"

"मैडम, हमें न्याय चाहिए।"

"कैसा न्याय चाहिए ? पूरी बात विस्तार से बताओ।"

अपनी बेटी की ओर देखते हुए वह बोली, "उस बुढ़ऊ ने इसकी जिंदगी खराब कर दी है।"

"कौन बुढ़ऊ ?"

"वही जिसके यहाँ यह जाती थी।" मैडम के प्रश्न का जवाब देते हुए वह महिला अपनी बेटी से कहती है, "अब सिर झुका के बैठने से क्या होगा। चल मैडम को सारी बात बता दे।"

वह चौंकते हुए कहती है, "हूँउउ।"

इंस्पेक्टर रंजीता को यही ठीक लगा कि वह लड़की ही पूरी बात बताए तो ज्यादा ठीक है। यद्यपि अभी कुछ देर पहले तक वह उस मासूम से कोई भी प्रश्न करने की हिम्मत नहीं जुटा पा रही थी।

काफी देर तक चुप रहने पर इंस्पेक्टर रंजीता ने उस लड़की से पूछा, "बेटी क्या नाम है तुम्हारा?"

उसने हौले से अपना सिर ऊँचा करके कहा, "मोना।"

"बड़ा अच्छा नाम है तुम्हारा। अच्छा तुम यह बताओ, तुमने खाना कब से नहीं खाया है?"

"सुबह से।"

वह कॉलबेल बजाकर अपने अर्दली को बुलाती है, फिर उससे कहती है कि "इन दोनों के लिए कुछ खाने को लेकर आओ।"

खाने का नाम सुनकर ही उस लड़की के भाव में कसावट-सी आ गई। उसे देखते हुए इंस्पेक्टर रंजीता ने कहा, "जब तक खाना आ रहा है, तब तक हम कुछ बातें कर लें?"

"जी।"

"तो फिर शुरू से पूरी बात बताओ।"

"जी। मैडम, मैं पढ़ने में बहुत अच्छी हूँ। बस मेरा गणित कमजोर है। इसलिए मैंने अपनी माँ से कहा कि नौवीं की छमाही परीक्षा आनेवाली है, इसलिए कोचिंग लगवा दें।

"माँ ने मेरी कोचिंग लगवा दी। वे रोजाना मुझे छोड़ने व लेने आ जाती थीं। एक बार मेरी माँ को तेज बुखार आ गया तो उन्होंने मुझसे कहा कि मोना बेटा, बाजूवाली लड़की के साथ चली जा कोचिंग।

"बाजू वाली लड़की शालिनी 12वीं कक्षा में थी। मैं उन्हें दीदी कहती थी।

"मेरी कोचिंग क्लास के बड़े सर एक बुजुर्ग से व्यक्ति थे। उनके यहाँ पाँच दूसरे सर भी पढ़ाते थे। उनको चेक करने के लिए वे रोजाना सभी कक्षाओं का एक चक्कर जरूर लगाते थे। यदि कोई गलत बात देखते तो डाँटते थे। मैंने अपने पिताजी को नहीं देखा, इसलिए मुझे उनमें ही अपने पिताजी दिखाई देते थे।

"एक दिन कक्षा से सभी जा चुके थे। शालिनी दीदी भी नहीं दिख रही

थीं तो उन्हें ढूँढ़ते हुए मैं कोचिंग के बड़े सर के ऑफिस के पास गई तो मैंने देखा कि शालिनी दीदी सर के पास बैठकर हँस-हँसकर बात कर रही हैं।

"मैं बाहर खड़े होकर उनका इंतजार करने लगी। जब वे उनके कक्ष से बाहर निकली तो बहुत खुश थी। मुझे देखते ही वे बोलीं, 'बाहर क्यों खड़ी है, अंदर आ जाना था। सर बहुत अच्छे हैं।' मैंने कुछ नहीं कहा।

"इसके बाद मैं कभी-कभार शालिनी दीदी के साथ बड़े सर के पास जाने लगी। सर हमें कुछ-न-कुछ अच्छा सा खाने को देते। नोट्स देते। वे कहते कि पढ़ाई में कोई भी समस्या हो तो बताना।

"एक दिन बड़े सर के कहने पर हम दोनों ने उनके कमरे की सारी चीजें जमाईं। दीदी ने उनके अंदरवाले कमरे की और मैंने बाहरवाले। एक बार वे दीदी को पढ़ा रहे थे, तभी मैं वहाँ पर आ गई तो वे बोले कि 'मोना, आज तुम टाइपिंगवाले भैया की मदद कर दो। गणित के कई हल सवाल टाइप करने में उन्हें परेशानी होती है।'

"मैं चली गई। करीब एक घंटे बाद मैं वापस आई तो मैंने देखा कि दीदी वहाँ पर नहीं हैं। मैं वहीं बेंच पर बैठकर उनका इंतजार करने लगी। तभी बड़े सर के ऑफिस के अंदर से दीदी हँसते हुए निकली।

"एक बार दीदी ने मुझसे कहा कि सर अच्छा पढ़ाते हैं, तू कभी उनसे पढ़कर देखना।

"मैंने सोचा, ठीक है, एक बार पढ़कर देखूँगी। दीदी ने सर को कुछ समझाया और वे मुझे रोज पढ़ाने लगे। उनसे पढ़ना मुझे भी अच्छा लगता था। एक दिन दीदी ने कहा कि आज मेरा पेट दुख रहा है, इसलिए वो कोचिंग से जल्दी घर चली गईं। वे मेरे से कहने लगी कि सर किसी से कहकर तुझे घर छुड़वा देंगे।

"मेरा मन किया कि मैं भी उन्हीं के साथ घर चली जाऊँ, परंतु याद आया कि परसों ही परीक्षा है, इसलिए आज तो सर की कक्षा में पढ़ लूँ, फिर परीक्षा के बाद ही आऊँगी।

"मैं बड़े सर के ऑफिस में गई तो ऐसा लगा मानो वो मेरा ही इंतजार

कर रहे थे। मुझे देखते ही वह बोले, 'आओ मोना, बैठो।'

जब मैं बैठ गई तो वो बोले, 'अच्छा एक बात बताओ, तुम सिर्फ पढ़ती ही रहती हो या जिंदगी को एंजॉय भी करती हो।'

"मैंने कहा, सर, करती हूँ न।'

'कैसे?'

'टी.वी. देखकर, सहेलियों के संग गपशप करके।'

'इसका मतलब तुम्हारा कोई लड़का दोस्त नहीं है।' वे हँसकर बोले।

मैंने झेंपते हुए कहा, 'नहीं सर।'

'तभी तो तुम्हारे नंबर कम आते हैं।'

'वो कैसे सर?'

'बताता हूँ।' फिर थोड़ा रुककर वे बोले, 'अरे, बातों-ही-बातों में यह जूस तो रखे-रखे ही खराब हुआ जा रहा है। पहले ये पी लो, फिर बताता हूँ।'

"उन्होंने एक गिलास जूस दिया। मैंने पी लिया। जब आँख खुली तो मैंने खुद को उनके अंदरवाले कमरे में बिस्तर पर पाया। शरीर पर कपड़े न पाकर मैं घबरा गई। मैंने यहाँ-वहाँ देखा तो पाया कि उस कमरे में कोई नहीं है। सिर्फ सर ही पास की एक खिड़की के पास खड़े होकर सिगरेट पी रहे हैं।

"मेरी आहट सुनकर उन्होंने मेरी ओर मुड़कर देखा और मुसकराते हुए कहा, 'तुम सच कह रही थी मोना तुम्हारा कोई बॉयफ्रेंड नहीं है।'

"मैं सकपकाई सी बिस्तर पर बैठी थी। वे आगे बोले, 'देखो इस टी.वी. की ओर। हम दोनों कितने अच्छे लग रहे हैं।' उसे देखकर मैं रोने लगी। तो वे पास आकर बोले, 'डरो मत, ये वीडियो किसी के पास नहीं जाएगा। बस तुम यों ही यहाँ आती रहना और हाँ, आज से तुम्हारे दुःख-सुख की सारी जिम्मेदारी मेरी। चलो अब कपड़े पहन लो, तुम्हारी कोचिंग का समय समाप्त होनेवाला है। घर पर माँ प्रतीक्षा कर रही होगी।'

"मैं डर के मारे काँप रही थी। जैसे-तैसे कपड़े पहने और मैं दरवाजे से बाहर आने लगी तो बोले, 'यहाँ जो भी हुआ, यहीं भूल जाओ, नहीं तो याद रहे कि मेरे पास तुम्हारा वो वीडियो है।'

"इसके बाद वे अकसर मुझे जूस पीने के लिए मजबूर करने लगे। एक दिन तो होश आने पर मैंने देखा कि कमरे में एक दूसरा आदमी भी मौजूद है। वे आपस में हँस-हँसकर कह रहे थे, 'सचमुच आज तो ईद व दिवाली दोनों की मना ली।'

"मैं छमाही परीक्षा में बिना परीक्षा दिए ही पास हो गई। इसके बाद सालाना परीक्षा आनेवाली थी। परंतु मेरा मन नहीं कर रहा था अब कोचिंग में जाने का। इसलिए मैंने जाना बंद कर दिया।

"तीसरे दिन ही सर ने एक चपरासी को मेरे घर भेजकर मुझे बुलाया। माँ मुझे लेकर आईं। उन्होंने माँ को बाहर ही बिठा दिया, फिर मुझे अंदर ले जाकर टी.वी. में एक फिल्म दिखाई, जिसमें अलग-अलग आदमियों के साथ मेरे खराब चित्र थे।

वे कहने लगे, 'आइंदा बिना आनाकानी के यहाँ पढ़ने के बहाने चली आना।'

"तब से मैं डर के मारे कोचिंग जाने लगी।

"कोचिंग में ही एक दिन चक्कर आ गया तो सर ने एक महिला डॉक्टर को बुलाकर मुझे चेक करवाया।

"उसके बाद वे दोनों आपस में कुछ बातें कर रहे थे। वह महिला डॉक्टर कह रही थी कि 'अब कुछ नहीं हो सकता है। बात हाथ से निकल गई है।'

पता नहीं क्या हुआ इसके बाद, उन्होंने मुझे बहुत प्यार से बहुत सारे पैसे दिए। मुझे घर तक छोड़ा। वे मेरी माँ से बोले कि 'इसकी पढ़ाई की चिंता मत करना। 9वीं की मार्कशीट घर पर ही स्कूल वाले सर दे जाएँगे। यह पढ़ेगी तो 10वीं भी पढ़ा देंगे। इसे घर पर ही रखो। कोई भी दिक्कत आए तो मुझे ही बताना। ये लो मेरा फोन नंबर।'

"उनकी बातें सुनकर माँ तो बहुत प्रसन्न हुईं, लेकिन मैं डरी-सहमी सी घर के अंदर जाकर सो गई।"

इंस्पेक्टर रंजीता ने कहा, "हाँ, फिर क्या हुआ?"

"इसके बाद मेरा पेट फूलने लगा, तो माँ ने एक दिन मेरे से पूछा कि

क्या बात है तेरा पेट दिनों-दिन क्यों फूला जा रहा है ?

"मैंने डर के मारे उन्हें कुछ नहीं बताया। परंतु एक दिन एक आंटी हमारे घर आई। उन्होंने मेरी माँ को कुछ समझाया तो मेरी माँ ने मुझसे बड़े ही प्यार से पूछा, 'बेटी, डॉक्टर के पास चलें क्या ?'

"मैंने हाँ कह दी। वहाँ जाकर पता चला कि मेरे पेट में बच्चा है।" कहते- कहते मोना जोर से रोने लगी।

इंस्पेक्टर रंजीता ने कोचिंग मास्टर के यहाँ दबिश दी तो पता चला कि वे अपने ऑफिस के अंदरवाले कमरे में हैं। थोड़ी देर बाद अंदर से एक लड़की रोते हुए बाहर निकली। उसके पीछे-पीछे आते मास्टरजी कह रहे थे, "तुम चुप ही रहना, नहीं तो···।" इसके आगे वे कुछ कहते, इससे पहले उनकी निगाह इंस्पेक्टर रंजीता पर पड़ी, जो उनके मुख्य ऑफिस में बैठी उनकी ओर ही देख रही थी।

पुलिस को देखकर वे हक्के-बक्के रह गए। फिर सँभलकर फीकी मुसकान के साथ बोले, "जी मैडम, कहिए कैसे आना हुआ ?"

"मास्टरजी, यह लड़की कौन है, जो अभी रोते हुए गई है ?"

"कौन वो लड़की, वो तो···नहीं उसकी तो···माँ का फोन आया था, कुछ बात हो गई है घर पर।"

"मैं उस लड़की से बात कर सकती हूँ क्या ?"

"अरे नहीं, वह तो गई।"

"चलिए ठीक है। अच्छा आपके यहाँ मोना नाम की लड़की आती थी। याद है ?"

"मैडम जी, यहाँ पर तो बहुत सारी बच्चियाँ आती हैं। ऐसे किसी को नाम से याद रखना मुश्किल है।"

इंस्पेक्टर रंजीता समझ गई कि यह पैसे व पहुँचवाला चालाक व्यक्ति है, इसे पकड़ने के लिए इसी की चाल इस पर चलानी पड़ेगी।

चौथे दिन कोचिंग क्लास में पढ़ने के लिए एक नई लड़की आती है। एक सप्ताह के अंदर उसे भी प्रलोभन देकर कमरे में बुलाया जाता है। उसे

जूस पीने का ऑफर दिया जाता है। अस्तु वह लड़की कोचिंग मास्टर से कहती है, "सर, ठीक है, पी लेती हूँ। पर इसके बाद आप मुझे घर जाने देंगे न?"

"हाँ, हाँ, जरूर।"

जैसे ही वह लड़की जूस पीती है, उसे चक्कर आने लगता है। कोचिंग मास्टर उसे सहारा देकर अपने कमरे में ले जाता है। उसे पलंग पर लिटाकर वह एक गिलास में शराब उड़ेलकर कैमरे में रिकॉर्डिंग चालू करता है। इसके उपरांत वह बिस्तर पर पड़ी उस लड़की के कपड़े उतारने लगता है। तभी दरवाजे से आवाज आती है, "सर, पहले शराब के एक-दो घूँट तो ले लीजिए।"

वह चौंककर दरवाजे की ओर देखता है। इंस्पेक्टर रंजीता कहती है, "चौंकिए नहीं। पुलिस है। दरवाजा खोलिए।"

वह दरवाजा नहीं खोलता। पुलिस दरवाजा तोड़ देती है। अंदर जाकर देखा तो वह लड़की अभी तक बिस्तर पर बेहोश पड़ी है। उसके सीने में छुपे माइक्रो कैमरे को निकालते हुए इंस्पेक्टर रंजीता मास्टरजी से कहती है, "सर, यह लड़की बेहोश है, परंतु यह कैमरा होश में है। आपकी सारी करतूतें इसमें रिकॉर्ड हो चुकी हैं।"

इतना सुनते ही भयभीत होकर वह भागने लगता है। पुलिस के जवान उसे लपककर पकड़ लेते हैं। हथकड़ी पहनाकर थाने लाकर उसकी खूब पिटाई करते हैं।

काफी मशक्कत करने के बाद यह खुलासा हुआ कि वह कोचिंग में पढ़ने के लिए आनेवाली मासूम लड़कियों के साथ किसी प्रकार से संबंध बनाकर उनके वीडियो बनाता था। फिर उन्हें वीडियो दिखाकर, उन्हीं का दैहिक शोषण करता था। इन लड़कियों को वह अपने व्यावसायिक फायदे के लिए भी इस्तेमाल करता था। अपने फायदे के लिए स्कूल के प्रिंसिपल व अन्य प्रभावशाली व्यक्तियों के समक्ष भोली-भाली लड़कियों को पेश करता था।

इस प्रकार वह ऐसा करके कई लड़कियों की आबरू से खिलवाड़

करता आया है। पुलिस की विवेचना के आधार पर वह कोचिंग क्लास का टीचर एक ऐसा हैवान निकला, जिसने अपनी हैवानियत के आगे समूची मानव जाति को शर्मसार कर दिया।

इंस्पेक्टर रंजीता ने कोचिंग मास्टर को उसके साथियों सहित गिरफ्तार कर उन्हें कोर्ट में पेश करके उन्हें सख्त-से-सख्त सजा देने की गुजारिश की, ताकि फिर कोई हैवान कोचिंग की आड़ में किसी मासूम लड़की की इज्जत से खेलने का दुस्साहस न कर सके।

□

# दो रहस्यमयी मौतें

# दो रहस्यमयी मौतें

सुबह की परेड की थकान को मिटाने के लिए इंस्पेक्टर रंजीता अपने बँगले पर कॉफी पी ही रही थी कि उसके थाने से प्रधान आरक्षक का फोन आ गया। वह घबराई आवाज में कहता है, "मैडम, अपने थाना क्षेत्र में एक बड़ा एक्सीडेंट हो गया है। दो लोगों की मौके पर ही मौत हो गई है और अभी थाने में कोई भी अधिकारी नहीं है।"

इंस्पेक्टर रंजीता ने अपने हाथ का कप किनारे रखा और पुनः यूनिफॉर्म पहनने चली गई। अभी आधा घंटे पहले ही तो इस यूनिफॉर्म को हैंगर पर टाँगा था और फिर पहननी पड़ रही है। खैर, पुलिस की नौकरी तो होती ही है 24 घंटों की।

मुश्किल से 5 मिनट में तैयार होकर इंस्पेक्टर रंजीता बाहर आकर गाड़ी में बैठ गई। उसके मनभावन चेहरे पर जब भी चिंता की बारीक लकीरें आ जाती हैं, उसके निखार में बढ़ोतरी हो जाती है।

रास्ते में चलते-चलते वह मैनपैक सेट पर पुलिस कंट्रोल रूम और अपने सीनियर अधिकारियों को घटना की सूचना दे देती है। साथ ही और अधिक पुलिस फोर्स की माँग करती है।

कुछ ही समय में ड्राइवर गाड़ी को घटनास्थल पर रोकता है। इंस्पेक्टर रंजीता फुर्ती से जीप से नीचे उतरती है। घटनास्थल पर काफी लोग एकत्र हो गए थे। सड़क पर दो व्यक्ति खून में लथपथ पड़े हुए हैं। किसी अज्ञात वाहन ने उन्हें इस कदर कुचला है कि उनके मौके पर ही प्राण निकल गए।

अपराधी वाहन सहित भाग गया है। मृतकों की मोटरसाइकिल भी बुरी तरह से तहस-नहस हो गई।

पुलिस ने मौके पर मौजूद भीड़ को हटाया। लाशों का पंचनामा किया। उनके चेहरे कुचल गए हैं। एक का तो धड़ ही सड़क से जा मिला है। खून व मांस सड़क पर चिपक गए हैं। मांस के लोथड़े यहाँ-वहाँ बिखरे पड़े हैं। दोनों मृतकों में किसके शरीर का कौन सा अंग है, यह समझने में पुलिस को पसीना आ रहा है।

तभी कुछ लोग इंस्पेक्टर रंजीता के पास आकर उससे कहते हैं, "मैडम, यह सब आपकी नाकामयाबी का नतीजा है।"

घटनास्थल का मुआयना करते-करते इंस्पेक्टर रंजीता ने गरदन उठाकर यों ही कह दिया, "ये कैसे कह सकते हैं आप?"

"क्यों न कहें, यदि आपके थाने का जवान यहाँ चौराहे पर तैनात होता तो घटना टल सकती थी।"

"हमारा जवान था यहाँ पर, उसी ने तो थाने में सूचना दी है।"

"हाँ, आप सही कह रही हैं, वह था इस चौराहे पर, लेकिन ट्रकों की वसूली में व्यस्त था।"

"ये क्या बक रहे हो?"

"मैं सही कह रहा हूँ और इसकी आपको भी बंदी जाती थी, इसलिए आप उसका पक्ष ले रही हैं।"

इतना सुनते ही इंस्पेक्टर रंजीता ने तड़ाक से एक चाँटा उसके गाल पर दे मारा। पतली-पतली उँगलियों के निशान उसके गाल पर उभर आए। वह दर्द के मारे तिलमिला उठा। झर-झर उसकी आँखों से आँसू बहने लगे। किसी ने सोचा भी नहीं होगा कि नाजुक सी दिखनेवाली इंस्पेक्टर रंजीता किसी को मार भी सकती है। वह सबकी आँखों का केंद्रबिंदु बन गई। उसकी खाकी वर्दी में जड़े तीन स्टार व बेल्ट पर बँधी रिवॉल्वर काफी कुछ कह रही थी।

बिना किसी की परवाह किए इंस्पेक्टर रंजीता ने अपने अधीनस्थ कार्यरत सब-इंस्पेक्टर रागी से कहा, "एक शासकीय सेवक के शासकीय कार्य में

बाधा डालने के जुर्म में इस व्यक्ति के खिलाफ एफ.आई.आर. दर्ज करो।"

वह व्यक्ति अपने गाल पर से हाथ हटाते हुए बोला, "मैडम, आप गलत समझी हैं। मेरा मतलब वो नहीं था।"

उसकी बात का जवाब दिए बिना वह बोली, "ले जाओ इसे थाने" और वह फिर से लाशों का मुआयना करने में लग गई। करीब एक घंटे की मशक्कत के बाद घटना की प्रारंभिक काररवाई करके मृतकों को शव परीक्षण के लिए अस्पताल भेज दिया गया।

अब असल चुनौती थी यह पता करना है कि क्या यह मात्र एक सड़क हादसा है या इससे कुछ अधिक। कहीं यह हत्या या फिर आत्महत्या तो नहीं है?

इन्हीं प्रश्नों के उत्तर खोजने के लिए इंस्पेक्टर रंजीता ने घटनास्थल से जब्त मोटरसाइकिल के नंबर के आधार पर मृतकों का नाम व पता खोज निकाला। फिर वह प्राप्त पते पर पुलिस दल के साथ जाती है तो पता चलता है कि रोहन तिवारी नाम के जिस व्यक्ति के नाम पर वह गाड़ी थी, वह रेत का व्यापारी है। उसके परिवार वालों ने बताया कि वह कल रात से ही घर नहीं आए हैं। उनका काम ज्यादातर रात को ही चलता था।

"उनके साथ दूसरा व्यक्ति कौन था?"

"हमें नहीं मालूम।" उनकी पत्नी ने रोते हुए कहा।

दूसरे मृतक के कपड़े दिखाने पर वह महिला जोर-जोर से रोने लगी। इंस्पेक्टर रंजीता ने इसकी वजह पूछी तो वह और जोर से विलाप करने लगी। अंततः उसकी बेटी ने बताया कि वह मामाजी थे।

यानी मृतकों में जीजा-साले थे। रंजीता विवेचना के दौरान उनके परिजनों व मौके के आस-पास रहनेवाले लोगों के बयान लेती है, पर कोई साक्ष्य नहीं मिलता। उसके थानेवाले कहते हैं कि मैडम, बेवजह ही परेशान हो रही हैं। मौतें तो सड़क दुघर्टनाओं में होती रहती हैं।

दूसरे दिन इंस्पेक्टर रंजीता उस सिपाही को अपने चैंबर में बुलाती है, जो घटना वाले दिन चौराहे की ड्यूटी पर था। पूछताछ करने पर वह कहता

है, "मैडम, मैं नाइट ड्यूटी पर था। सुबह छह बजे के करीब मेरी झपकी लग गई। एकाएक जोर की आवाज आई, देखा तो एक सफेद रंग की बड़ी सी गाड़ी तेजी से आई और पलक झपकते ही आँखों से ओझल हो गई। मैं बराबर देख नहीं पाया।"

"और क्या देखा ?"

"इस दुर्घटना में दो व्यक्ति बुरी तरह से कुचल गए थे। अतः दुर्घटना की खबर देने मैं सीधे थाने गया।"

"ठीक है।" कहते हुए इंस्पेक्टर रंजीता ने नाके से उन समस्त वाहनों की जानकारी निकलवाई, जो कि दुघर्टनावाले दिन सुबह 6 से 8 के मध्य निकले थे।

एक इनोवा कार उस समयावधि में नाके से गुजरी थी। उसकी जानकारी निकाली गई। इंस्पेक्टर रंजीता अपने दल के साथ उस गाड़ी के मालिक के पास जाने के लिए निकलती है, रास्ते में एक ट्रक उसकी गाड़ी को टक्कर मारने की कोशिश करता है। ड्राइवर पुलिस वाहन को सुरक्षित बचा लेता है। लेकिन इससे इंस्पेक्टर रंजीता के दिमाग में शक का बीजारोपण हो जाता है।

कुछ सोचकर वह अपनी गाड़ी वहीं पास की पुलिस चौकी में रोककर अपने दो पुलिसकर्मी को मुखबिर बनाकर भेजती है। प्राप्त खुफिया जानकारी इंस्पेक्टर रंजीता के होश उड़ा देती है।

यह केस सड़क दुर्घटना का नहीं, बल्कि हत्या का है। अस्तु वह साक्ष्य सहित मुलजिमों को गिरफ्तार करने के लिए बड़ी संख्या में पुलिस फोर्स को लेकर जाती है।

दिए गए पते पर दो महिलाएँ मिलती हैं। वे पुलिस को देखते ही घबरा जाती हैं। तीन कमरों के कच्चे मकान के पास खाली जमीन पर वही इनोवा खड़ी है, जिसने उन दोनों को कुचला था। इंस्पेक्टर रंजीता गाड़ी की ओर हाथ से इशारा करके उन महिलाओं से पूछती है, "यह गाड़ी किसकी है ?"

उन महिलाओं में से एक औरत कहती है, "सेठ की।"

"उनका नाम क्या है ?

अपने घर के बाहर हो रही हलचल को सुनकर उस मकान के अंदर से एक आदमी आता है और पुलिस को देखते ही भागने लगता है। पुलिस के जवान उसे धर दबोचते हैं और पुलिस वाहन में बिठा लेते हैं।

दो सिपाही इनोवा का परीक्षण करते हैं तो पाते हैं कि उसके सामने का बंफर टूटा हुआ है। उसके भीतरी भाग व टायरों पर खून के निशान बाकी हैं। बालों का एक गुच्छा भी मिलता है। अच्छी तरह से धोने के बाद भी उसमें कहीं-कहीं से मांस के सड़न की बदबू आ रही है। गाड़ी को जब्त कर लिया जाता है।

थाने लाकर उस व्यक्ति से पूछताछ की गई तो वह बोला, "मैडम, मैंने किसी को नहीं मारा।"

जब उससे सख्ती से पूछा गया तो बोला, "मैडम, मेरे से गलती हो गई।"

"क्या गलती हो गई?"

"मैंने उनकी बात मान ली।"

"किसकी?"

"सेठ की।"

इंस्पेक्टर रंजीता ने उससे नरम लहजे में कहा, "डरो नहीं, पूरी बात खुलकर सही-सही बताओ।"

"जी।" कहता हुआ वह थोड़ा रिलेक्स सा हो गया। उसने अपने माथे पर आई पसीने की बूँदों को पोंछा, फिर कहने लगा, "मैडम, मैं हुकुम सिंह साहब के यहाँ ड्राइवरी का काम करता हूँ। उनका बिल्डिंग मैटेरियल सप्लाई व प्रोपर्टी का काम है। उन्होंने मेरे नाम पर इनोवा गाड़ी ली है, परंतु ज्यादातर चलाते वही थे। उस दिन भी वे रात को गाड़ी लेकर गए थे। सुबह मेरे घर पर खड़ी करते हुए बोले, इसे अच्छे से साफ कर लो। उसमें लगे खून के निशान देखकर मैं और मेरी घरवाली डर गए। जाने के पहले वे बोले, किसी को कुछ नहीं बोलना और 10 हजार रुपए मेरे हाथ में रख गए।"

"अच्छा।" इंस्पेक्टर रंजीता के मुँह से निकला।

"जी, मैडम, सच कह रहा हूँ। अब तो मेरी जान को भी खतरा है।"

"डरो मत, कुछ नहीं होगा।" उसे ढाढ़स बँधाती हुई इंस्पेक्टर रंजीता आगे बोली, "अच्छा एक बात बताओ, उनके घर कौन-कौन आता था?"

"सभी प्रकार के लोग आते थे मैडम।"

"ओके, क्या तुम्हें कुछ मालूम है कि तुम्हारे मालिक का किसी से कोई झगड़ा वगैरह हुआ हो?"

"जी, मैडम, किसी से कहिएगा नहीं।" यहाँ-वहाँ देखते हुए वह धीरे से बोला, "चार दिन पहले उन्हीं से झगड़ा हुआ था, जिसे उन्होंने परसों रात को गाड़ी से कुचल दिया है।"

"ओह! तो यह साबित हो गया कि यह मर्डर है।" कहती हुई इंस्पेक्टर रंजीता ने ड्राइवर को सरकारी गवाह बनाकर उसके मालिक को धारा 302 भारतीय दंड संहिता के तहत गिरफ्तार कर लिया।

लौटते समय रास्ते में वह सोचने लगी कि कल की दीपावली की खुशियाँ दुगनी हो गई। मेरी छोटी बहन का जन्मदिन का सेलिब्रेशन तो है, साथ ही इस केस की सफलता ने चार चाँद लगा दिए। कल घर पर रहने की खुशी में वह प्रफुल्लित थी। यद्यपि वह जानती है कि पुलिस की नौकरी 24 घंटों की होती है, परंतु सकारात्मक सोचकर खुश होने में क्या हर्ज है?

उसने अपना मोबाइल निकाला, सोचा, सोशल मीडिया पर क्या चल रहा है, देखा जाए। ठीक उसी वक्त थाने से फिर फोन आता है, "मैडम, अपने थाना क्षेत्र में एक लूट की घटना घटित हो गई है।"

एक लंबी साँस लेते हुए वह कहती है, "ओके! थाना हाजिरी पर तैनात पुलिस अधिकारी को घटनास्थल पर भेजो। पुलिस कंट्रोल रूम को फोन करो, तब तक मैं पहुँचती हूँ।"

दूसरे दिन थाने का घेराव हो जाता है। कुछ व्यापारी आकर इंस्पेक्टर रंजीता से कहते हैं कि 24 घंटे हो गए, लेकिन अभी तक लूट के आरोपी नहीं पकड़े गए, इससे हम सबकी जान खतरे में है।

जब वह उन लोगों से चर्चा ही कर रही थी, उसी वक्त उसकी छोटी

बहन का फोन आता है, "दीदी, जल्दी घर आ जाओ। केक तैयार है। सभी लोग आ गए हैं।"

"हूँउउ, तुम केक काटो, मैं आती हूँ।"

"दीदी, आ जाओ न दस मिनट के लिए प्लीज।" तभी उसके मोबाइल की कॉल वेटिंग में पुलिस अधीक्षक महोदय का फोन आ रहा होता है। वह अपनी बहन का फोन काट देती है।

उसकी बहन को लगता है कि फोन कट गया है, इसलिए वह बारंबार फोन लगाती है, परंतु इंस्पेक्टर रंजीता अपना ध्यान अपनी ड्यूटी पर लगाकर उन व्यापारियों की बात ध्यान से सुनकर उन्हें आश्वासन देती है कि शीघ्रातिशीघ्र अपराधियों को गिरफ्तार कर लिया जाएगा। जब वे थाने से चले जाते हैं तो इंस्पेक्टर रंजीता गाड़ी में बैठकर ड्राइवर से कहती है, "घर चलो।"

उसकी बहन दीदी को देखकर ऐसे खुश होती है, मानो उसे जन्नत मिल गई हो। केक कटने के उपरांत वह अपनी बहन के मुँह में केक डाल ही रही थी कि मैनपैक सेट पर कंट्रोल रूम से आदेश आने लगा कि उर्वशी कॉम्प्लेक्स में आग लग गई। संबंधित थाने के प्रभारी घटनास्थल पर पहुँचें।

इंस्पेक्टर रंजीता लगभग दौड़ते हुए घर से निकलकर गाड़ी में बैठती है। अपने हाथ में पकड़े हुए केक का टुकड़ा वह ड्राइवर को दे देती है। घटनास्थल पर पहुँचने पर उसे पता चलता है कि आग की घटना उर्वशी कॉम्प्लेक्स के पिछलेवाले भाग में स्थित एक अन्य कॉम्प्लेक्स में लगी है, जो उसके थाना क्षेत्र में नहीं आता।

वह एक लंबी साँस लेकर भगवान् का शुक्रिया अदा करती है। अग्निशामक दल जब आग पर काबू पा लेता है, तब इंस्पेक्टर रंजीता वहाँ से चल देती है। आज दिवाली है। रास्ते में जल रहे झिलमिल दीयों व जगमगाती झालरों के बीच वह खुद का बचपन याद करती है, 'हाथ में फुलझड़ी लिये वह पूरे आँगन में झूमती थी। दादी कहती, 'ओ देख, सँभलकर फ्रॉक में चिनगारी न लग जाए।'

"मैडम, कहाँ चलना है ?" ड्राइवर ने पूछा तो खुद को सँभालते हुए वह बोली, "थाने।"

गाड़ी के बाहर देखा तो उसने पाया कि वह अभी भी जलते दीयों की जगमगाहट के साथ-साथ चल रही है। उसने एकाएक ड्राइवर से कहा, "रुको।"

उसने गाड़ी रोक दी। गाड़ी में सवार पुलिस फोर्स रंजीता की ओर आश्चर्य से देखने लगे। मैडम ने अपनी पैंट की जेब में से दो हजार का नोट निकालकर सिपाही को देते हुए कहा, "जाओ, मिठाई और कुछ फुलझड़ियाँ ले आओ।"

रास्ते में थाने से पहले एक मॉल बन रहा था, वहाँ पर कुछ मजदूर सपरिवार रहते थे। इंस्पेक्टर रंजीता वहाँ पर अपनी गाड़ी से उतरी तो चिथड़ों में लिपटे मटमैले चेहरों में टिमटिमाती आँखों से पाँच-छह बच्चे उसको अनजान आशा के साथ निहारने लगे। उसने उन्हें बुलाकर एक बड़ी सी मुसकान के साथ फुलझड़ियों के पैकेट व मिठाइयों के दो-दो टुकड़े देते हुए कहा, "हैप्पी दीवाली।" लालायित नजरों से देख रहे उनके संबंधियों को भी मिठाई बाँटकर वह थाने की ओर चल दी।

उसने अपने थाने के समस्त पुलिसकर्मियों के बीच मिठाई बँटवाई। थाने के हवालात में बंद आरोपियों के लिए वह खुद मिठाई लेकर गई। इंस्पेक्टर रंजीता का यह रूप देखकर सभी मुसकरा दिए।

वह अपने चैंबर में जाकर कुरसी पर धम्म से बैठ गई। उसका शरीर कुरसी में धँस-सा गया। सुकून की लहरें उसके चेहरे पर बल खाकर इतराने लगीं। तभी एक अधीनस्थ पुलिस अधिकारी उसके चैंबर में आकर 'हैप्पी दीपावली मैडम' कहता हुआ मिठाई का एक पूरा डिब्बा थमा जाता है।

रंजीता को मीठा पसंद है, इसलिए उस डिब्बे को देखकर उसे भूख लगने लगी, अतः उसने पहले एक, फिर दूसरा टुकड़ा खाया। वह तीसरा टुकड़ा खा ही रही थी कि तभी उसके एक बैचमेट राहुल का फोन आ गया, दिवाली के बहाने बात करने के लिए। वह प्रशिक्षण के दिनों से ही रंजीता पर फिदा है, परंतु रंजीता को कह नहीं पाता है। उसने सोचा कि आज तो वह अपने दिल की बात कह ही देगा।

वह भूमिका बना ही रहा था कि कॉल वेटिंग में पुलिस कंट्रोल रूम से फोन आ रहा था। उसने राहुल को 'सॉरी' कहकर उसका फोन काटकर कंट्रोल रूम का रिसीव कर लिया। दूसरी ओर से आवाज आई, "मैडम, आपके इलाके में बन रहे मॉल के पीछे एक बच्ची की लाश पड़ी है।"

"जी, सर! मैं तुरंत पहुँचती हूँ।" कहती हुई इंस्पेक्टर रंजीता अपना पी कैप पहन, सर्विस रिवॉल्वर को कमर में लटकाकर पुलिस फोर्स के साथ चल पड़ती है घटनास्थल की ओर।

□

# कामवाली बाई का बदला

# कामवाली बाई का बदला

जलते घर से आग की लपटें ऐसे उठ रही हैं, मानो उन्होंने आसमान को छू लेने का प्रण कर लिया हो। आग की लपक से उपजे उजाले व जलते सामान के असहनीय बदबूदार धुएँ व फायर ब्रिगेड की कान फाड़ देनेवाली आवाज ने आस-पास के रहवासियों को आधी रात की गहरी नींद से उठाकर सड़क पर खड़े होने के लिए मजबूर कर दिया। फायर ब्रिगेड के कर्मचारीगण करीब एक घंटे से घर में लगी आग की बुझाने का प्रयास कर रहे हैं, परंतु अभी तक तो सफलता हाथ नहीं लगी है।

कॉलोनी में रहनेवाले आस-पड़ोस के लोग इंस्पेक्टर रंजीता के पास खड़े हैं। सभी की जुबाँ पर एक ही प्रश्न है कि इसमें रहनेवाले बुड्ढे-बुढ़िया कहीं जलकर राख तो नहीं हो गए हैं? या फिर वे कहीं अपने बेटे के पास शहर तो नहीं चले गए? जो भी हो, परंतु सभी के चेहरों में इन प्रश्नों के साथ-साथ भय का साया भी है। कि कहीं यह आग फैल न जाए?

अंततः आग पर तो काबू पा लिया गया, परंतु बुझती राख पर विवेचना के प्रश्न सुलगने लगे। प्रश्नों की गर्द पर छुपे शक की कभी न खत्म होनेवाली शृंखलाओं के दौर तपने-दहकने लगे। सत्यता की खोज की तड़प इंस्पेक्टर रंजीता के मन-मस्तिष्क में तांडव मचाने लगी।

क्या आग खुद लग गई या लगाई गई है। यदि लग गई तो कैसे? और यदि लगाई गई है तो किसके द्वारा? इससे भी बड़ा तथ्य यह है कि क्या इस आग में किसी की जान भी गई है?

गरम राख की गोद में मुंदे अवशेष एक अनकही कहानी बता सकते हैं। इसके लिए सब्र रखना होगा। इंस्पेक्टर रंजीता को इस बात की खबर है कि प्रतीक्षा के पल बोझिल होते हैं, मगर कई बार इस बोझिल दौर से भी गुजरना पड़ता है।

बोझिलता को नजरअंदाज कर देना भी एक कला है। इंस्पेक्टर रंजीता इस कला में भी माहिर है। इसलिए वह राख की गरमाहट के आगोश से बाहर आने तक के वक्त में वहीं घटनास्थल पर ही रात का डेरा डालकर, आस-पास के लोगों से पूछताछ करने लगी। उसने बड़े ही सहज ढंग से पड़ोस में रहनेवाली उस महिला को अपने पास बुलाया, जो उसी को देख रही थी।

वह महिला झेंपती हुई इंस्पेक्टर रंजीता के पास आई तो उसने कहा, "दीदी मुझे एक गिलास पानी मिलेगा?" पानी तो उसकी गाड़ी में रखा है, मगर फिर भी ऐसा प्रश्न करती है।

प्रतिक्रियास्वरूप वह महिला मुसकराकर कहती है, "जी जरूर। अभी लाती हूँ।"

वह पानी लेकर आती है तो इंस्पेक्टर रंजीता बड़े ही प्यार से उससे कहती है, "धन्यवाद आपका।"

वह महिला मुसकराकर रह जाती है। थोड़ा रुककर वह पूछती है, "चाय बना लाऊँ?"

"अरे नहीं, इतनी रात को आप क्यों परेशान होती हैं।"

"इसमें परेशानी की क्या बात है।" वह महिला चाय के साथ बिस्कुट भी ले आई। सारे पुलिसकर्मियों के लिए भी।

उस महिला की तारीफ करते हुए रंजीता उससे धीरे से कहती है, "आपके पड़ोसी तो आपसे बहुत खुश रहते होंगे?"

"जी, चड्ढा दंपती मुझसे काफी हिले-मिले थे।"

"कितनी उम्र होगी उनकी?"

"होगी 70 साल के आस-पास।"

"उनके साथ कौन-कौन रहता था?"

"वे दोनों अकेले ही रहते थे।"

"उनके बच्चे नहीं थे क्या?"

"हैं तो, पर सब शहर में रहते हैं। दो लड़कियाँ व तीन लड़के हैं, लेकिन किस काम के। बड़ा लड़का कोई बड़ा अधिकारी है। वह पैसे भिजवाता था, परंतु पैसों को खा तो नहीं सकते न। कोई तो सहारा चाहिए। कोई तो अपना चाहिए देख-रेख के लिए।" वह महिला आक्रोश में बोले जा रही थी।

"हाँ, सही है।" रंजीता ने उसे समर्थन दिया तो वह महिला आगे बोली।

"बेचारे नौकरों के बल पर जीते थे।"

"कितने नौकर थे?"

"नौकर भी तो आते-जाते थे, पर अभी दो नौकर थे।"

"वे भी क्या जल गए···?" इंस्पेक्टर रंजीता ने शंकास्पद अंदाज में पूछा।

वो महिला कहने लगी, "नहीं, उसमें से एक तो परसों ही अपने गाँव गया है।"

"तो इसका मतलब एक ही नौकर था, जो हो सकता है कि···।" इंस्पेक्टर रंजीता की बात पूरी होने से पहले ही उस महिला को उसके पति ने बुलाने के लिए जोर से आवाज दी तो वह हड़बड़ाकर कुछ कहे व सुने बगैर ही अपने घर की ओर दौड़ गई।

उसका पति उसे डाँटते हुए कहता है, "अरे बड़ी आई पुलिस से नजदीकी बढ़ानेवाली। तुझे पता भी है कि पुलिस की दोस्ती व दुश्मनी दोनों बुरे होते हैं।" उसके यह शब्द इंस्पेक्टर रंजीता के कानों में आकर टकरा गए, परंतु उसने मौन की चादर ओढ़कर अपनी विवेचना पर ध्यान दिया। वह सोचने लगी कि अब किससे पूछा जाए?

वह पास के घर में एक सिपाही को भेजकर उस घर के मुखिया को बुलवाती है।

पूछताछ के दौरान वह बताता है, "यहाँ रहनेवाली दादी अम्मा का स्वभाव तेज था। उन्हें अपने पैसों व बेटों का बहुत घमंड था। वह किसी को भी अपमानित कर देती थीं।"

इंस्पेक्टर रंजीता "हूँउउ" करती रहती है।

सुबह की पहली किरण जब तक निकली, तब तक आग की तपन भी शांति के आगोश में जाने की तैयारी करने लगी।

निरीक्षण के दौरान पाया गया कि घर के अंदर एक कमरे में दो शवों के जले हुए ढाँचे पड़े हैं। बहुत कोशिश करने के उपरांत किसी तीसरे व्यक्ति के जलने के प्रमाण नहीं मिले। इससे यह जाहिर होता है कि तीसरा व्यक्ति या तो वारदात करने के बाद भाग गया है या फिर वारदात घटित होने के पूर्व ही वह घटनास्थल से जा चुका था।

उनके परिवारवालों को आस-पासवालों ने खबर दे दी। अस्तु सुबह के 10-11 बजे उनके दो बेटे-बेटियाँ भी आ गए। उनके उस नौकर का पता, मोबाइल नं. लेकर नौकर परमदास को फोन किया तो वह बंद आ रहा था।

अंततः इंस्पेक्टर रंजीता ने एक पुलिस दल को उसके पते पर भेजा। करीब 100 किलोमीटर की दूरी पर स्थित उसके घर पर शाम को ही पुलिस पहुँच गई व उसे गिरफ्तार कर रात को ही थाने ले आई।

परमदास ने बताया, "वह पिछले 6 सालों से उनके यहाँ नौकरी कर रहा है। कल उसकी बीवी की तबीयत बिगड़ गई थी, इसलिए दादाजी को बोलकर शाम की बस से अपने गाँव आ गया।"

"अब वो कैसी है?"

"अभी भी अस्पताल में है, उसे बच्चा होनेवाला है।"

"ओह! अच्छा आपके साथ एक और नौकर था, वह कहाँ है?"

"वह तो मुझसे पहले ही जा चुका था अपने गाँव।"

"उसके घर का पता बता सकते हो?"

"हाँ जी।"

"ठीक है, उसका पता लिखाकर तुम वापस अपने गाँव जा सकते हो। परंतु फोन चालू रखना और जब भी हम बुलाएँ, आ जाना।"

"जी, जरूर मैडम। मैं बिल्कुल आ जाऊँगा।"

उसके जाते ही इंस्पेक्टर रंजीता सोचने लगी कि आखिर यह किसका

काम हो सकता है। खैर, जो भी हो, लेकिन अपराधी पकड़ा तो जाएगा ही। खुद को सकारात्मकता के जेवर पहनाती हुई वह मुसकरा देती है।

दूसरे दिन इंस्पेक्टर रंजीता के कहने पर दो पुलिसवाले चड्ढा साहब के दूसरे नौकर चरणदास के घर पहुँचते हैं। वह पुलिस को देखकर न तो घबराता है और न ही विचलित होता है। बल्कि बड़े ही इत्मीनान से पुलिस के साथ थाने आ जाता है।

इंस्पेक्टर रंजीता उससे पूछती है, "आप अपने गाँव छुट्टी पर गए थे क्या?"

"तो बिना छुट्टी के जाएँगे क्या?" वह थोड़ा रौब में बोला।

इंस्पेक्टर रंजीता ने उसका यह रुख देखकर अपना भी रुख बदल लिया। उसने अपने एक हवलदार को बुलाकर कहा, "इसे अच्छी तरह कूटो।"

कुछ ही समय में वह कहने लगा, "मुझे न मारो, मैं बताता हूँ।"

उसका बयान रिकॉर्ड किया जाने लगा। वह कहने लगा, "मैडम, यह ये सब मैंने अपने प्यार की खातिर किया है।"

"प्यार की खातिर?" इंस्पेक्टर रंजीता ने चौंककर कहा।

"जी। मैडम।"

"हूउउ। चलो पहेलियाँ न बुझाओ, पूरी बात कहो।"

वह अपनी कमर को पकड़कर कराहते हुए बोला, "मैडम, पहले एक गिलास पानी मिलेगा क्या?"

"ये लो।" पास में रखी पानी की बोतल उसके हाथ में थमाते हुए कहा।

पानी पीने के बाद वह बताने लगा, "मैडम, मैं कम्मो को जी-जान से चाहता हूँ। हम दोनों ही चड्ढा दादीजी के यहाँ काम करते थे। हम दोनों ही बहुत ईमानदार व मेहनती हैं। साथ काम करते-करते एक दिन वह मेरे कमरे में थी, तभी किसी बात के लिए दादीजी ने कम्मो को बुलाया, वह नहीं सुन पाई। इस बात पर दादी ने उसे चरित्रहीन कहा, वेश्या कहा; और भी न जाने क्या-क्या गालियाँ निकालीं।

"कम्मो रोने लगी। उसे रोते देखकर मुझे बहुत रंज हुआ। मैंने गुस्से में

दादीजी से कहा कि ऐसे किसी को गाली देना ठीक नहीं है।

"इस बात पर दादी मुझे भी अनाप-शनाप कहने लगी तो मेरे मुँह से निकल गया, 'आप तो चाहे जब चिड़-चिड़ करती रहती हो। सबको अपमानित करती हो। आपकी इन्हीं आदतों के कारण आपको अपने बेटे भी साथ रखना पसंद नहीं करते हैं।'

"मेरी इस बात पर उसने तो आसमान सिर पर उठा ही लिया, साथ में दादाजी ने भी उनका पक्ष लेते हुए मुझे गालियाँ दीं।

"मैंने कम्मो का हाथ पकड़कर कहा, 'चलो कम्मो, अब हम इनके यहाँ काम नहीं करेंगे।'

"वे दोनों चीखते हुए बोले, 'हाँ-हाँ, जाओ। यहाँ पर तुम्हारे जैसे लोगों की जरूरत नहीं है।'

"उनके घर के पीछे ही मेरा कमरा था। मैं कम्मो को लेकर उधर गया। कम्मो रोते हुए बोली, 'अब तो दिल करता है कि जान दे दूँ। इतना अपमान सहन नहीं होता।'

"मैंने उसका हाथ अपने हाथ में लेकर कहा, "कम्मो, मरने की बात मत करना। मेरा क्या होगा?'

"वह सिसकती रही। कुछ नहीं बोली।

"उसे चुप देख मैंने कहा, 'चल, यहाँ से चलते हैं।' कहते हुए मैं उठने लगा तो मेरा हाथ पकड़कर वह बोली, 'चरण, मैं तेरे लिए जीऊँगी और तू जब बोलेगा तेरा घर भी बसाऊँगी। बस तू मेरे लिए एक काम कर दे।'

'बोल न कम्मो, क्या करना है। मैं तो तेरे लिए कुछ भी कर सकता हूँ।' मैंने उसकी सूजी हुई लाल आँखों में झाँकते हुए कहा।

"वह बोली, 'मुझे बदला लेना है अपने अपमान का।'

'किससे?'

'इन दोनों से।'

'हूँउउ। ठीक है कम्मो।'

"मैं सोचने लगा कि क्या करना चाहिए कि कम्मो का मन हल्का हो

जाए। कुछ देर चुप रहकर मैंने कहा, 'कम्मो, हमें इनका काम छोड़ देना चाहिए। यही इनके लिए बहुत बड़ा सबक होगा।'

"वह तुरंत बोली, 'नहीं तू रुक यहाँ पर। मैं तो पास में रहनेवाली अपनी गाँव की चाची के घर में रहकर कोई काम ढूँढ़ लूँगी। बस ये बुढ़िया-बुड्ढे जब भी घर पर अकेले हों, मुझे बुलवा लेना।'

'ठीक कम्मो। कुछ दिनों के बाद मैं भी कोई दूसरा काम ढूँढ़ लूँगा। फिर तेरे साथ घर बसाऊँगा।'

"वह हल्की सी मुसकान देकर चली गई।

"उसके जाने के बाद मैं वापस दादीजी के पास आया और उनके चरण पकड़कर कहा, 'दादीजी, मुझे माफ कर दो। मैं उसके बहकावे में आ गया था। उसे मैंने बहुत सुनाई। वह गई। अब मैं आपकी सेवा जी-जान से करूँगा।'

"अंततः वे लोग मान गए। उनका एक वफादार नौकर था परमदास। वह उस दिन बाजार गया था जब यह सब हुआ।

"मैं मौके की तलाश करने लगा। एक दिन मुझे पता चला कि परमानंद की बीवी को बच्चा होनेवाला है। इसलिए वो अगले सप्ताह अपने गाँव जानेवाला है।

"यह बात मैंने कम्मो से बताई तो वह बोली, 'तुम उसके जाने के दो दिन पहले ही कुछ बहाना बनाकर छुट्टी ले लो।' मैंने वैसा ही किया।

"परमानंद ने जाने से पहले मुझे फोन कर कहा कि वह अभी शाम की बस से अपने गाँव जा रहा है। दादा-दादी अकेले हैं, इसलिए वह जल्दी-से-जल्दी लौट आए।

"मैंने उसे तो कोई आश्वासन नहीं दिया, परंतु मन-ही-मन ठान ली कि आज तो रात को चड्ढा साहब के घर जाना ही है।

"रात के दस बजे मैं कम्मो को लेकर चड्ढा दादा-दादी के घर गया। दादीजी ने दरवाजा खोला। मुझे देखकर तो वह खुश हुई, लेकिन जैसे ही उन्होंने कम्मो को देखा, वे उस पर फिर आग बरसाने लगी। कम्मो ने घायल

नागिन की तरह फुफकारना शुरू कर दिया। वह बोली, 'रुक जाओ दादी, आज मैं बताती हूँ कि मैं क्या हूँ।'

'अरी, मुझे तू क्या बताएगी।' दादी क्रोध में बोली।

"कम्मो ने अपने पर्स में से एक रूमाल निकाला और दादी के मुँह पर रख दिया। वे बेहोश हो गईं। उन्हें हम सँभाल ही रहे थे कि इतने में अंदर से दादाजी की आवाज आई, 'अरे, कौन आया है?'

"कम्मो ने इशारा किया तो मैं दौड़ते हुए उनके कमरे में गया। कुछ ही समय में कम्मो भी वहाँ आ गई तो उसे देखकर चड्ढा दादाजी बोले, 'अरे, तू फिर आ गई। अब घर का माहौल फिर बिगड़ेगा।'

"वह बोली, 'नहीं, अब नहीं बिगड़ेगा।' ऐसा कहते हुए उनके मुँह पर भी कम्मो ने रूमाल रख दिया।

"फिर उन दोनों को बेहोशी की हालत में एक खटिया पर लिटाकर रस्सी से बाँध दिया। फिर हम उनके होश में आने का इंतजार करने लगे। जब वे होश में आए तो कम्मो ने उनसे कहा, 'अब देखो मैं क्या कर सकती हूँ।'

"वह कैरोसीन का डिब्बा लेकर उठी और पूरे घर में उड़ेल आई। फिर उनकी खटिया के पास कैरोसीन डालने लगी।

"वे दोनों गिड़गिड़ाने लगे, 'हमें मत मारो। मत मारो। मैं तेरे हाथ जोड़ती हूँ। हम तेरे हाथ जोड़ते हैं।' गुस्से में लाल कम्मो बोली, 'गरीबों का अपमान करने का मतलब समझ में आ रहा है?'

'हाँ। आ रहा है। हमें छोड़ दो मत मारो।' वे रोते-गिड़गिड़ाते रहे।

"कम्मो ने उनकी ओर आँख तरेरकर देखा। एक कपड़ा लिया और उन दोनों के मुँह में ठूँस दिया। फिर मेरा हाथ पकड़कर बोली, 'चलो।'

"बाहर आते ही उसने माचिस की जलती तीली कैरोसीन पर छोड़ दी। क्षण भर में आग धूँ-धूँ कर जलने लगी। उस समय रात का करीब एक बज रहा होगा।

"हम लोग सीधे वहाँ से बस स्टैंड पहुँचे। फिर वहाँ से सीधे अपने एक दोस्त के घर बाघा गाँव चले गए। कम्मो को वहाँ छोड़कर मैं अपने घर वापस

आ गया। अगले ही सप्ताह हम शादी करनेवाले थे।"

उसकी बातें ध्यान से सुन रही इंस्पेक्टर रंजीता बोली, "अच्छा, तुम लोगों को ऐसा नहीं लगा कि किसी को कुछ पता नहीं चलेगा।"

"जी, हम लोगों ने इतनी सावधानी से काम किया था कि किसी को शक होने का सवाल ही नहीं उठता था।"

"ओके"। चलो अब कम्मो को फोन लगाकर कहो कि यहाँ आ जा, शादी करनी है।" इंस्पेक्टर रंजीता की बात सुनकर चरणदास झेंप गया है।

इंस्पेक्टर रंजीता चरणदास की ओर देखते हुए बोली, "कामवाली बाई के बदले का तुमने एक ऐसा किस्सा सुनाया है, जो सुननेवाले के रोंगटे खड़े कर देगा। उसे तो कोई भी जेल जाने से नहीं बचा सकता, परंतु उसके साथ तुम्हें भी जेल की हवा खानी पड़ेगी।"

□

इंस्पेक्टर
रंजीता
SERIES

# लेडी किलर
# कैसे पकड़ा गया

# लेडी किलर कैसे पकड़ा गया

"कातिल चाहे कितना भी होशियार क्यों न हो, वह कोई-न-कोई गलती जरूर करता है, जिसके आधार पर वह कभी-न-कभी पकड़ा जाता ही है।" इंस्पेक्टर रंजीता शाम की रोल कॉल में अपने थाने के पुलिसकर्मियों का मनोबल बढ़ा रही थी।

उसकी बातें सुनकर सभी जोश से भर जाते हैं। उन्हें लगता है कि अब तो वे उस ब्लाइंड मर्डर का खुलासा कर ही लेंगे।

इंस्पेक्टर रंजीता आगे कहती है, "साक्ष्य मिलने की सबसे ज्यादा संभावना घटनास्थल पर होती है, इसलिए उसकी जाँच बहुत सावधानी के साथ करनी चाहिए।"

अपनी बात समाप्त करके वह राष्ट्रीय गान का संकेत देती है। एक के पीछे तीन की लाइन में कतारबद्ध खड़े सिपाही, उनके बाजू में खड़े हैड कांस्टेबल और फिर इंस्पेक्टर रंजीता के दाहिनी ओर खड़े एस.आई. व ए.एस.आई. सभी सावधान की मुद्रा में खड़े हो जाते हैं। राष्ट्रीय गान समाप्त होने के बाद वे सभी एक साथ अपनी मुखिया इंस्पेक्टर रंजीता को सैल्यूट के द्वारा अभिवादन करते हैं।

यद्यपि इंस्पेक्टर रंजीता ने अपने अधीनस्थ लोगों का मनोबल तो बढ़ा दिया था, परंतु वास्तविकता के धरातल पर वह खुद भी चिंतित है। करीब एक माह से पूरा पुलिस महकमा इस केस को सुलझाने में लगा है, लेकिन अभी तक कोई नतीजा नहीं निकला। मीडिया रोज कुछ-न-कुछ छाप ही देता है।

इससे इस केस की जटिलता और बढ़ गई है। खैर, कातिल को पकड़ना तो है ही वरना समाज में मानव का जीवन असुरक्षा के घेरे में आ जाएगा।

बात पिछले माह की है, जबकि इंस्पेक्टर रंजीता एक न्यायालयी प्रकरण के सिलसिले में कोर्ट गई हुए थी, तभी उसे खबर मिलती है कि एक टाउनशिप के डुपलेक्स में एक महिला की हत्या हो गई है। कोर्ट का कार्य शीघ्रातिशीघ्र पूर्ण कर वह सीधे घटनास्थल पर पहुँचती है। पुलिस दल पहले से वहाँ पहुँच चुका था।

इंस्पेक्टर रंजीता ने देखा कि एक महिला अपने बैठक कक्ष में खून से लथपथ पड़ी है। उसके बदन पर सलवार-कुर्ता हैं, जो कि खून से सन गए हैं। घर के सारे दरवाजे खुले पड़े हैं। किचन में चाय का बरतन व दो कप बिना धुले रखे हैं। पुलिस ने कपों पर आए फिंगर प्रिंट को लिया।

शयन कक्ष में स्थित अलमारी का ताला खुला हुआ है। चाबी पर भी उँगलियों के निशान हो सकते हैं, इसलिए उसके भी नमूने ले लिये गए।

आस-पड़ोस से पता करने पर यह पाया कि मृतका का नाम सुषमा यादव है। वह घर में ज्यादातर अकेले ही रहती थी। उसके पति बिजनेस के सिलसिले में बाहर ही रहते हैं। उसके दोनों बेटे अमेरिका में हैं। घर में एक नौकर था, लेकिन कुछ दिनों से वह भी अपने गाँव गया हुआ है।

इंस्पेक्टर रंजीता ने इस केस के सिलसिले में उसके पति से पूछताछ की। उसके फोन की डिटेल्स निकलवाई। उसकी जासूसी की, परंतु उसके खिलाफ कोई सबूत नहीं मिले।

मृतक महिला के बेटों से पूछा गया, "उन्हें किसी पर शक है?"

वह बोले, "नहीं, ऐसा तो कुछ नहीं है।"

घरवालों का कहना था कि यह मामला लूट का लगता है, परंतु घर का कोई भी सामान बिखरा हुआ तो नहीं था। न ही घर से कोई चीज गई थी।

इंस्पेक्टर रंजीता ने अपने इलाके में आनेवाले सभी आदतन अपराधियों से पूछताछ की, परंतु कोई सुराग नहीं मिला।

काफी समय गुजरने के बाद भी सुषमा यादव हत्याकांड के हत्यारे का

पता नहीं चलने पर इंस्पेक्टर रंजीता पर स्पष्टीकरण माँगा जाने लगा। परेशान होकर उसने पुनः नए सिरे से विवेचना करने का निर्णय लिया। खुद के द्वारा किए गए कार्य को पुनरीक्षित करना भी चुनौतीपूर्ण कार्य है और चुनौती को स्वीकार करना साहस का कार्य है।

इंस्पेक्टर रंजीता अपने एक विश्वसनीय थानेदार के साथ फिर से घटनास्थल पर जाती है। वहाँ पर आस-पास का निरीक्षण करने के उपरांत उसे मृतका के मकान के ठीक बाजू का मकान खाली दिखता है।

कुछ सोचकर वह अपनी एक महिला कांस्टेबल कुंती चौहान को अपने चैंबर में बुलाकर उसे समझाइश देकर कहती है, "आपको मृतका के घर के ठीक बाजू वाले डुप्लेक्स को किराए पर लेकर कुछ दिन वहीं पर रहना होगा।"

"जी, मैडम। मुझे वहाँ क्या करना होगा?"

"वहाँ पर सतर्क रहकर मृतका के घर के आस-पास घटित होनेवाली गतिविधियों पर नजर रखनी है।"

"जी।"

"यदि कोई असामान्य स्थिति लगे तो खबर करती रहना। आपके आस-पास कैमरे लगे होंगे। आपके पास भी गुप्त माइक्रो कैमरा होगा, जो कि आपकी हर गतिविधि को रिकॉर्ड करेगा। मैं निरंतर आपके संपर्क में रहूँगी। पुलिस नियंत्रण कक्ष से भी सारे कैमरों की मॉनीटरिंग की जाएगी।"

"जी।"

"आपको वहाँ पर यह जताना है कि आपके पति बड़े उद्योगपति हैं, जो बिजनेस के सिलसिले में बाहर गए हुए हैं। एक बेटा है, जो हॉस्टल में रहकर बाहर पढ़ रहा है। कुछ नकली सोने के जेवर आपको दे दिए जाएँगे, जो आपको हमेशा पहनकर रखने हैं।"

"जी, मैडम।"

"और हाँ, यह एक गुप्त मिशन है, इसकी खबर घरवालों को भी नहीं देनी है।"

"जी, मैडम।" कहकर वह महिला सिपाही चली जाती है। उसके हाव-भाव व चाल-ढाल एक सामान्य घरेलू महिला जैसे हैं। इसलिए उस पर किसी को कोई शक नहीं होगा।

दूसरे दिन से पुलिस का यह मिशन शुरू हो जाता है। जहाँ पर वह रहेगी, उस मकान के ठीक सामने एक मकान निर्माणाधीन है। वहाँ पर दो पुलिसवालों को भेष बदलकर तैनात कर दिया गया।

एक दिन बीता। दूसरा दिन भी बीत गया। तीसरे दिन एक अटालेवाला सिपाही कुंती के दरवाजे को खटखटाता है।

दरवाजा खोलने पर वह मुसकराते हुए हाथ जोड़कर अभिवादन करने के उपरांत कहता है, "मैडम, कोई रद्दी है क्या?"

"नहीं, पर आप ऐसे दरवाजे पर आकर क्यों पूछ रहे हैं?" कुंती ने उससे आश्चर्य के साथ पूछा।

वह कहने लगा, "मैडम, लगता है आप इस कॉलोनी में नई आई हैं। मैं तो ऐसे ही पूछता हूँ।" वह बड़े ही सहज अंदाज में बोला।

"ऐसा क्या!"

"हाँ।"

तो फिर तो आप यहाँ पर सबको जानते होंगे?"

"हाँ। बिल्कुल मुझे पता है कि कौन से घर में कौन रहता है। कौन कब आता है, कब जाता है।"

"यह बहुत अच्छी बात है।"

"जी, वैसे आप अकेली ही रहती हैं?"

"हाँ, मेरे पति ज्यादातर बाहर रहते हैं।"

"कोई बात नहीं, बाजूवाली भी तो अकेली ही रहती थीं।"

"अच्छा?"

"हाँ।"

"फिर क्या हुआ?"

"कुछ नहीं।" कहते हुए वह कुछ सँभल सा जाता है। इंस्पेक्टर रंजीता

उन दोनों का वार्त्तालाप व हाव-भाव को कैमरे में गौर से देख रही थी। उसे लगा कि इस व्यक्ति को उस लेडी किलर के बारे में जरूर कुछ-न-कुछ मालूम है।

उसके जाने के बाद इंस्पेक्टर रंजीता सिपाही कुंती को फोन पर समझाती है कि यदि यह अटालेवाला कल फिर आए तो उससे मृतका सुषमा यादव के बारे में ज्यादा-से-ज्यादा चर्चा करे।

"जी, मैडम।" कहकर अपने कार्य में लग जाती है।

तभी फिर उसके घर की डोर बेल बजती है। वह अपनी छाती में लगे कैमरे का बटन चालू करके दरवाजा खोलती है। सामने उसी अटालेवाले को खड़ा देखकर वह कहती है, "अरे आप। कहो। क्या बात है।"

"जी, मैडम! मुझे एक कप चाय मिल सकती है क्या?"

"चाय? हाँ-हाँ, क्यों नहीं। तुम यहीं बाहर इंतजार करो। मैं चाय लेकर आती हूँ।" दरवाजा बंद करके वह जैसे ही किचन में आती है, इंस्पेक्टर रंजीता का फोन आ जाता है, वह कहती है, "कुंती, इस अटालेवाले को बातों में लगाकर रखना। मैं तुरंत आपके पास पहुँचती हूँ।"

जहाँ पर सिपाही कुंती रह रही थी, उसके मुख्य द्वार की एक-एक चाबी इंस्पेक्टर रंजीता और मजदूर के भेष में निगरानी कर रहे सिपाहियों के पास भी है।

कुंती चाय बनाकर अटालेवाले को देती है। वह वहीं बरामदे में उकड़ूँ बैठकर चाय पीने लगता है। कुंती भी थोड़ी दूरी पर रखी कुरसी पर बैठ जाती है।

अटालेवाला चाय पीते-पीते बोला, "मैडम, मेरी बेटी बीमार है। कुछ पैसे मिल सकते हैं क्या?"

"पैसे?"

"जी।"

"मेरे पास अभी तो नहीं हैं।"

"तो अपनी यह अँगूठी ही दे दो। इसे बेचकर मैं उसका इलाज करवा लूँगा।"

"यह कौन सी बात हुई?" कुंती थोड़ा अकड़कर बोली।

प्रतिक्रियास्वरूप वह एकाएक खड़ा हो गया और उसने अंदर से दरवाजा लगा लिया। उसकी यह हरकत देखकर कुंती गुस्से में बोली, "ये दरवाजा क्यों लगाया?"

"ओह! आप तो नाराज हो गई मैडमजी।" वह मुसकराते हुए बोला।

"चलो। बाहर निकलो।"

"नहीं निकलूँगा तो?"

"तो मैं चिल्लाऊँगी।

"मैडमजी, अंदर की आवाज बाहर नहीं जाएगी और अगर जाएगी भी तो मैं इस चाकू से मुँह बंद कर दूँगा।" वह अपनी कमर में घुसे हुए एक नुकीले चाकू को खोलकर बोला।

उसका यह रूप देखकर कुंती अंदर की ओर भागी तो वह उसके पीछे-पीछे आते हुए बोला, "मैडम, मैं आखिरी बार पूछ रहा हूँ कि आप मुझे पैसा या फिर अपनी ये अँगूठी दे रही हैं कि नहीं?"

"नहीं, बिल्कुल नहीं।" कुंती जोर से बोली।

"अरे मैडम, तब तो मुझे दूसरी हत्या करनी पड़ेगी।" ऐसा कहते हुए वह कुंती पर चाकू से वार करने ही वाला था कि पीछे से इंस्पेक्टर रंजीता हवाई फायर करती है। वह मुड़कर देखता है तो पुलिस ड्रेस में इंस्पेक्टर रंजीता व अन्य पुलिस बल को देखकर भयभीत हो जाता है।

इंस्पेक्टर रंजीता अपने सिपाहियों से कहती है, "पकड़ लो इसे।"

इतना सुनते ही वह आक्रामक रूप धारण कर लेता है। सिपाहियों पर चाकू से हमला करने का प्रयास करता है। यह सारा घटनाक्रम कैमरे के माध्यम से पुलिस नियंत्रण कक्ष में बैठे वरिष्ठ अधिकारी देख रहे हैं।

वायरलेस पर आदेश का इंतजार करने से पूर्व ही इंस्पेक्टर रंजीता अपनी आत्म रक्षा में उसके पाँव पर गोली मार देती है। वह दर्द से कराहने लगता है। वह सँभले, इससे पहले ही इंस्पेक्टर रंजीता के कहने पर पुलिस के जवान उसे पकड़ लेते हैं।

पकड़े जाने पर वह कुंती की ओर देखते हुए कहता है, "मैडम, अभी तो तुम बच गई, मैं फिर आऊँगा।"

उसे धकेलते हुए इंस्पेक्टर रंजीता ने कहा, "अभी तो तू थाने चल।"

थाने लाकर उसके पाँव की गोली निकलवा व मरहम-पट्टी करवाकर उससे पूछताछ की जाती है, परंतु वह अपना मुँह ही नहीं खोल रहा है, लेकिन जब उसे कैमरे की सारी रिकॉर्डिंग दिखाई तो वह टूट गया।

सिपाही कुंती पुलिस की ड्रेस में जैसे ही उसके सामने आई, वह गिड़गिड़ाकर उसके पाँव में गिरने लगा।

कुंती से इंस्पेक्टर रंजीता ने कहा, "कुंती, तुम जी भर के इसकी पिटाई करो, इसके बाद ही यह मुँह खोलेगा।"

उसकी जमकर पिटाई हुई तो वह हाथ जोड़कर रोते हुए बोला, "मुझे मत मारो, मैं सब बताता हूँ।"

तब इंस्पेक्टर रंजीता ने उससे कहा, "हाँ, बता।"

"जी, मैं तो एक अटालेवाला हूँ। इसी से अपनी रोजी-रोटी चलाता हूँ। मेरे तीन बेटे व एक बेटी है। पिछले माह से मेरी बेटी बीमार है। मैंने उसका इलाज भी करवाया, लेकिन वह अच्छी नहीं हो रही है। मैं उससे बहुत प्यार करता हूँ। उसके लिए कुछ भी कर सकता हूँ। आज मैंने कई लोगों से पैसे माँगे, लेकिन किसी ने मेरी मदद नहीं की।"

सिपाही कुंती की ओर देखते हुए वह बोला, "फिर सुबह जब मैं इन मैडम के घर आया तो मुझे ये घर पर अकेली दिखीं। मैंने इनसे मदद माँगी, लेकिन इन्होंने कहा कि पैसे नहीं हैं। मैं अपनी बेटी की बीमारी से दुःखी था। मुझे इनके हाथ में सोने की अँगूठी दिख गई तो मैंने इनसे वही माँग ली। सोचा, यही बेचकर बेटी का इलाज करवा लूँगा। परंतु जब इन मैडम अँगूठी नहीं दी तो···।"

इंस्पेक्टर रंजीता ने बीच में ही उसे टोकते हुए कहा, "हाँ, हमें यह सब पता है। तुम यह बताओ कि पिछले महीने बेटी का इलाज करवाने के लिए तुम्हारे पास पैसे कहाँ से आए।"

वह चुप हो गया।

"चुप क्यों हो। अपने मुँह से ही सब बता रहे हो या फिर उसकी भी रिकॉर्डिंग दिखाएँ।" इंस्पेक्टर रंजीता ने सुषमा यादव हत्याकांड के किलर को पकड़ने के लिए यह पासा फेंका।

इंस्पेक्टर रंजीता के इस आत्मविश्वास के समक्ष वह टूट गया और रोकर कहने लगा, "मैडम, मेरे पास कोई चारा नहीं था।"

"क्या मतलब? खुलकर बताओ। तुम्हारा कथन रिकॉर्ड किया जा रहा है। यदि सब सच-सच बता दोगे तो माफी के चांस बढ़ जाएँगे।"

वह इंस्पेक्टर रंजीता के सामने हाथ जोड़कर बोला, "जी मैडम, मेरा ध्यान रखिए, मेरी बेटी बीमार है।"

"ठीक है, अब सही-सही पूरी बात बताओ।"

"मैडम, मैं सुषमा मैडम को बहुत दिनों से जानता था। वह मुझे ही रद्दी पेपर बेचती थीं। जब भी मैं उनके घर जाता था, उनके हाथ में सोने की एक अँगूठी, गले में एक चेन व हाथ में कंगन देखता था। मुझे लगता था कि वे बहुत ही पैसे वाली हैं। दूसरी बात, वे घर में हमेशा अकेली ही रहती थीं।"

"हूँउउ तो?"

"तो मैंने अपनी बेटी की खातिर उनसे पैसों की मदद माँगी। उन्होंने मना कर दिया, तो मैंने भावावेश में आकर उनसे कहा कि आप अपनी ये एक अँगूठी भी दे देंगी तो मेरी बेटी बच जाएगी।"

वह रुककर आगे बोला, "मेरी यह बात सुनकर वे मुझे अनाप-शनाप कहकर मुझे अपमानित करने लगी। मुझे उनसे यह उम्मीद नहीं थी। मैंने भी गुस्से में चाकू निकाला और अचानक उन पर वार कर दिया। वो एक ही चाकू में जमीन पर गिर गईं, लेकिन मैंने अपने अपमान का बदला लेने के लिए उन पर कई चाकू घोंपे। जब मुझे यकीन हो गया कि वो मर गई हैं तो मैंने उनके हाथ की अँगूठी निकालकर जेब में रखी। चाकू को पास में पड़ी एक पन्नी में रखकर बाहर निकल आया। अपना ठेला लिया और आगे बढ़ गया।"

"परंतु तुमने मृतका सुषमा यादव के शरीर से सारे गहने क्यों नहीं

निकाल लिये।" इंस्पेक्टर रंजीता ने आश्चर्य से पूछा।

वह बड़े ही सधे हुए स्वर में बोला, "मैडम, बेटी के इलाज के लिए एक अँगूठी ही बहुत थी।"

"ओह।"

थोड़ा रुककर इंस्पेक्टर रंजीता ने पूछा, "अभी कहाँ है तुम्हारी बेटी?"

"जी, वो घर पर है?"

"तुम चिंता मत करो, मैं उसका इलाज करवाऊँगी।"

इंस्पेक्टर रंजीता की बात सुनकर उसके आँसू बह चले। रंजीता के मन में भी उसके लिए सम्मान प्रवाहित होने लगा। वो सोचने लगी, 'क्या हत्यारों की दुनिया में भी ईमान होता है?'

पूछताछ कक्ष से उठते हुए उसने अपने थानेदार से कहा, "हत्या व हत्या के प्रयास के आरोप में गिरफ्तार करके इसे शीघ्रातिशीघ्र न्यायालय में पेश करो।"

"लेकिन मैडम, अभी तीन तो बज चुके हैं, इतनी जल्दी कैसे होगा?"

"आप कोशिश कीजिए। सब संभव है।" इतना कहते हुए वह जैसे ही पूछताछ कक्ष से बाहर आती है, सामने से मीडिया के लोग आते दिखाई देते हैं। सभी उसकी सुझबूझ के लिए उसे बधाई देते हैं। वह मुसकराकर उनका धन्यवाद ज्ञापन करती है।

□

# पानी की टंकी में कैसे आया खून

# पानी की टंकी में कैसे आया खून

सौरभ ने बाथरूम का दरवाजा बंद किया और नहाने लगा। करीब 10 मिनट के बाद वह शॉवर के नीचे खड़े होकर अपना सिर धोने लगा। आँखें बंद कर बड़े मजे से ठंडे-ठंडे पानी का आनंद ले रहा था। तभी उसे ऐसा लगा कि सिर में कुछ चिपचिपाहट सी हो रही है। उसने आँखें खोली तो बुरी तरह से डर गया। चीखते हुए वह दरवाजा खोलकर बाहर की ओर भगाते हुए बोला, "खून, खूनन।"

उसकी चीख सुनकर किचन में नाश्ता तैयार कर रही माँ माया शर्मा व पेपर पढ़ रहे पिताजी श्री मयंक शर्मा दोनों उसकी ओर दौड़े। सौरभ बिना कपड़े पहने डायनिंग रूम तक आ पहुँचा। उसकी माँ ने उसे गोद में उठाकर पूछा, "कहाँ पर बेटा?"

आठ वर्षीय सौरभ बोला, "नल में।"

"क्या?" उसके पिताजी ने चौंकते हुए कहा।

तो सौरभ कहने लगा, "मेरे सिर में।" इतना कहकर उसने माँ को जोर से पकड़ लिया।

पिताजी कहने लगे, "रुको, मैं देखकर आता हूँ।"

बड़ी बहादुरी के साथ वह बेटे के कमरे के बाथरूम तक आ तो गए, परंतु अंदर जाने में उन्हें पसीना आ गया। तभी वहाँ पर उनकी धर्मपत्नी भी बच्चे को गोद में लिये आ पहुँचती हैं। तो शर्माजी झट से बाथरूम में प्रवेश कर जाते हैं। अंदर जाकर देखते हैं तो उन्हें खून तो कहीं नहीं दिखता। वे बाथरूम के अंदर से ही कहते हैं, "यहाँ तो कोई खून नहीं है।"

तभी उनकी निगाह बाथरूम की पारदर्शी खिड़की पर पड़ती है। वहाँ पर

एक काली बिल्ली बैठी हुई दिखाई देती है, जो उन्हीं की ओर देख रही थी। लाल-लाल आँखों से उसका यों देखना शर्माजी को भयभीत कर देता है।

उनकी पत्नी की नजर भी जैसे ही उस काली बिल्ली पर पड़ती है, वे भी सहम जाती हैं। वे दोनों बाथरूम से लौटने लगते हैं तो उनका बेटा सौरभ अपनी माँ से चिपके-चिपके ही कहता है कि "खूनननन∴.नल में है खून।"

बेटे की बात सुनकर शर्माजी पुन: बाथरूम के अंदर जाते हैं और बड़ी ही हेकड़ी के साथ जैसे ही नल खोलते हैं, लाल-लाल पानी उनके सिर पर आ गिरता है। वे भी डर के मारे चीखने लगते हैं, "खून, खून, खून।"

हड़बड़ाकर वे तीनों अपने घर के दरवाजे से बाहर आँगन की तरफ भागते हैं तो घर के बाहरी दरवाजे पर एक धागे से लटका एक नींबू व दो मिर्चियाँ टक से उनके सिर पर आ गिरते हैं।

अब तो पति-पत्नी दोनों को विश्वास हो गया कि इस घर में आज किसी बुरी आत्मा का प्रवेश हो गया है। पक्के तौर पर रात को ही वह आत्मा आ गई होगी, लेकिन अब सुबह-सुबह मौका देखकर धूम मचा रही है।

सौरभ को उसकी माँ ने अपनी साड़ी के आँचल में छुपा लिया। एक ही क्षण में सब बदल गया। कहाँ वह बच्चा स्कूल जाने के लिए तैयार हो रहा था और अब कहाँ सहमा हुआ माँ के आँचल में दुबका हुआ है। उसके स्कूल में आज सालाना कार्यक्रम होनेवाला है, उसी की खुशी में वह अकेले ही झट से बाथरूम में नहाने चला गया। आमतौर पर माँ ही उसे रोजना नहलाती है। खैर।

पति-पत्नी दोनों अज्ञात भय से ग्रसित हो गए।

कुछ सोचकर शर्माजी अपने कुरते की जेब में से अपना मोबाइल निकालकर अपने एक मित्र अवनीश मिश्राजी को फोन लगाते हैं और सारा किस्सा उन्हें सुना देते हैं। वह उन्हें राय देता है, "आप लोग अभी घर के अंदर न जाएँ। न ही किसी से कुछ कहें। मैं अभी आता हूँ।"

"जी, मेहरबानी आपकी।"

लगभग 15 मिनट में मिश्राजी शर्माजी के घर पहुँचे। जब वे घर के सामने अपना स्कूटर खड़ा कर रहे थे, तभी वह काली मोटी बिल्ली फिर से दिखाई देती है। उसने दरवाजे के सामने से गुजरते हुए मिश्राजी का रास्ता

काट दिया। अस्तु शर्माजी बोले, "अनर्थ।"

मिश्राजी ने लपककर शर्माजी की ओर बढ़ते हुए कहा, "आप चिंता काहे करते हैं। हम आ गए हैं न अब। सबकुछ ठीक कर देंगे।"

मिश्राजी को देखकर शर्मा दंपती की जान-में-जान आई। वही तो संकटमोचक हैं उनके घर के। हर अमावस्या व पूर्णिमा को पूरे घर की पूजा करवाना। नीबू की बलि चढ़ाना और पानी का उतारा करना उनका पुश्तैनी काम है। कई सालों से वे इस घर को अलाय-बलाय से बचाए हुए हैं। पहले शर्माजी के माता-पिता और अब शर्माजी की भी इस क्रिया-कर्म में पूर्ण आस्था है।

मिश्राजी शीघ्रता से घर के अंदर जाते हुए शर्मा दंपती से कहते हैं, "आप लोग यहीं बाहर रुकिए, मैं देखकर आता हूँ।"

वे दोनों सहमति में अपना सिर हिलाकर वहीं बाहर खड़े रहते हैं।

कुछ देर के बाद मिश्राजी घर के बाहर आते हुए कहते हैं, "इतनी सारी गुड़िया क्यों ले आए हो?"

"गुड़िया?"

"हाँ, शर्मा, तुम्हारे घर में सात गुड़िया रखी हुई हैं। उसी के कारण यह सब अपशगुन हो रहा है।"

"परंतु हमें तो कहीं भी ऐसी कोई गुड़िया दिखाई नहीं दी।"

"अरे, यह सब को थोड़े दिखाई देता है। यह तो सिर्फ सिद्ध पुरुष को ही दिखाई देता है।"

इतना सुनते ही शर्माजी का दिल जोर-जोर से धड़कने लगा। श्रीमती शर्मा पति के नजदीक आकर सटकर खड़ी हो गईं। उन्हें देखकर ऐसा लग रहा था, मानो वे एक और एक ग्यारह होने की कोशिश कर रही हों।

मिश्राजी बोले, "इसका उपाय तो करना ही पड़ेगा।"

"जी, जल्दी कोई उपाय कीजिए, ताकि पानी में खून आना बंद हो जाए। ये काली बिल्ली न दिखे और ये सातों अदृश्य गुड़िया जहाँ से आई हैं वहीं वापस चली जाएँ।"

"बस देखते जाइए, मैं अभी इनका इलाज कर देता हूँ। जरा पैन दीजिए। उन्होंने घर के अंदर से एक कोरा पेज लाकर उस पर पूजा-कर्म की एक लंबी

सी लिस्ट थमा दी तो शर्माजी अपनी पत्नी की ओर देखने लगे।

मिश्राजी बोले, "अरे, क्षमा कीजिए। मैं तो भूल गया कि आपकी जेब में अभी पैसे थोड़े होंगे। एक उपाय है, आप अपने मोबाइल से मेरे मोबाइल में पैसा डाल दीजिए। मैं बाजार यों गया और सारी पूजा सामग्री लेकर यों घर वापस आया।"

शर्माजी ने वैसा ही किया। बाजार से पूजा सामग्री लाकर मिश्राजी ने आनन- फानन में पूजा प्रारंभ कर दी। पूजा करके जब वे पूरे घर में धूनी देने के उपरांत बाहर शर्मा दंपती को रक्षा सूत्र पहनाने के लिए आए, तभी इंस्पेक्टर रंजीता व उसके पुलिस दल के लोग धम-धम करते शर्मा दंपती के सामने से होकर गुजरते हुए ऊपर की मंजिल पर जाने के लिए सीढ़ियों पर चढ़ गए।

अपने अपार्टमेंट में पुलिस को देखकर वे सभी सकपका गए। बिना कुछ जाने या कहे वे सभी अपने घर के अंदर चले गए।

अंदर जाकर मिश्राजी ने कहा, "शर्माजी, मैंने दुर्रात्माओं को बाँध दिया है। अब डरने की जरूरत नहीं। मैंने सारा प्रबंध कर दिया है। निश्चिंत होकर रहिए। फिर कभी कोई भी दिक्कत आए तो अपने इस मित्र को याद करिए। मैं फिर हाजिर हो जाऊँगा।"

"जी, हम लोग आपके बहुत शुक्रगुजार हैं।" श्रीमती शर्मा ने हाथ जोड़कर उनका धन्यवाद ज्ञापित किया। प्रतिक्रियास्वरूप मिश्राजी ने एक बड़ी सी मुसकान दी। ठीक उसी वक्त किसी ने घर की कॉल बेल बजाई।

शर्माजी ने दरवाजा खोला तो सामने पुलिस वर्दी में खड़ी इंस्पेक्टर रंजीता व एक सिपाही को देखकर वे थोड़ा सा घबरा से गए। वे कुछ कहते, इससे पहले ही इंस्पेक्टर रंजीता बोली, "आप लोग अभी नल के पानी का उपयोग न करें।"

"क्यों मैडमजी ?" शर्माजी ने बड़े ही हौले से पूछा।

"क्योंकि पानी में खून है।"

"खून अभी भी आ रहा है।" उन्होंने बौखलाकर कहा।

"तो उससे आप लोग घबराइए नहीं। मुलजिम पकड़ा गया है। हम लोग बस मृतक की लाश के कुछ टुकड़े लेने आए हैं।"

"लाश के टुकड़े?" हकलाते हुए शर्माजी ने कहा।

"हाँ, मुलजिम ने एक आदमी की हत्या करके उसके टुकड़े-टुकड़े कर छत के ऊपर रखी आप लोगों की पानी की टंकी में डाल दिए हैं।"

"तो इसलिए नल में से खून आ रहा था?" सौरभ की माँ ने तपाक से कहा।

"हाँ जी।" कहते हुए इंस्पेक्टर रंजीता सामनेवाले फ्लैट में रहनेवाली दीदी की ओर मुड़ गई।

शर्मा दंपती ने एक-दूसरे की ओर देखा। फिर मिश्राजी की ओर देखा तो वे झट से बोले, "अब इजाजत दीजिए।" और पलक झपकते ही दरवाजे से बाहर प्रस्थान कर गए।

मिश्राजी के जाते ही वे दोनों एक गहरी साँस लेते हैं।

थोड़ा रुककर शर्माजी कहते हैं, "तुम सौरभ का ध्यान रखो, तब तक मैं छत से होकर आता हूँ। देखूँ तो क्या हो गया है।"

"ठीक है जी।"

बड़ी हिम्मत करके वे अपने इस तीन मंजिला अपार्टमेंट की छत पर पहुँचे तो उन्होंने देखा, छत पर बहुत सारी पुलिस है। दो पुलिसवाले टंकी के पास जाने से सभी को रोक रहे हैं। थोड़ी दूरी पर अपार्टमेंट के कुछ लोग भी खड़े है। शर्माजी उन्हीं के पास जाकर चुपचाप खड़े हो गए व पुलिस की काररवाई देखने लगे।

लोहे से बने एक बेस के ऊपर रखी पानी की बड़ी सी टंकी में से पुलिसवाले मांस के टुकड़े निकाल रहे हैं। जब वे शरीर के छोटे-छोटे टुकड़े निकालते तो उसमें से लाल-लाल पानी रिसता हुआ चला आता। बड़ा ही भयावह दृश्य है।

यह दृश्य देखकर शर्माजी सोचने लगे कि यह सब देखकर सामान्य व्यक्ति का तो दिल ही दहल जाए, परंतु ये पुलिसवाले न जाने किस मिट्टी के बने हैं। बड़े ही सहज भाव से अपने कर्तव्य का निर्वहन कर रहे हैं, बिना नाक-मुँह सिकोड़े। किसी व्यक्ति के शरीर के टुकड़ों को एकत्र करना बहुत ही बड़ा काम है।

"आप लोग थोड़ा पीछे हट जाइए।" एक पुलिस हैड कांस्टेबल की यह आवाज शर्माजी के कानों तक पहुँची तो वे सतर्क होकर पीछे हटते हुए फिर से पुलिस की काररवाई को देखने लगे।

शर्माजी के दिमाग में सुबह का घटनाक्रम चलने लगा। वो बच्चे का डरना, वो काली बिल्ली का आना और वो मिश्राजी का पूजा करवाना इत्यादि। अपने पास खड़े दमोहेजी से शर्माजी ने यों ही पूछ लिया, "तो क्या आपके घर के नल से भी खून आ रहा था?"

"हाँ, हम सबके घरों के नल से खून मिश्रित लाल पानी आ रहा था, तभी तो बद्रीनारायणजी ने 100 नंबर पर फोन लगाकर पुलिस को कंप्लेन की।"

"ओह, तो यह बात है।" शर्माजी से हौले से कहा।

अपनी कूपमंडूकता को छुपाने का प्रयास करते हुए वे बोले, "परंतु यह आदमी कौन है और इसे किसने काटकर अपनी टंकी में डाल दिया?"

"यह सब खोजबीन करना तो पुलिस की ड्यूटी है।"

उन दोनों की बातें सुन रहे पड़ोस में रहनेवाले तात्याजी बोले, "वैसे आप चिंता न करें। पुलिस ने मुलजिम को पहले ही पकड़ लिया है। मार पड़ने पर उसी ने बताया है कि लाश को यहाँ पर टंकी में फेंका है।"

इंस्पेक्टर रंजीता के कानों तक जब यह बात गई तो वह बोली, "सर, आप सही कह रहे हैं। हमने मुलजिम को पकड़ लिया है। उसने इसके अलावा दो और लोगों का कत्ल किया है। पूछताछ के दौरान उसने यह कबूला कि लश्कर अपार्टमेंट की छत पर रखी टंकी नं. दो में उसने लाश के छोटे-छोटे टुकड़े करके उन्हें एक दूध की कोठी में भरकर पानी में छोड़ दिया है।"

"यानी वह दूधवाला बनकर यहाँ आया था!" चक्रवर्ती बाबू बोले।

"हाँ, इसके बाद वह सब्जीवाला बनकर वापस गया।"

"सच में!" श्रीमती यायावर आश्चर्य से बोली।

"हाँ जी। आपके अपार्टमेंट में लगे कैमरों में सबकुछ कैद हो गया है।"

इंस्पेक्टर रंजीता की बातें सुनकर सब आश्चर्य में पड़ गए। उसने आगे कहा, "यहाँ के नागरिकों का शुक्रिया जो सतर्क रहते हैं। यह तो इत्तेफाक है कि थाने में मुलजिम ने अपना अपराध स्वीकार करते हुए मृतक ही लाश को

काटकर यहाँ पानी की टंकी में डालना बताया और ठीक उसी समय पुलिस नियंत्रण कक्ष से सूचना मिली कि लश्कर अपार्टमेंट के रहवासियों के घर में नल से खून मिश्रित पानी आ रहा है।"

"मुलजिम राजू आज सुबह के चार बजे ही तो लाश को इस टंकी में डालकर गया था। वह आदतन अपराधी है। उसकी पुलिस को पहले से तलाश थी। अनायास ही वह पास की एक चाय की गुमटी में बैठा दिख गया, तो नाइट गश्त कर रहे थानेदार व सिपाहियों ने उसे धर दबोचा।"

"ओह! यह तो बहुत अच्छा हुआ।" चक्रवर्ती बाबू खुश होकर बोले।

"जी मैडम, बहुत ही अच्छा हुआ, लेकिन जरा बताइए न कि उसने इस व्यक्ति को क्यों मारा? यह कौन व्यक्ति था?" श्रीमती यायावर ने इंस्पेक्टर रंजीता से पूछा।

इंस्पेक्टर रंजीता ने भी बड़े ही शांत भाव से जवाब दिया, "मैडम खोजबीन जारी है। पर बस यह जान लीजिए कि अपराधी मानसिकता के लोग कई बार बिना वजह के भी अपराध करते हैं। सामाजिक अवहेलना या विपरीत परिस्थिति की मार न सह पाने के कारण वे अपराध के रास्ते पर अग्रसर हो जाते हैं। उन्हें लोगों को तकलीफ पहुँचाने में ही आनंद की अनुभूति होती है। इसलिए···।"

वह आगे कुछ कहती, उससे पहले ही थानेदार ने आकर कहा, "मैडम, लाश के सारे टुकड़े निकालकर टंकी को पूरी तरह से साफ करवा दिया गया है।"

"बहुत बढ़िया। शाबाश।" कहते हुए इंस्पेक्टर रंजीता ने उनका उत्साहवर्धन किया। इसके उपरांत उसने अपने इर्द-गिर्द खड़े रहवासियों की ओर देखकर कहा, "हाँ जी, मेरी आप सबसे एक अपील है कि यदि कभी भी कोई अजनबी व्यक्ति आस-पास दिखाई दे तो पुलिस को तुरंत खबर दें। सावधानी में ही समझदारी है।"

"जी, मैडम।" कहते हुए सभी ने इंस्पेक्टर रंजीता को बाय-बाय कहा।

वह मुसकराते हुए सीढ़ियों से उतरने लगी। तभी उसके मोबाइल पर फोन आया, "मैडम, अपने थाना क्षेत्र में एक बड़ी चोरी की घटना हो गई है।"

" ठीक है, मैं पहुँच रही हूँ।"

□

# ऑफिस में पैन चोर बाबू

# ऑफिस में पैन चोर बाबू

'हाथ में ये पैन नहीं, बल्कि पकौड़े होने चाहिए, इस सावन की रिमझिम बारिश में।' सोनू ऐसा सोचते-सोचते अपने हाथ का पैन वहीं अपनी टेबल पर रखकर बड़े बाबू से पूछती है, "सर, पकौड़े खाएँगे आप?"

"अरे, यहाँ ऑफिस में कहाँ से पकौड़े आएँगे?"

"आप तो हाँ कहिए, बाकी मुझ पर छोड़ दीजिए।"

"ठीक है तो मेरी हाँ है।"

इसके बाद तो ऑफिस के सभी लोगों की 'हाँ' हो जाती है। सभी पैसा एकत्र करके पकौड़ा पार्टी मनाते हैं। इसके बाद जब सोनू अपनी सीट पर आती है तो उसका पैन नहीं मिलता। वह यहाँ-वहाँ देखती है। नहीं मिलता तो अपने बैग में से दूसरा पैन निकालकर काम करने लगती है।

दूसरे दिन वह अपनी साथी महिला कर्मचारियों के साथ दोपहर का खाना खा रही थी। उसी वक्त चर्चा के दौरान उसकी एक सखी दुःखी होकर बोली, "यार, कल मेरा एक प्यारा सा पैन खो गया। वह मेरे पापा की निशानी थी।"

"अरे, कल तो मेरा भी पैन खो गया। पर वो तो मैंने 10 रुपए का लिया था। वह किसी के क्या काम का।" सोनू हँसते हुए बोली।

"सोनू, शायद तुम कलम की ताकत से परिचित नहीं हो। पैन, पैन है, फिर चाहे उसकी कीमत कुछ भी हो। बिना पैन के हम कुछ नहीं कर सकते। इसी पैन के बल पर मानव अपने विचारों को कागज की छाती पर उकेरकर अमर हो जाता है। इनसान मर जाता है, परंतु उसका लेखन कार्य अमर रहता

है। इसलिए कभी पैन को कम नहीं आँकना।" ऑफिस की एक वारिष्ठ क्लर्क ने पूरा एक भाषण दे डाला। उनकी सभी इज्जत करते हैं, इसलिए सभी कहते हैं, "हाँ, सही बात है।"

दूसरे दिन संडे था। कार्यालय के सभी लोग श्रीमती विला खत्री के घर पर लंच के लिए आमंत्रित थे, उसके घर के उद्घाटन समारोह में। उसी समय एक कूरियरवाला आता है। अस्तु वो अपने बेटे से कहती है, "बेटा, हस्ताक्षर तो कर देना।"

कूरियर उसके ही नाम का होता है, अमेरिका से उसके एक दोस्त ने उसे एक खूबसूरत पैन भेजा है। वह उसे देखकर खुश हो जाता है। तभी उसकी माँ उसे बुलाती है तो वह पैन को वहीं टेबल पर रखकर काम में लग जाता है। मेहमानों के जाने के बाद उसे वह पैन अपने स्थान पर रखा हुआ नहीं मिलता। वह दुःखी तो होता है, परंतु किसी से कुछ नहीं कहता।

एक दिन ऑफिस में पुलिस इंस्पेक्टर रंजीता अपने दो अधीनस्थ पुलिसवालों के साथ आती है। वह सीधे बॉस के चैंबर में जाती है। ऑफिस में पुलिस को देखकर सभी चौंक जाते हैं। वे आपस में कानाफूसी करने लगते हैं। एक कहता है, "लगता है, मैडम भी शराब की पेटी के लिए आई हैं।" एक चपरासी बोला।

"हाँ, आबकारी विभाग में इसी के लिए तो लोग आते हैं।" उसके साथ का दूसरा कर्मचारी बोला।

"हाँ, लेकिन यह काम तो वो अपने सिपाही को भेजकर भी करवा सकती थीं।" एक मैडम ने थोड़ा तुरराकर कहा।

तभी वहाँ पर इंस्पेक्टर रंजीता आ जाती है। वो अपने एक सिपाही से कहकर कार्यालय का मुख्य द्वार बंद करवा देती है। इसके उपरांत वह सारे लोगों को संबोधित करते हुए कहती है, "यहाँ पर जितने लोग हैं, वे सब अपनी तलाशी देकर यहाँ से बाहर जाते जाएँगे।"

कार्यालय की बड़ी मैडम ने पूछा, "ऐसा क्यों?"

"आपके ऑफिस में कोई पैन चोर है। उसे पकड़ना है। बड़े से हॉल में

अपनी-अपनी टेबल के पीछे रखी कुरसी पर बैठे करीब 20 कर्मचारी एक-दूसरे का मुँह देखने लगे।

उन्हें आश्चर्यचकित देखकर इंस्पेक्टर रंजीता ने कहा, "आप लोग डरें नहीं। सिर्फ वही करें, जो मैं कहती हूँ।"

सभी लोगों ने समर्थन में अपनी गरदन हिला दी।

इंस्पेक्टर रंजीता ने कहा, "आप सब लोग अपनी-अपनी अलमारी व टेबल को ज्यों-का-त्यों छोड़कर मेरे पास एक-एक करके आएँ।"

इस बात पर बड़ी मैडम बोली, "एक पैन के लिए पुलिस किसने बुलाई है?"

"आपके साहब ने।"

"ओह! क्या उनका भी पैन खो गया है।"

"हाँ जी।"

"तो क्या हुआ? पैन तो गुमते रहते हैं। उस एक पैन के लिए पुलिस में रिपोर्ट करने से पूरे ऑफिस की इज्जत खराब होती है।"

बड़ी मैडम की ऊँची आवाज सुनकर बड़े साहब अपने चैंबर से बाहर आए तो सब उनकी ओर देखने लगे।

वे बड़े ही इत्मीनान से बोले, "देखिए, आप लोगों की तलाशी करवाते हुए मुझे अच्छा नहीं लग रहा है। परंतु यह काररवाई भी अब आवश्यक लग रही है।"

"वो क्यों सर?"

इस प्रश्न का जवाब देते हुए इंस्पेक्टर रंजीता कहती है, "क्योंकि सर का एक लाख चालीस हजार का वह पैन खो गया है, जो उन्हें उनकी स्वर्गवास पत्नी ने दिया था।"

"ओह! इतना महँगा पैन!"

"जी। मोंट ब्लैक कंपनी का वह पैन था। इससे भी महँगे पैन आते हैं, परंतु बात यहाँ पैन के मूल्य की नहीं है, बल्कि चोरी की है।"

"सही बात है।" सोनू ने कहा।

सभी की तलाशी ली गई। परंतु पैन नहीं मिला। सभी की अलमारियों व टेबल की दराजों की तलाशी ली गई, परंतु पुलिस के हाथ कुछ नहीं आया।

दूसरे दिन इंस्पेक्टर रंजीता फिर से उसी ऑफिस में आकर सबसे पूछताछ करती है। बयान लेते समय वह सबसे एक सामान्य प्रश्न पूछती थी कि क्या आपका भी कभी कोई पैन गुमा है?

आश्चर्य किंतु सत्य, सभी ने इस प्रश्न का जवाब 'हाँ' में दिया। अंत में एक बाबू रह गया था, जिनका नाम श्याम था। अपने बयान में वह बोला, "नहीं, मेरा कभी कोई पैन नहीं गुमा है।"

इंस्पेक्टर रंजीता को यह बात कुछ अटपटी सी लगी, इसलिए उसने श्याम बाबू पर नजर रखने का फैसला किया।

करीब एक सप्ताह के उपरांत एक महिला श्याम बाबू के पास एक फाइल के सिलसिले में आती है। वह अपना पैन वहीं टेबल पर भूल जाती है। थोड़ी देर बाद वह लौटकर आती है और श्याम बाबू से कहती है, "सर, मैं अपना पैन यहीं टेबल पर भूल गई थी। क्या आपने देखा है?"

"नहीं, मैंने तो नहीं देखा।"

"तो फिर ये आपके हाथ पर लाल रंग कैसे लग गया?"

"क्या मतलब है आपका?"

"मतलब यह है कि मेरे उस पैन में लाल रंग लगा था।"

"ओह! तो लगा होगा। मुझे इससे क्या?"

"इससे यह साबित होता है कि पैन आपके हाथ में था।"

"अजी, यह कैसी बात कर रही हैं आप। महिला हैं, इसलिए कुछ नहीं बोल रहा हूँ? आपको पता है, आप सरकारी दफ्तर में बैठकर एक सरकारी कर्मचारी से बात कर रही हैं। ऐसा करके आप मेरे शासकीय कार्य में बाधा डाल रही हैं। मैं पुलिस बुलवाकर आपको अंदर करवा दूँगा।"

श्याम बाबू की यह बातें सुनकर वह महिला मुसकराते हुए कहती है, "श्याम बाबू, आपको पुलिस बुलाने की जरूरत ही नहीं पड़ेगी, पुलिस तो आपके पास ही है।" ऐसा कहते हुए वह अपना परिचय-पत्र निकालकर उसके सामने रख देती है।

उसे देखकर श्याम बाबू के मुँह से निकलता है, "अरे, इंस्पेक्टर रंजीता!"

"जी, सही पहचाना।"

"क्षमा करें मैडम! गलती से मैंने आपका पैन ले लिया। मुझे लगा, वह मेरा है।"

फिर अपनी जेब में से पैन निकालते हुए वह बोला, "यह लीजिए आपका पैन।"

"श्याम बाबू, धन्यवाद। अब आप बड़े साहब का पैन भी दे दीजिए।"

"नहीं मैडम। वह तो मुझे नहीं पता है।"

"सच में?" इंस्पेक्टर रंजीता ने उसे खँगालते हुए पूछा।

"जी मैडम, मैं सच कह रहा हूँ।"

"ओके, तो चलिए आपके घर पर चलते हैं।"

"क्यों मैडम?"

"अरे चाय पीने के लिए।"

"जी···जी···जी···।" कहता हुआ वह अपने दाँत निपोरने लगा।

श्याम बाबू की बत्तीसी देखकर इंस्पेक्टर रंजीता सोचने लगी। अजीब आदमी है, इसे तो डर ही नहीं लग रहा। चोरी कर-करके इतना मजबूत हो चुका है क्या? जो भी है, थोड़ी देर में सब सामने आ जाएगा।

इंस्पेक्टर रंजीता प्रकरण की छानबीन करने के लिए अपने पुलिस दल के साथ श्याम बाबू के घर जाती है, वे पूर घर की तलाशी लेते हैं। इस काम में उन्हें दो-तीन घंटे लग जाते हैं, परंतु परिणाम शून्य।

थाने वापस आकर इंस्पेक्टर रंजीता पैन चोर को पकड़ने के लिए एक व्यूह रचना तैयार करती है। सर्वप्रथम यह पता करवाती है कि आबकारी विभाग में किस प्रकार के पैन की चोरी हुई है? कितने अंतराल में हुई है। जिस दिन पैन की चोरी होती है, उस दिन श्याम बाबू कार्यालय में मौजूद रहते हैं या नहीं? वह थाने के एक थानेदार जय सिंह को इससे संबंधित जानकारी एकत्र करने के लिए तैनात कर देती है।

इंस्पेक्टर रंजीता अपने एक हैड कांस्टेबल को श्याम बाबू की निगरानी

करने का दायित्व सौंपती है। अस्तु, वह हैड कांस्टेबल सिविल ड्रेस में रोजाना श्याम बाबू का पीछा करता है।

चौथे दिन अपनी जानकारी के आधार पर वह इंस्पेक्टर रंजीता को बताता है, "श्याम बाबू कल शाम को कार्यालय से छूटने के बाद सीधे अपने ससुराल गया था। आज भी वह यहीं पर आया हुआ है।"

"ठीक है, आप निगरानी कार्य जारी रखें।" इंस्पेक्टर रंजीता कहती है।

इसके प्रतिउत्तर स्वरूप वह हैड कांस्टेबल कहता है, "मैडम, आप कहें तो मैं श्याम बाबू को थाने ले आऊँ?"

"नहीं, अभी नहीं।"

"जी मैडम।" कहकर वह फोन काट देता है।

अगले ही क्षण इंस्पेक्टर रंजीता के फोन की घंटी फिर बजने लगती है। वह जैसे ही फोन रिसीव करती है, थानेदार जयसिंह कहता है, "मैडम, प्राप्त जानकारी के अनुसार कल और आज दोनों ही दिन कार्यालय से फिर पैन की चोरी हुई है और दोनों की दिन श्याम बाबू कार्यालय में मौजूद था।"

"ओके, और पैन कैसे थे, महँगे या फिर सामान्य?"

"मैडम, शासकीय कार्यालय में काम करनेवाले लोग ज्यादातर 10–15 रुपए की कीमत का पैन रखते हैं।"

"हाँ, बात तो सही है, परंतु यह पता लगाना आवश्यक है कि चोरी होनेवाले पैन की कीमत क्या है।"

"जी, मैडम, मैं कल ही पता करके बताता हूँ।"

"और क्या जानकारी मिली?"

"मैडम, जो भी पैन चोरी हो रहे हैं, उनमें से अधिकतर नए थे।"

"ओके।" कहकर वह फोन पर होनेवाले वार्त्तालाप को विराम देती है।

इंस्पेक्टर रंजीता विचार करने लगी कि कहीं ऐसा तो नहीं कि पैन की चोरी का संबंध श्याम बाबू की ससुराल से हो, क्योंकि चोरी करने के बाद ही वह अपने ससुराल जाता है। कुछ कहा नहीं जा सकता। बेहतर होगा कि कल उसे थाने में बुलाकर पूछताछ करते हैं।

दूसरे दिन वह अपने थाने के दो सिपाहियों को आदेशित करती है कि श्याम बाबू को थाने लाया जाए।

श्याम बाबू थाने आने में आनाकानी करते हैं तो सिपाही उसे पुलिस का नोटिस दिखा देता है। इसके बाद वह चुपचाप थाने आ जाता है।

रंजीता मैडम ने उनसे कहा, "श्याम बाबू, यदि आपके पास पैन की चोरी से संबंधित कोई जानकारी हो तो दे दीजिए, वरना हमें आपके साथ सख्ती से पेश आना पड़ेगा।"

इसके बाद भी जब वह सही-सही नहीं बताता तो अंततः उसे थर्ड डिग्री का प्रयोग करना पड़ता है। थानेदार के दो-तीन हाथ पड़ते ही वह अपना मुँह खोल देता है।

रोते हुए भयभीत आवाज में वह कहने लगा, "मैडम, मैं अपनी साली पिंकी को इंप्रेस करने के लिए ऐसा करता हूँ।"

"क्या ? साली के लिए पैन की चोरी करते हो ?" इंस्पेक्टर रंजीता ने बड़े ही आश्चर्य से पूछा।

"जी।"

"पर क्यों ?"

"क्योंकि उसे हर किस्म के पैन रखने का शौक है। मैं भाँति-भाँति के पैन खरीद नहीं सकता हूँ, इसलिए जब भी कभी मुझे किसी का नया पैन दिखता था, मैं उसे चुपके से उठा लेता था। फिर उसके पास ले जाकर कहता कि यह उसके लिए लाया हूँ। यह सुनकर ही वह खुश हो जाती थी। उसे खुश देखकर मैं खुश हो जाता था।"

"ओह ! तो इसका मतलब सारे पैन तुम्हारी पिंकी के पास हैं।"

"जी।"

"साहब का वह महँगावाला पैन भी ?"

"जी। वह भी।"

"क्या तुम पिंकी को पसंद करते हो ?"

"जी, बहुत ज्यादा। पहले मैं उसी से शादी करना चाहता था, परंतु

घरवालों ने उसकी बड़ी बहन के साथ कर दी। वे बोले कि पिंकी अभी छोटी है। मेरा मन हुआ कि मना कर दूँ इस शादी से, परंतु फिर सोचा कि चलो, शादी नहीं तो कम-से-कम मिलना-जुलना तो होगा उससे। बस तभी से मैं पिंकी को हर हाल में खुश रखने का प्रयास करता हूँ।"

"यह बात क्या तुम्हारी पत्नी को पता है?"

"नहीं।"

"ओह! खैर, चलिए पिंकी के घर चलते हैं।"

श्याम बाबू को लेकर इंस्पेक्टर रंजीता पिंकी के घर जाती है तो वह घर पर नहीं मिलती। थोड़ा इंतजार करने के उपरांत वह आ जाती है। पुलिस को घर पर देखकर वह चौंक जाती है, फिर जीजा की ओर प्रश्नवाचक नजरों से देखती है।

श्याम बाबू बड़े ही संयमित स्वर में कहते हैं, "पिंकी, वह सारे पैन देना, जो मैंने तुम्हें दिए हैं।"

पास ही कुरसी पर बैठे पिंकी के पापा पूछते हैं, "ये किस पैन की बात चल रही है?"

पिंकी कहती है, "पता नहीं पापा, ये लोग क्या कह रहे हैं।"

इंस्पेक्टर रंजीता बोली, "पिंकी, हमें श्याम बाबू ने सब बता दिया है, अब बेहतर है कि तुम मुझे वो सारे पैन दे दो। खासकर के वो मोंट ब्लैक कंपनी का पैन।"

"मैडम, मेरे पास तो कोई पैन नहीं है।" पिंकी बोली।

उसकी बात सुनकर इंस्पेक्टर रंजीता ने अपने पुलिस बल को घर की तलाशी लेने के लिए कहा।

घर में एक भी पैन नहीं मिला। इस बात पर इंस्पेक्टर रंजीता, पुलिस दल व खुद श्याम बाबू आश्चर्य में पड़ गए।

कुछ सोचकर श्याम बाबू कहने लगे, "मैडम, मैं सच कह रहा हूँ, मैंने इसे ही सारे पैन दिए हैं।"

"ठीक है, पिंकी को थाने ले चलते हैं, यह वहीं पर सच बोलेगी।"

"नहीं मैडम, पिंकी को थाने मत ले जाइए।"

"तो क्या करें? यह बता ही नहीं रही है।"

"मेरे पास नहीं हैं।" पिंकी रूठकर बोली।

"ठीक है, फिर थाने चलो।"

एक महिला सिपाही पिंकी को गाड़ी में बिठाने लगती है तो पिंकी एकाएक कहती है, "अच्छा रुको, मैं बताती हूँ।"

यह सुनकर श्याम बाबू की आँखों में चमक आ जाती है।

इंस्पेक्टर रंजीता कहती है, "हूँउउ चलो बताओ, कहाँ हैं पैन?"

श्याम बाबू की ओर चोर निगाह से देखते हुए पिंकी कहती है, "वे सारे पैन मैंने उन्हें दे दिए।"

"किसे?"

"हरीश को।"

"ये हरीश कौन है?

"जी, वो…वो…वो।" कहते-कहते वो हकलाने लगी।

इंस्पेक्टर रंजीता बोली, "चलिए, यह सब बाद में पता करेंगे। पहले पैन तो बरामद हो जाए।"

इंस्पेक्टर रंजीता हरीश के घर की तलाशी लेती है। वहाँ से हजारों की संख्या में विभिन्न कंपनियों के पैन बरामद हुए।

छानबीन करने पर खुलासा हुआ कि हरीश को पैन का संग्रह करने का शौक है। इसलिए जब भी उसके पास पैसे होते हैं, वह नया पैन खरीद लाता है। पिंकी उसे इंप्रेस करने के लिए पैन भेंट करती थी। यह वही पैन होते थे, जो कि उसे उसके जीजाजी देते थे।

गिरफ्तार होते श्याम बाबू को अपनी गिरफ्तारी से ज्यादा इस बात का दु:ख था कि वो जिसे खुश करने के लिए इतने दिनों से चोरी कर रहा था, वह किसी और को खुश कर रही थी।

□

इंस्पेक्टर रंजीता
SERIES

# लड़की की किडनैपिंग

# लड़की की किडनैपिंग

"लड़की किडनैप नहीं हुई है, वह भाग गई अपने यार के संग।" ए.एस.आई. सावन कुमार के ये शब्द इंस्पेक्टर रंजीता के कानों में पड़ते ही वह आगबबूला हो गई और जोर से बोली, "यह क्या तरीका है बात करने का।"

अपनी कुरसी से खड़े होकर वह हकलाते हुए बोला, "मैडम, मैं तो बस यों ही इन्हें समझाने का प्रयास कर रहा था। आइंदा ऐसा नहीं करूँगा।"

"चलिए ठीक है। अच्छा यह बताइए, इनकी रिपोर्ट लिख ली आपने?"

"नहीं, अभी नहीं लिखी।"

"क्यों?

"मैं बस लिखने ही वाला था कि आप आ गईं। वैसे मैडम, लिखना क्या है? यह तो बस ऐसा ही केस है।"

"ऐसा से आपका क्या मतलब है?"

"मतलब 15 साल की जवान लड़की का केस है।"

"तो?"

"तो मैडम, इस उम्र में लड़कियाँ यों ही किसी के भी साथ भाग जाती हैं और कुछ दिनों बाद लौट आती हैं।"

"यह विवेचना का विषय है। आप इनकी गुमशुदगी की रिपोर्ट दर्ज करें। लड़की का फोटो लेकर उसे कंट्रोल रूम व अन्य थानों में भिजवा दें। जब रिपोर्ट लिख जाए, इन्हें मेरे चैंबर में ले आइए।"

"जी मैडम।"

इंस्पेक्टर रंजीता के जाते ही ए.एस.आई. झट से अपनी कुरसी पर बैठकर सामने की कुरसी पर रोजनामचा लिख रहे मुंशी से कहता है, "मैडम कब आकर खड़ी हो जाती हैं, पता ही नहीं चलता।"

"हूँउउ।" वह जवाब देता है।

सामने की बेंच पर बैठे दंपती मध्यम वर्ग के लग रहे हैं। उनके चेहरों पर हवाइयाँ उड़ रही हैं। उनकी आँखों में अब भी आँसू हैं।

जब वे इंस्पेक्टर रंजीता के चैंबर में जाते हैं तो वह उन्हें पूर्ण संवेदना के साथ कुरसी पर बैठने का इशारा करती है। फिर उनके लिए चाय-पानी वगैरह मँगाती है।

हाथ में चाय का कप लेते ही गुमशुदा लड़की की माँ कहती है, "पता नहीं मेरी मुसकान ने कुछ खाया होगा कि नहीं।" कहते-कहते वह हिचक-हिचककर रोने लगती है।

रंजीता समझाती है, "रोने से कुछ नहीं होगा। हिम्मत से काम लीजिए।"

"हूँउउ कहती हुई वह अपने आँसुओं को पोंछती है।

इंस्पेक्टर रंजीता लड़की के पिता से पूछती है, "मुसकान कब से नहीं मिल रही है?"

"कल सुबह वह स्कूल गई थी, फिर लौटकर नहीं आई।"

"आपने उसे कहाँ-कहाँ ढूँढ़ा?"

"उसके स्कूल में पता किया। उसकी सहेलियों से पूछा। कुछ नजदीकी रिश्तेदारों से भी फोन पर ही पूछा।"

"हूँउउ। क्या इससे पहले भी वह कभी यों स्कूल से कहीं गई है?"

"जी नहीं।"

"अच्छा तो क्या आप लोगों को उससे कोई शिकायत थी?"

वे दोनों पति-पत्नी एक-दूसरे का मुँह देखने लगे। तो इंस्पेक्टर रंजीता ने उनसे कहा, "यदि आप सच-सच बताएँगे तो इससे उसे ढूँढ़ने में मदद मिलेगी।"

"जी, बात यह है कि वह ज्यादातर समय मोबाइल में ही लगी रहती थी। इसलिए हमने उसे कल रात को ही डाँटा था। वह नाराज होकर सो गई। सुबह स्कूल गई और फिर लौटकर नहीं आई।"

"तो आपका मतलब वह गुस्से में कहीं गई है?"

"नहीं। वह ऐसे भाग नहीं सकती।" लड़की के पिताजी ने बड़े ही आत्मविश्वास के साथ कहा।

"हम्म।"

लड़की की माँ रोते हुए कहती है, "हमें क्या पता है, वह हमसे इस तरह रूठ जाएगी, वरना हम उसे भूखे पेट नहीं सोने देते।"

"खैर। चलिए जो हुआ सो हुआ। अब आप लोग पुलिस की मदद करिए। कहीं से कोई भी सूचना या फोन कॉल आए तो हमें खबर करिए। चलिए, ठीक है। अब हम भी उसे खोजने का प्रयास करते हैं।"

"प्रयास नहीं मैडमजी, आप मेरी बेटी को ढूँढ़ ही निकालिए। वरना उसके बिना हम दोनों भी मर जाएँगे।"

"पुलिस पर भरोसा रखिए।"

"जी।" कहकर आँखों में आँसुओं से बहती धारा को छुपाते हुए वे दोनों कमरे से बाहर आ जाते हैं।

उनके जाने पर इंस्पेक्टर रंजीता पुलिस फोर्स सहित लड़की के स्कूल जाती है। वह अपने सिपाहियों को सिविल ड्रेस में स्कूल के आसपास तैनात कर देती है और खुद प्राचार्य से मिलती है।

यह एक प्राइवेट इंग्लिश मीडियम स्कूल है, जो सिर्फ लड़कियों के लिए है। यहाँ पर करीब 35 शिक्षक हैं। यहाँ पर मुसकान रोजाना साइकिल से आती थी।

इंस्पेक्टर रंजीता से स्कूल के प्रिंसिपल ने अपने बयान में कहा, "मेरा उस लड़की से व्यक्तिगत तौर पर कोई संपर्क नहीं था। बेहतर होगा कि आप उसकी क्लास टीचर से बात करें।"

उसकी क्लास टीचर ने बताया, "मुसकान एक अच्छी लड़की थी।

पढ़ाई में सबसे अव्वल रहती थी। उसका एक ही लक्ष्य था—पुलिस अधिकारी बनना।

"सच?" इंस्पेक्टर रंजीता ने चहककर कहा।

"जी। इसलिए वह हमेशा पढ़ती रहती थी। वह लेखन व भाषण प्रतियोगिताओं में सदैव फर्स्ट आती थी। इसलिए कई बार उसके साथ के बच्चे जलते भी थे।"

"क्या आप बता सकती हैं कि वे कौन बच्चे हैं?"

"किसी का नाम ले पाना तो मुश्किल है। परंतु हाँ, कई बार ऐसा हो जाता था।"

"उसकी दोस्ती किससे थी?"

"उसकी दोस्ती तो अच्छी पढ़नेवाली लड़कियों से ही थी।"

"क्या उनसे मिल सकती हूँ मैं?"

"अभी तो स्कूल बंद हो चुका है, सभी बच्चियाँ जा चुकी है। यदि आप कल आ सकें तो बेहतर होगा।"

"कल किस समय...?" इंस्पेक्टर रंजीता की बात पूरी होने से पहले ही पुलिस नियंत्रण कक्ष से मोबाइल पर कॉल आ जाती है। अस्तु वह अपनी बात बीच में ही रोककर कॉल रिसीव करती है। उसे बताया जाता है कि पास के जंगल में एक बच्ची की लाश पड़ी है। रंजीता सोचती है, कहीं यह वो तो नहीं। पूछताछ को वहीं रोककर वह फुर्ती से घटनास्थल की ओर चल देती है।

शहर से जंगल करीब 30 किलोमीटर की दूरी पर दूसरे थाना क्षेत्र में स्थित है। इसलिए वह संबंधित थाने के थाना प्रभारी को सूचित करके पुलिस फोर्स व मुसकान के भाई को साथ लेकर जंगल की ओर चल देती है। वहाँ पहुँचते-पहुँचते अँधेरा होने लगता है। आसमान पर छाए बादल उमड़ने-घुमड़ने लगते हैं। बूँदें धरती से मिलने के लिए बेताब दिखने लगती हैं।

जहाँ तक गाड़ी जा सकती थी, वहाँ तक जाने के उपरांत गाड़ियाँ रुक गईं। सभी कच्चे रास्ते पर पैदल ही चल पड़े। उनके स्वागत के लिए काले-काले बादल कड़कती बिजली के साथ जमीन पर बरसने लगे।

टप-टप करती बूँदें इंस्पेक्टर रंजीता के मार्ग में मचलने लगीं तो एक क्षण के लिए ऐसा लगा, मानो वे उसके नेतृत्व में दखलअंदाजी कर रही हैं, परंतु रंजीता अपने निर्णय पर अडिग रही और मुखबिर के पीछे-पीछे टॉर्च के सहारे चलती रही। करीब 3-4 किलोमीटर चलने के उपरांत उन्हें वह लाश मिल गई, जो पानी के एक डबरे में तितर-बितर पड़ी है। बारिश की बूँदों में उसके शरीर का खून बहकर एक धारा में बह चला है। नग्न अवस्था में पड़ी लाश के सिर को कुचल दिया गया है, अतः उसका भाई उसे नहीं पहचान पा रहा है।

घनघोर वर्षा के बीच इंस्पेक्टर रंजीता लड़की की लाश का पंचनामा बनवाकर उसकी बॉडी को वहाँ से उठवाकर एक कपड़े में बँधवाती है। जब लाश को उठा रहे होते हैं, उसका भाई अपनी आँखें फाड़-फाड़कर मृतका को पहचानने का प्रयास कर रहा था। तभी उसके मोबाइल के टॉर्च की रोशनी उसके उलटे हाथ पर पड़ी जिसपर कुछ गुदा हुआ था। उसे ध्यान से देखा गया तो पाया गया कि 'सोना बाई' लिखा है। उसे पढ़ते ही मुसकान का भाई खुशी से कहता है, "मैडम यह मेरी बहन नहीं है।"

उसकी ओर देखकर इंस्पेक्टर रंजीता कहती है, "शुक्र है कि यह तुम्हारी बहन नहीं है, पर किसी की तो होगी।"

संबंधित थाने का पुलिस बल भी साथ में ही है। अस्तु जब यह स्पष्ट हो जाता है कि इस लाश का उसके केस से कोई संबंध नहीं तो रंजीता पुलिस नियंत्रण कक्ष में इत्तला करके वहाँ से वापस अपने थाने आ जाती है।

इंस्पेक्टर रंजीता दूसरे दिन फिर मुसकान के स्कूल जाकर उसके साथियों से पूछताछ करती है तो तीनों में से कोई भी कुछ खास नहीं बता पातीं।

तभी एक लड़की, जो मुसकान की दोस्त नहीं है, वह वहाँ पर आकर कहती है, "मैडम, ये लड़कियाँ झूठ बोल रही हैं।"

"ऐ, हमें क्यों फँसा रही है?" मुसकान की तीन सहेलियों में से एक ने कहा।

इंस्पेक्टर रंजीता उन चारों लड़कियों की आपसी बातचीत व उनके चेहरे

के भावों का अवलोकन कर रही है। कुछ सोचकर उन्होंने उन सबसे कहा, "चलिए हो गई पूछताछ, अब आप लोग अपनी-अपनी कक्षा में जाइए।"

उनके जाते ही इंस्पेक्टर रंजीता भी अपने थाने लौट आती है। शाम को वह उन लड़कियों के घर जाती है, जो कि स्कूल में मुसकान की दोस्त हैं। जैसे ही वह पहली लड़की ईशाली के घर जाती है तो वहाँ पर उन तीनों लड़कियों को एक साथ देखकर चौंक जाती है। उन तीनों के घर दूर-दूर हैं, फिर वे सब यहाँ पर एक साथ क्या कर रही हैं? शक का एक नन्हा सा बीज अंकुरित हो जाता है।

स्कूल में आई इंस्पेक्टर रंजीता को घर पर देखकर वे सब भी चौंक जाती हैं। उनके चेहरे पर एकाएक भय के बादल मँडराने लगते हैं। उन सभी लड़कियों की उम्र 15 वर्ष के आसपास है। अस्तु अंदर के डर को चेहरे पर आने से रोकना उनके वश की बात नहीं थी। इंस्पेक्टर रंजीता उनके भावों को पढ़कर कहती है, "मुझे ऐसा लगा कि स्कूल में आप लोग खुलकर बातें नहीं कर पा रही थीं, इसलिए मैं आप लोगों के घर चली आई। सोचा, घर पर आराम से बातें करेंगे।"

"मैडम, लेकिन हमें तो कुछ नहीं पता है।"

"कुछ तो पता होगा। आप लोग बिल्कुल न डरें, मैं हूँ आप लोगों के साथ।"

इंस्पेक्टर रंजीता की इस बात पर वे आपस में एक-दूसरे का मुँह देखने लगीं तो उसने कहा, "लड़कियो, अब तुम लोग मुझे सही-सही बता दो कि मुसकान कहाँ है? नहीं तो तुम सबको थाने ले जाकर पूछताछ करनी पड़ेगी।"

वे सब डर गईं।

थोड़ा रुककर एक लड़की बोली, "मैडम, यदि हम आपको सब बता देंगे तो हम लोग स्कूल से निकाल दिए जाएँगे।"

"कौन निकाल देगा?"

"प्रिंसिपल।"

"क्या?"

"हाँ, मैडम।"

"लेकिन वो ऐसा क्यों करेंगे?"

पहली लड़की चुप होकर पास में बैठी दूसरी लड़की की ओर देखने लगी तो इंस्पेक्टर रंजीता ने कहा, "चुप क्यों हो, बोलो।"

तीसरी लड़की डरते-डरते बोली, "मैडम, आप उन्हें बताओगी तो नहीं?"

"नहीं, बिल्कुल नहीं, वादा।"

वह लड़की यहाँ-वहाँ देखती है, फिर हौले से कहती है, "मैडम, मुसकान प्रिंसिपल साहब के घर पर है।"

"क्या!" इंस्पेक्टर रंजीता बुरी तरह से चौंक गई।

"जी।"

"तुमने उनका घर देखा है?"

"हाँ, मेरे भाई ने देखा है।"

"ठीक है, उसे बुलाओ।"

इंस्पेक्टर रंजीता रात को ही तलाशी वारंट लेकर प्रिंसिपल के घर पर दबिश देती है। अपने घर पर पुलिस को देखकर प्रिंसिपल चीखने लगते हैं, "ये कौन सा समय है किसी शरीफ आदमी के घर आने का?"

"मेरे पास तलाशी वारंट है। मुसकान किडनैप के केस में पुलिस को आपके घर की तलाशी लेनी है।"

"यदि मैं न कहूँ तो?"

"कानूनी प्रक्रिया में साथ देना एक जिम्मेदार नागरिक का दायित्व है और फिर मुसकान तो आपकी स्टूडेंट थी।"

"थी।"

"क्या मतलब?

वह कुछ जवाब देते, उससे पहले ही वहाँ पर कामवाली बाई आकर घबराई आवाज में कहती है, "साहब, वो लड़की फाँसी लगा रही है।"

"क्या!" कहते हुए प्रिंसिपल साहब उस बाई के पीछे भागते हैं। रंजीता

सहित सारे पुलिसकर्मी अपनी मैडम के पीछे भागते हैं। घर की दूसरी मंजिल पर एक कमरा बंद है, जिसके सामने एक 20-21 साल का लड़का रोते-रोते दरवाजे को ठोक रहा है।

पुलिस को देखकर वह कहता है, "मैडम, उसे बचा लीजिए।"

इंस्पेक्टर रंजीता के इशारे पर पुलिस के जवान दरवाजा तोड़ देते हैं। अंदर जाकर देखते हैं तो पाते हैं कि एक बहुत ही खूबसूरत सी लड़की एक कोने में बैठी रो रही है। चेहरा मलिन, आँखें लाल, होंठ सूखे व छितरे बाल देखकर ऐसा लग रहा था मानो पूर्णिमा के चाँद को ग्रहण लग गया हो।

दरवाजे के खुलते ही प्रिंसिपल का लड़का उस लड़की की ओर दौड़ता है। उसके पास जाकर कहता है, "मुसकान, तुम्हें मेरे लिए जीना होगा।"

लड़के की बात सुनकर पुलिस को लगा कि यह प्यार-मुहब्बत का मामला है। उसकी माँ ने डाँटा था, इसलिए यहाँ पर चली आई। खैर, पर लड़की को जिंदा देखकर इंस्पेक्टर रंजीता को खुशी हुई। अतः एक लंबी साँस लेकर उसने कहा, "ओह! तो तुम हो मुसकान।"

मुसकान ने अपनी आँखें उठाकर आवाज आनेवाली दिशा की ओर जैसे ही देखा, उसकी नजर पुलिस की वरदी पर पड़ी, तो वह फुर्ती से उठी और दौड़ते हुए इंस्पेक्टर रंजीता से लिपट गई। सिसककर रोते हुए बोली, "मैडम, मुझे यहाँ से ले चलो।"

इंस्पेक्टर रंजीता को समझ में आ गया कि दाल में कुछ काला है। इसलिए बिना विलंब किए वह लड़की को लेकर गाड़ी में बैठ गई तो प्रिंसिपल साहब का लड़का पीछे-पीछे आकर कहता है, "मुसकान, रुक जाओ। मुझे छोड़कर मत जाओ।"

उसके पिताजी उससे कहते हैं, "बेटा, सँभाल खुद को।"

"इन दोनों को भी थाने लेकर आओ।" अपने अधीनस्थ पुलिस दल से इंस्पेक्टर रंजीता कहती है।

थाने लाकर वह लड़की को खाना वगैरह देकर उसका बयान लेती है तो लड़की कहती है, "मैडम, तीन दिन पहले मैं स्कूल की लाइब्रेरी में

प्रोजेक्ट बना रही थी। सभी लोग जा रहे थे। जब मैं अपने घर की ओर जाने लगी तो प्रिंसिपल साहब दिख गए, वे बोले, 'अरे मुसकान, तुम इतना लेट कैसे हो गई?'

"मैंने कहा कि सर, मैं प्रोजेक्ट बना रही थी।

"वे बोले, 'ओह ग्रेट। आओ, मैं तुम्हें कुछ दिखाता हूँ।'

"मैं उनके चैंबर में गई तो वहाँ पर उनका बेटा बैठा हुआ था। प्रिंसिपल साहब बाहर ही रह गए। मुझे अकेला देखकर उनका बेटा झट से मेरे नजदीक आकर बोला, 'तुम बहुत खूबसूरत हो। आई लव यू। मैं तुम्हें देखने के लिए रोज यहाँ आता हूँ।'

"मैंने उसकी बात का जवाब देने की बजाय उसे घूरकर देखा, फिर पलटकर बाहर आने लगी तो उसने पीछे से मेरी नाक पर कुछ रख दिया। जब मुझे होश आया तो मैंने खुद को प्रिंसिपल साहब के घर पर पाया।"

"तो यह बात है।" ऐसा कहकर इंस्पेक्टर रंजीता लड़की को बाहर भेजकर प्रिंसिपल साहब से पूछताछ करती है तो वह रोते हुए कहते हैं, "मैडम, मेरा एक ही बेटा है नीरज। वह मुसकान को जी-जान से चाहता है। उसकी एक ही जिद है कि मुसकान से मिलवा दो। मैंने उसे डाँटा व समझाया कि यह गलत है, परंतु वह नहीं माना और एक दिन उसने फाँसी लगाने की कोशिश की। वो तो हमारे भाग्य अच्छे थे कि इसकी माँ ने खिड़की से देख लिया तो शोर मचा दिया। नौकरों की मदद से उसे बचा लिया।"

थोड़ा रुककर वो आगे बोले, "मुझे माफ कर दीजिए। बेटे की जिद के आगे मैं हार गया और मैंने उससे वादा किया कि दो-तीन दिनों में उसे मुसकान से मिलवा दूँगा। इसके बाद मैं मौके की तलाश करने लगा और जैसे ही मौका मिला, उसे बेहोश करके अपने घर ले आया। सबसे कह दिया कि उसका अपहरण हो गया।"

इंस्पेक्टर रंजीता कहती है, "प्रिंसिपल साहब, योजना तो अच्छी बनाई थी आपने, परंतु अपराध कभी छुपता नहीं और अपराधी कभी बचता नहीं।"

□

# एक सनकी सीरियल किलर

# एक सनकी सीरियल किलर

सावन में रिमझिम गिरती बारिश की नन्ही बूँदें बालकनी में बैठी इंस्पेक्टर रंजीता के तनाव की लकीरों को कम करने में खुद को नाकामयाब महसूस कर रही हैं। पिछले एक घंटे से हो रही बारिश कभी मद्धिम तो कभी तेज गति के संगीत की संरचना करके उसे मुसकराने का खूबसूरत नजराना देना चाह रही है, परंतु इंस्पेक्टर रंजीता को यह भी मंजूर नहीं है।

दिमाग में चल रहे चिंतन का स्वरूप ही कुछ ऐसा है कि वह धीरे-धीरे चिंता का रूप धारण करता जा रहा है। वह सोच भी नहीं पा रही है कि आखिर क्रमशः तीन हत्याओं का मुलजिम कौन होगा? तीनों लाशों में एक ही समानता है, वह यह कि सबके हाथों में लाल रंग की पीले धागेवाली राखी बँधी थी।

रंजीता सोचने लगी कि कहीं यह कोई महिला तो नहीं? नहीं, कोई महिला भला इतनी कठोर कैसे हो सकती है? क्यों नहीं हो सकती है? आज के इस युग में सबकुछ संभव है। अरे नहीं, यह भी हो सकता है कि कोई पुलिस का ध्यान भटकाने के लिए ऐसा जानबूझकर कर रहा हो? हाँ, सही है, ऐसा भी हो सकता है। वैसे भी अपराधों की विवेचना में सभी संभावनाओं के द्वार खुले रखने चाहिए। वह सब तो ठीक है, परंतु अब अगर हत्यारा न पकड़ा गया तो मेरी इज्जत के साथ-साथ नौकरी भी दाँव पर लग जाएगी। आखिर उच्चाधिकारियों को भी ऊपर जवाब देना होता है। परंतु क्या करें? यही तो तय नहीं हो पा रहा है।

तभी उसके मोबाइल की घंटी बजती है। कोई अजनबी नंबर है, इसलिए वह कॉल रिसीव नहीं करती। फिर दोबारा उसी नंबर से कॉल आती है। कुछ सोचकर वह फोन उठा लेती है। किसी महिला की आवाज आती है, "मैडम, मेरे अपार्टमेंट में एक व्यक्ति की हत्या हो गई है।"

"ओह गॉड, एक और खून!" क्षणिक ठहराव के उपरांत वह पूछती है, "क्या उसके हाथ में राखी बँधी है?"

"मैडम, मैंने यह तो नहीं देखा।"

"चलिए कोई बात नहीं, मैं पहुँचती हूँ।"

वह सोचने लगी कि अब तो स्थानांतरण पक्का है। एक सप्ताह में चौथा मर्डर। खैर, वह फुर्ती से तैयार होकर घटनास्थल की तरफ चल देती है।

इंस्पेक्टर रंजीता अपार्टमेंट के सूने फ्लैट में पलंग पर पड़ी औंधी लाश के हाथ की ओर सर्वप्रथम देखती है तो एक हाथ में तो उसके घड़ी बँधी है। वह दूसरे हाथ को देखने के लिए बेकरार है, परंतु लाश पेट के बल पड़ी होने के कारण उसका दाहिना हाथ दबा हुआ है।

पुलिस फोटोग्राफर घटनास्थल की यथास्थिति का फोटो जब लेता है, तब वह लाश को सीधा करता है, ताकि सामने से भी उसका फोटो ले सके। जैसे ही रंजीता दाहिने हाथ की ओर देखती है, उसे लाल रंग की पीले धागेवाली राखी दिखाई देती है। वह समझ जाती है कि यह भी उसी सीरियल किलर का कारनामा है।

इस बार वह जब मौके की छानबीन कर रही थी, उसे शराब के दो गिलास मिले। पास में ही नमकीन का एक खुला पैकेट रखा है। कुछ चिप्स अभी भी प्लेट में रखे हुए हैं। इससे ऐसा प्रतीत हो रहा है कि किन्हीं जान-पहचान के व्यक्ति के साथ मृतक ने पार्टी का आनंद लिया, फिर मौका देखकर किसी बात पर हत्या कर दी गई होगी, परंतु इस राखी के पीछे का किस्सा हर किसी की समझ के परे है। इंस्पेक्टर रंजीता तो दिन-रात इसी केस के खुलासे के बारे में सोचती रहती। उसने गिलासों में पाए गए फिंगर प्रिंट को सावधानी से लेने की हिदायत दी।

इंस्पेक्टर रंजीता सोचने लगी कि इससे पहले की तीनों लाशों की पोस्टमार्टम रिपोर्ट में मौत का कारण साँसों का अवरुद्ध होना पाया गया, संभवतया इस चौथे व्यक्ति की मौत का कारण भी वही हो। खैर, जो भी हो परंतु कानूनी औपचारिकता तो पूरी करनी ही है।

जब रंजीता चौथे केस के सिलसिले में आस-पासवालों के बयान ले रही थी। तो उसने वहाँ के रहवासियों से पूछा, "क्या यहाँ पर कोई ऐसी बात नजर में आई है, जो कि सामान्य न हो।"

सभी ने ऐसा कुछ भी बताने से इनकार कर दिया, परंतु एक व्यक्ति ने डरते हुए बताया, "मैडम, दो-तीन दिन से यहाँ पर एक लड़की आती थी। जो यहीं पार्किंग में किसी का इंतजार करती थी। इसके पहले हमने उसे यहाँ पर कभी नहीं देखा।"

"कैसे आती थी?"

"वो उसी स्कूटी से ही आती होगी, जिसके ऊपर बैठकर वह प्रतीक्षा करती थी। स्कूटी का नंबर कहीं बाहर का था।"

"ठीक है। मेरा ये मोबाइल नंबर रखिए और अब वो लड़की यहाँ पर जब भी दिखे तो मुझे सूचना दीजिए।"

"जी, जरूर।"

इंस्पेक्टर रंजीता का वह शक साबित होने की कगार पर दिखलाई देने लगा कि मर्डर करनेवाली एक महिला भी हो सकती है, लेकिन जब तक सबूत न मिलें, तब तक कुछ भी कहना बेमानी है।

दूसरे दिन इंस्पेक्टर रंजीता के एक नजदीकी रिश्तेदार की मौत हो जाती है। जब वह गमी में शामिल होने गई तो उसे वहाँ की पार्किंग में एक लड़की एक्टिवा के ऊपर बैठी किसी का इंतजार करती दिखी। इंस्पेक्टर रंजीता ने सोचा, यह वही लड़की हो सकती है। परंतु यहाँ पर कैसे आ गई? ऐसा तो नहीं कि यह मेरा पीछा कर रही हो, या फिर इसी इलाके में पाँचवाँ मर्डर होनेवाला हो। जो भी हो, लेकिन इसे टोकना जरूरी है।

रंजीता उसके पास जाकर सामान्य लहजे में उससे पूछती है, "आप किसी का इंतजार कर रही हैं क्या?"

वह इंस्पेक्टर रंजीता की ओर गौर से देखती है। हल्के बादामी रंग के सलवार सूट में पड़े गाढ़े रंग के प्रिंटेट दुपट्टे में खुले बालों के साथ वह बहुत खूबसूरत लग रही थी। उसे देखकर कोई सोच भी नहीं सकता था कि वह एक पुलिस इंस्पेक्टर है।

हल्की सी मुसकान के साथ वह जवाब देती है, "हाँ, जी मैं एक कूरियर कंपनी में काम करती हूँ और यहाँ पर एक पार्सल की डिलीवरी करने आई हूँ।" ऐसा कहते हुए वह एक पार्सल दिखलाती है।

उस पार्सल को देखकर इंस्पेक्टर रंजीता उससे कहती है, "ओके, थैंक्यू।"

"वैसे आप यह सब क्यों पूछ रही हैं ?" इंस्पेक्टर रंजीता सिविल कपड़ों में है, इसलिए वह पहचान नहीं पाती।

"जी, मैं एक पुलिस इंस्पेक्टर हूँ और एक केस की जाँच में उलझी हुई हूँ। इसलिए हमेशा वही सब दिमाग में चलता रहता है।"

"ओह! इट्स ओके।" कहकर वह मुसकरा देती है।

तीसरे दिन थाने में इंस्पेक्टर रंजीता के नाम एक पार्सल आता है। उस पर भेजनेवाले का नाम अंकित नहीं है। वह जब उसे खोलकर देखती है तो उसे उसमें वही लाल रंग की पीले डोरेवाली राखी मिलती है। यह देखकर वह चौकन्नी हो जाती है।

तुरंत कूरियरवाले का पता लगाकर उस पार्सल की जानकारी लेती है, तो उसे पता चलता है कि यह पार्सल किसी योयो नाम के व्यक्ति ने भेजा है। उसके घर के पते पर पुलिस पहुँचती है तो वहाँ पर इस नाम का कोई व्यक्ति नहीं मिलता। इंस्पेक्टर रंजीता कुछ सोचकर वापस आ जाती है।

वह दूसरे दिन योयो के पते पर दो सिपाहियों को भेजती है, एक को पोस्टमैन के वेश में तो दूसरे को केले बेचनेवाला बनाकर।

योयो के घर जाकर पोस्टमैन का रूप धारण करे सिपाही कहता है, "यहाँ कोई योयो रहता है क्या ? उसके नाम का मनीऑर्डर आया है।"

उस मकान में से एक व्यक्ति तेजी से बाहर आकर कहता है, "हाँ, हाँ, मैं ही योयो हूँ।"

वेश बदला सिपाही कहता है, "ओके, अपनी आई.डी. दिखाइए।"

वह अपने मकान के अंदर जाता है और आई.डी. थमाते हुए कहता है, "ये लो।"

"परंतु यह तो महेश के नाम की है।"

"हाँ, मैं ही महेश हूँ।"

"तो ये योयो… ?"

ये भी मैं ही हूँ।" थोड़ा रुककर वह हँसते हुए बोला, "मैं कन्हैया हूँ, कहैन्या, मेरे कई नाम हैं।"

सिपाही को उसका यह रवैया सनकियों की भाँति लगा। कुछ सोचकर उसने उससे फिर पूछा, "अच्छा तो कन्हैया, आपके और कितने नाम हैं?"

"पोस्टमैन साहब, आप मुझे राखीवाला कहकर पुकार सकते हो। पूरे शहर की पुलिस मुझे इसी नाम से ढूँढ़ रही है।" वह अपने सिर को खुजलाकर इतराते हुए बोला।

इतना सुनते ही पास में ही साइकिल पर केले की टोकरी लिये केलेवाले ने चुपके से थाने में सूचना दी।

कुछ ही समय में इंस्पेक्टर रंजीता आ पहुँची। उसने आदेश दिया, "इसे थाने ले चलो।"

फिर थोड़ा रुककर वह कहती है, "एक मिनट रुको। पहले इसके घर की तलाशी इसकी मौजूदगी में ले लें।"

"जी मैडम।" कहते हुए दो सिपाही उसे मजबूती से पकड़कर उसे अंदर ले जाते हैं। मकान की तलाशी ली जाती है। उसके बिस्तर के पास ढेर सारी लाल रंग की पीले डोरेवाली राखियाँ देखकर रंजीता चौंक जाती है।

वह पूछती है, "ये राखियाँ किसलिए हैं?"

"दूसरों के लिए हैं।"

"अच्छा।" कहते हुए रंजीता पुलिस वाहन में बिठाने का आदेश देती

है। योयो को थाने लाकर वह उसे अपनी सामनेवाली कुरसी पर बिठाकर उसे चाय-नाश्ता करवाती है। चाय पीते समय गिलास पर उसके हाथों के फिंगर प्रिंट आ गए, जिसे वह जाँच के लिए लेबोरेटरी भिजवा देती है।

इसके बाद वह उससे धीरे से पूछती है, "राखीवाले एक बात बताओ, तुम मारने के बाद राखी क्यों बाँध देते थे?"

"वो इसलिए कि···नहीं-नहीं, मैंने किसी को नहीं मारा।"

"अच्छा तो क्या जिंदा में ही राखी बाँध देते थे?"

"नहीं मैडम, मुझे कुछ नहीं मालूम।"

लाख पूछने पर भी वह कुछ नहीं बताता, परंतु इंस्पेक्टर रंजीता उसके साथ थर्ड डिग्री का इस्तेमाल नहीं करना चाहती। इस प्रकरण के संबंध में वह पहले भी कई लोगों को थाने लाकर थर्ड डिग्री का इस्तेमाल कर चुकी है। एक बार तो बात बिगड़ गई थी। इसलिए इस बार वह बहुत ही सावधानी के साथ पूछताछ कर रही है। चर्चित केस होने के कारण मीडिया की नजर थाने पर ही लगी हुई है। अखबार वाले रोजाना पुलिस प्रशासन को नाकाम बताकर तरह-तरह के समाचार छाप रहे हैं।

अस्तु इंस्पेक्टर रंजीता अपने उच्चाधिकारियों को सारी बात बताकर उनसे 24 घंटों की मोहलत माँगती है। दूसरे दिन फिंगर प्रिंट की रिपोर्ट आ जाती है। योयो के हाथों के चिह्न और चौथे मृतक के पास से बरामद शराब के गिलासों पर पाए गए चिह्न एक समान हैं। बस, उसकी गिरफ्तारी के लिए यह साक्ष्य पर्याप्त है। अस्तु इंस्पेक्टर रंजीता ने सर्वप्रथम योयो को गिरफ्तार करके न्यायालय से तीन दिनों का पुलिस रिमांड ले लिया।

इसके उपरांत पूरी शक्ति के साथ पूछताछ करने का दौर शुरू हो गया। इंस्पेक्टर रंजीता ने अपने एक हैड कांस्टेबल से कहा, "पहले तो इसकी बढ़िया पिटाई करो, उसके बाद इससे पूछताछ करेंगे।"

थोड़ी सी पिटाई के बाद ही योयो कहने लगा, "मुझे मत मारो, मैं सब बताता हूँ।"

बस इसी बात का इंतजार था। इंस्पेक्टर रंजीता उससे कहती है, "देख,

जो भी बताना, सच-सच बताना, वरना इस बार चमड़ी उधेड़ देंगे।"

वह दोनों हाथों को जोड़कर डरते हुए कहता है, "जी, मैडम।"

"रामसिंह, पहले पानी पिलाओ इसे। कैमरे वगैरह तैयार रखो। सी.एस. पी. साहब के आने पर जैसे ही मैं इशारा करूँ, कैमरा ऑन कर देना।"

"जी, मैडम।"

सी.एस.पी. साहब के साथ एस.पी. साहब भी आ गए। उन दोनों ने चाय वगैरह ली, फिर वे पूछताछ कक्ष में आकर बैठ गए।

इंस्पेक्टर रंजीता ने कहा, "हाँ तो योयो उर्फ महेश उर्फ कहैन्या उर्फ राखीवाला तूने इन चार लोगों को क्यों मारा?"

योयो चुप रहा। कुछ नहीं बोला तो सी.एस.पी. साहब बोले, "बोल बे।"

उनका गुस्सा देखकर वह समझ गया कि अब बचना मुश्किल है, इसलिए वह कहने लगा, "मैं सबसे पहले अपने एक कॉलेज के साथी से मिला, वह मुझे बहुत अच्छा लगा। मैं नहीं चाहता था कि वह किसी और का दोस्त बने, इसलिए मैंने उसे पीछे से पकड़कर सोफे पर लिटाकर उसकी नाक पर तकिया रख दिया।"

"मगर वह राखी।"

"मैडम, पिक्चर में देखते हैं न कि हीरो मारने के बाद अपना कोई निशान छोड़ जाता है। मैंने भी वही किया।"

"ओह, फिर उसके बाद?"

"उसके बाद मैं अपने एक बचपन के दोस्त से मिलने गया, वह बहुत बड़ी-बड़ी बातें कर रहा था। मेरी बहन के बारे में पूछ रहा था। मुझे बुरा लगा। इसलिए मैंने उसका भी गला दबा दिया।"

"फिर तीसरा मर्डर कैसे किया?"

"मैंने किया नहीं मैडम, हो गया। मैं यों ही चाय की दुकान पर खड़ा चाय पी रहा था, तभी मेरा एक जाननेवाला मिल गया। वह बोला, योयो, मेरा कंप्यूटर खराब हो गया है। चलकर ठीक कर दे यार। वह अपने घर में अकेला था। मैंने उसका कंप्यूटर चालू कर दिया। वह खुश हो गया। हम दोनों

गपशप कर रहे थे। वो पलंग पर बैठा था और मैं सोफे पर। मुझे एकाएक न जाने क्या सनक आई और मैंने उसके ऊपर झपट्टा मार दिया। वह सँभल ही नहीं पाया और हँसते-हँसते मैंने उसकी नाक पर तकिया रख दिया। वह थोड़ी देर तड़पता रहा फिर शांत हो गया।"

"जब वह तड़प रहा था, तुझे उस पर तरस नहीं आया?"

"नहीं, बिल्कुल नहीं।"

"अब आएगा बेटा।" सी.एस.पी. साहब ने क्रोधित स्वर में कहा। योयो चुपचाप उन्हें देखने लगा। तो रंजीता ने कहा, "चल चौथे मर्डर के बारे में बता।"

"जी, मैं दूसरे दिन फिर कॉलेज के दोस्त के पास गया। हम दोनों ने ऑर्डर करके चिकन मँगवाया। उसके पास एक बोतल रखी थी। हमने शराब पी। इसके बाद मुझे उसके सिर पर एक तितली बैठी दिखी, मैं उसे मारने के लिए खड़ा हुआ तो वह बोला, 'अरे ये क्या कर रहा है।'

"मैंने कहा, 'अरे, देख नहीं रहा है, तितली मार रहा हूँ।' ऐसा कहते हुए मैंने उसको बिस्तर पर गिरा दिया और उसको भी तकिये से मार दिया। इसके बाद मैंने गिलास में बची हुई शराब को पिया और फिर मैं वहाँ से चल दिया, फिर लौटा, उसके दाहिने हाथ पर राखी बाँधी और लिफ्ट से पार्किंग स्थल पर आ गया।"

"तुझे पुलिस का डर नहीं लगा?"

"पुलिस को कैसे पता चलता?"

"पर अब तो पता चल गया।" इंस्पेक्टर रंजीता ने कहा।

योयो जमीन की तरफ सिर झुका लेता है। इंस्पेक्टर रंजीता अपने उच्चाधिकारियों की ओर देखती है तो वे दोनों मुसकराकर उसे शाबाशी देते हैं।

प्रेस वार्ता बुलाकर इस केस का खुलासा किया जाता है। दूसरे दिन के अखबारों में इंस्पेक्टर रंजीता ही समस्त अखबारों के मुखपृष्ठ पर छाई हुई है। सामाजिक संगठनों ने उस सनकी सीरियल किलर योयो को फाँसी देने की

माँग की और इंस्पेक्टर रंजीता को इनाम देने की।

अखबार पढ़ते-पढ़ते आसमान की ओर देखकर इंस्पेक्टर रंजीता ने एक लंबी गहरी साँस ली और मुसकरा दी। मानो कह रही हो, हे! बूँदो, शुक्रिया, तुमने अंततः मुझे हँसा ही दिया।

□

# हीरों की चोरी

# हीरों की चोरी

करीब सप्ताह भर की कानून व्यवस्था ड्यूटी के उपरांत इंस्पेक्टर रंजीता अपने घर जाकर राहत की साँस ही ले रही थी कि तभी थाना हाजिरी में तैनात थानेदार तिवारी का फोन आता है। औपचारिक अभिवादन के उपरांत वह कहता है, "मैडम, करीब एक करोड़ के हीरों की चोरी होने की रिपोर्ट आई है।"

"क्या ?" रंजीता आश्चर्य से पूछती है।

थानेदार कहता है, "जी मैडम। पर अच्छी बात यह है कि फरियादी को अपने ड्राइवर पर ही शक है।"

"तो ?" इंस्पेक्टर रंजीता ने पूछा।

"तो मैडम, हम आसानी से इस प्रकरण को शीघ्रातिशीघ्र सुलझा लेंगे।"

"तिवारी जी, इतना आसान कुछ नहीं होता है।"

"जी मैडम।"

"आप फरियादी को रोककर रखिए, मैं आती हूँ।"

"जी मैडम।" कहते हुए थानेदार फोन रखकर सोचने लगता है कि इसमें मुश्किल क्या है ? जब फरियादी को अपने ड्राइवर पर ही शक है तो उसे पकड़कर खूब ठोको, वह उगल देगा। उफ्। पर मैडम को बस बात बढ़ाने की आदत है। खैर, मुझे क्या लेना। वह थाना प्रभारी हैं, जैसा कहेंगी, हम करते जाएँगे।"

थानेदार को अपने में खोया देखकर फरियादी अर्चिता का पति आकाश

बोला, "सर, रिपोर्ट लिखिए। वरना हम आपके उच्चाधिकारियों से बात करते हैं।"

वह विचारों की दुनिया से बाहर आकर झट से पूछता है, "क्या?"

वह व्यक्ति रौब के साथ अपनी बात को फिर दुहराता है, "सर, आप रिपोर्ट लिख रहे हैं या फिर हम आपके उच्चाधिकारियों से बात करें?"

"हाँ, हाँ, मैडम से बात हो गई है। वे आ रही हैं। आप थोड़ा इंतजार कीजिए।"

वह अपने दोनों कंधों को उचकाकर कहता है, "ओके।"

थोड़ी देर में इंस्पेक्टर रंजीता आ जाती है, उसे देखकर आकाश की नजरें उस पर ठहर जाती हैं। वह अपने दिमाग पर जोर देने लगता है।

थानेदार कहता है, "चलिए मैडम के चैंबर में।"

आकाश व अर्चिता दोनों मैडम के चैंबर में जाते हैं। कुरसी पर बैठते ही आकाश कहता है, "मैडम, एक्सक्यूज मी। आप दिल्ली से हैं?"

"हाँ, क्यों?"

"ओह, मैं भी।"

"तो?"

"मैं अंजली सक्सेना दीदी का छोटा भाई हूँ।"

"ओह ग्रेट। कहाँ है अंजली अभी?"

"सिविल सर्विसेस की परीक्षा में उन्हें आई.ए.एस. मिल गया था। अभी वे जापान में पोस्टेड हैं।"

"वाह, नंबर देना उसका।"

"जी।"

तभी वहाँ पर एस.पी. साहब आ जाते हैं। उनके साथ कुछ पत्रकार बंधु भी चले आते हैं। चोरी की यह बहुत बड़ी घटना है। दूसरी बात फरियादी बहुत बड़े उद्योगपति हैं। इसलिए बड़े अधिकारियों व मीडिया का वहाँ आना स्वाभाविक है।

इंस्पेक्टर रंजीता प्रकरण की गंभीरता को समझते हुए सर्वप्रथम एफ.आई.

आर. लिखती है। फरियादी को उसकी एक प्रति देकर चोर को शीघ्रातिशीघ्र पकड़ने का आश्वासन देती है।

इस बात पर फरियादी अर्चिता कहती है, "मैडम, सिर्फ चोर को ही नहीं पकड़ना, बल्कि मुझे अपने हीरे के सारे गहने वापस चाहिए। वह मेरे पापा की निशानी हैं।" कहते-कहते उसकी आँखें भर आईं।

उसके हाव-भाव देखकर ऐसा लग रहा था, मानो उसे हीरों का नहीं, बल्कि अपने स्वर्गीय पिताजी की निशानी खोने का ज्यादा दुःख है।

इंस्पेक्टर रंजीता कहती है, "बिल्कुल। आपको आपके गहने वापस दिलवाने का हम पूरा प्रयास करेंगे। अभी आप लोग घर जाइए। काफी वक्त हो गया है। कल मैं खुद आपके घर आकर आप लोगों का बयान लूँगी।"

"जी।" कहते हुए वह एक फीकी सी मुसकान देकर अपने पति की ओर देखती है। उसका पति आकाश एस.पी. साहब व इंस्पेक्टर रंजीता को धन्यवाद देकर अपनी पत्नी सहित थाने से निकलकर अपनी कार बी.एम. डब्ल्यू. में जा बैठता है।

दूसरे दिन इंस्पेक्टर रंजीता अपने पुलिस दल के साथ फरियादी अर्चिता के घर जाती है। बड़ा सा घर, जिसे देखकर ऐसा लग रहा था, मानो किसी भव्य फाइव स्टार होटल में आ गए हों। पोर्च में इंम्पोर्टेट कारें खड़ी हैं। उसके पास में ही सफेद वर्दी में दो चालक खड़े हैं। मुख्य दरवाजे के पास एक संतरी खड़ा है।

अंदर बैठक कक्ष का आकार व सजावट मनमोहक है। आकाश व अर्चिता इंस्पेक्टर रंजीता को आदरपूर्वक बिठाते हैं। प्रारंभिक स्वागत व चाय-नाश्ते के बाद पूछताछ का दौर शुरू होता है।

अपने बयान में अर्चिता बताती है, "मैं मुंबई की रहनेवाली हूँ। अभी पिछले साल ही मेरी शादी आकाश के साथ हुई है। हम दोनों के पिता इंडस्ट्रीयल हैं। मेरी पसंद के अनुरूप मेरे पिताजी ने मुझे शादी में सारे जेवर डायमंड व प्लेटिनम के ही दिए थे। ससुराल से भी मुझे ज्यादातर जेवर हीरे के ही दिए गए थे। पिछले सप्ताह मैं जब अपने चचेरे भाई की शादी में शामिल

होने के लिए अपने मायके जा रही थी तो मेरी सासू माँ ने मुझे गहने भी ले जाने को कहा। यद्यपि जेवर ले जाने का मेरा मन नहीं था, परंतु मैं अपनी सासू माँ को न नहीं कह पाई।"

"फिर?" इंस्पेक्टर रंजीता ने पूछा।

"फिर मुझे विवाह में एक सप्ताह पहले जाना था, इसलिए मैं ड्राइवर के साथ चली गई। आकाश व मेरे सास-ससुरजी को एक और शादी में भी जाना था, इसलिए ये लोग हवाई जहाज से आए व शादी का रिसेप्शन अटैंड करके दो घंटे में वापस आ गए। मैं वहीं रुकी रही।

"दूसरे दिन मैं अपनी मम्मी के पास गई। वहाँ पर दो दिन रही। मेरे पापा नहीं रहे, इसलिए मम्मी अकेलापन महसूस करती हैं। इसलिए सोचा, दो दिन उनके साथ रह लूँ। तीसरे दिन मेरी माँ मामाजी के यहाँ चली गई और मैं बाई रोड घर आ गई।"

"हीरे के जेवर कहाँ रखे थे?"

"मेरी माँ ने एक बॉक्स में रखकर वह मेरे पर्स में रख दिया था। फिर घर आकर दूसरे दिन देखा तो वह बॉक्स नहीं था।"

"रास्ते में आप कहीं रुकी थी?"

"रास्ते में एक मंदिर पड़ता है, वहाँ पर दर्शन करने उतरी थी और हाँ, एक बार वाशरूम भी गई थी।"

"पर्स गाड़ी में छोड़ गई थी?"

"नहीं, साथ में ले गई थी।"

"तो फिर बॉक्स कहाँ चला गया?"

"यही तो समझ में नहीं आ रहा है।"

"कहीं आप अपने मायके में ही तो नहीं छोड़ आई हैं वो बॉक्स?"

"नहीं, माँ ने मुझे दे रखा था।"

"आपने अपनी माँ से पूछा?"

"हाँ, मैंने फोन लगाकर उनसे पूछा, परंतु यह नहीं कहा कि हीरे का वह बॉक्स चोरी हो गया है। यदि मैं उन्हें यह बताती तो वे चिंतित हो जातीं।"

थोड़ा याद करते हुए अर्चिता आगे बोली, "रास्ते में पेट्रोल भराने के लिए मैंने अपना डेबिट कार्ड दिया था। जब मैं कार्ड निकाल रही थी, अपने पर्स का सामान भी मैंने बाहर निकाला था। घर आकर सारा सामान ड्राइवर ने गाड़ी से निकालकर घर के अंदर रखा था। मुझे लगता है कि वह बॉक्स गाड़ी में सीट पर ही रह गया होगा। या फिर जब मैं वाशरूम गई होगी, उसने उठा लिया होगा, या फिर सामान निकालते समय उसने अपने पास रख लिया होगा।"

"आपने उस ड्राइवर से पूछा?" इंस्पेक्टर रंजीता के पूछा।

"दूसरे दिन से ही वह छुट्टी पर चला गया। कह रहा था, उसकी माँ बीमार है। अब जब हम लोग फोन लगा रहे हैं तो उसका मोबाइल बंद आ रहा है।"

"ओह!"

"मैडम, मुझे पूरा यकीन है कि मेरे गहने उस ड्राइवर के ही पास हैं।"

"उसके घर का पता है?"

"हाँ।"

करीब 300 किलोमीटर की दूरी पार करके इंस्पेक्टर रंजीता उस ड्राइवर के घर जाती है तो देखती है कि उसके घर पर बहुत सारे लोग एकत्र हैं। लोग रो रहे हैं।

इंस्पेक्टर रंजीता दूर से ही पड़ोसियों से पूछती है कि यह भीड़ क्यों लगी है? तो पता चला कि ड्राइवर की बूढ़ी माँ शांत हो गई है। वह वापस आ जाती है। तीसरे दिन वह अपने थानेदार को ड्राइवर के घर भेजती है।

ड्राइवर पुलिस को देखकर काँप जाता है और पिछले दरवाजे से भाग जाता है। पुलिस उसे पकड़कर थाने ले आती है। थाने लाकर उससे हीरे के जेवर के बारे में पूछा जाता है तो वह कहता है, "मैंने जेवर नहीं चुराए।"

"तो फिर मोबाइल क्यों बंद किया?"

" बैलेंस न भरवा पाने के कारण कंपनी से ही बंद हो गया।"

"पुलिस को देखकर भागा क्यों था?"

वो डरते हुए बोला, "मेरे लड़के ने एक ऊँचे जात की लड़की से शादी

कर ली है। मुझे लगा कि उसके माँ-बाप ने पुलिस भेजी है, इसलिए मैं भागा।"

"ओह! तुम्हारा बेटा और वो लड़की कहाँ हैं?"

"उन्हें हमने अपने रिश्तेदारों के यहाँ छुपा रखा है।"

"बहुत बढ़िया। अब यह भी बता दो कि हीरे कहाँ छुपाकर रखे हैं, क्योंकि उस दिन अर्चिता मैडम के साथ सिर्फ तुम ही गाड़ी में थे।"

"जी, मैडम, आप सही कह रही हैं, लेकिन मैंने चोरी नहीं की।"

उसकी खूब पिटाई होती है। उसके घर की तलाशी ली जाती है। उसके परिवारवालों से पूछताछ की जाती है। उनके संबंधियों के घर की भी तलाशी ली जाती है। कुछ नहीं मिलता है।

दूसरे दिन थाने में ड्राइवर के एक पड़ोसी का फोन आता है कि ड्राइवर की बहू के पास बहुत सारे सोने के जेवर हैं। इंस्पेक्टर रंजीता को लगता है कि पक्का उसने हीरे के जेवर बेचकर यह गहने अपनी बहू के लिए खरीदे होंगे।

"ड्राइवर की बहू को थाने लाया जाता है। उससे पूछताछ की जाती है तो वह डरते हुए बताती है, "उसने अपनी माँ की अलमारी में से सोने के ये जेवर निकाले हैं।"

"यानी तुमने अपने ही घर में चोरी की?"

"नहीं, ये गहने मेरी शादी के लिए ही मेरे माँ-बाप ने बनवाए थे। इसलिए जब मैं भागी तो वे सारे जेवर भी साथ ले आई।"

जाँच-पड़ताल में ड्राइवर की बहू का यह कथन सही निकला।

अब इंस्पेक्टर रंजीता को समझ नहीं आ रहा है कि आखिर हीरे के वो गहने कहाँ गए? वह फिर से फरियादी से बात करती है तो वह कहती है, "मैडम, मुझे तो पूरा शक उस ड्राइवर पर ही है। वह काफी चालाक है। उसे जेल भेजिए, तब उसकी अक्ल ठिकाने आएगी।"

"अर्चिता मैडम, बिना किसी सबूत के किसी को मुलजिम नहीं बनाया जा सकता। अभी तक की विवेचना में ड्राइवर के खिलाफ कोई भी साक्ष्य नहीं मिला है।"

"तो फिर क्या मेरे जेवर नहीं मिलेंगे?" वह रुँआसी होकर बोली।

"मिलेंगे तो परंतु हमें अपनी जाँच का एंगल बदलना होगा।"

आकाश इंस्पेक्टर रंजीता से कहता है, "दीदी, कुछ भी करिए, परंतु प्लीज वह गहने ढूँढ़ निकालिए। उनसे अर्चिता का भावनात्मक जुड़ाव है।"

"हाँ, मुझे पता है। इसलिए मैं भी पूरी गंभीरता के साथ विवेचना कर रही हूँ।" फिर वह अर्चिता की ओर देखती है, जो मुँह लटकाए बैठी है।

बड़े ही प्यार से इंस्पेक्टर रंजीता पूछती है, "अर्चिता, क्या आपकी मम्मीजी मामा के घर से अपने घर लौट आई हैं?"

"नहीं, अभी नहीं।"

"अगले सप्ताह लौट आएँगी।"

"ओके।"

"परंतु आप ये सब क्यों पूछ रही हैं?"

"बताऊँगी। पहले आप एक काम करें। जब भी वे घर आएँ, उनसे फोन पर मेरी बात कराएँ।"

"जी।" कहकर अर्चिता चुप रह जाती है। इंस्पेक्टर रंजीता अपने थाने लौट आती है।

दो सप्ताह हो गए, परंतु एक करोड़ के हीरों के जेवर अभी तक बरामद नहीं हुए। न ही चोर पकड़ा गया। इंस्पेक्टर रंजीता का दबाव बढ़ता जा रहा है।

वहाँ अर्चिता भी चिंतित रहती है। जब से उसके जेवर चोरी हुए हैं, उसका कहीं मन नहीं लगता। सारा सामान जहाँ-का-तहाँ पड़ा रहता है। उसे अपनी ही चीजों की फ्रिक नहीं है। वस्तुतः उसे जेवर का मोह भी नहीं है। न ही कीमती गहनों की चाह है, लेकिन जो गहने चोरी हुए हैं न, वह केवल गहने नहीं हैं। उसके पापा का प्यार है। उसमें उनकी यादें बसती हैं।

अर्चिता की एक ही दिली तमन्ना है कि उसके पापा का दिया हुआ हीरों का वो नेकलेस। वो बड़ी सी रिंग व कान का सेट और कड़ा। साथ ही जन्मदिन का वो छल्ला मिल जाए बस।

इंस्पेक्टर रंजीता ने ड्राइवर को छोड़ दिया है, पर उसकी प्रत्येक गतिविधि

पर नजर रखने के लिए मुखबिर लगा दिए हैं। काफी दिन गुजर गए, परंतु कोई भी खबर मुखबिरों द्वारा नहीं दी गई तो इंस्पेक्टर रंजीता की चिंता और बढ़ने लगी।

एक दिन इंस्पेक्टर रंजीता को आकाश का फोन आता है, फोन उठाते ही इंस्पेक्टर रंजीता कहती है, "आकाश, जल्द ही जेवर मिल जाएँगे। आप चिंता न करें।"

जवाब में आकाश कहता है, "आप चिंता न करें दीदी। जेवर का वह बॉक्स मिल गया है।"

खुश होकर इंस्पेक्टर रंजीता पूछती है, "सच?"

"हाँ दीदी, सच।"

"परंतु कहाँ पर?"

"दीदी, यह सब अर्चिता की लापरवाही है।"

"अरे बाबा, खुलकर बताओ। क्या हुआ?"

"आज अभी मैंने यों ही अर्चिता की मम्मी से बात की तो बात-बात में उन्होंने बताया कि बॉक्स में से जेवर निकालकर अलग-अलग रख लेने चाहिए। मैंने कहा, 'परंतु अभी तक तो शायद उसने ऐसा नहीं किया है।' तो वो बोली, 'बेटा, अर्चिता से सूटकेस का कोड पूछकर आप ही ये काम कर देना। क्या उसने अपने जेवर सूटकेस में रखे हैं?' मैंने आश्चर्य से पूछा।

तो वो बोली, 'हाँ। मैंने ही तो रखे थे और यह बात उसे भी बता दी थी।'

"मैंने उनका फोन काटकर तुरंत सूटकेस खुलवाया तो सच में हीरों के जेवर का वह बॉक्स सूटकेस के अंदर ही मिल गया है।"

"वेरी गुड।" इंस्पेक्टर रंजीता ने कहा।

"यदि अर्चिता ने पहले से ही अपना सूटकेस खोलकर देख लिया होता या अपनी माँ से इस विषय में चर्चा कर ली होती तो आपको इतनी परेशानी नहीं होती। सॉरी दीदी।" आकाश बोला।

"चलिए, कोई बात नहीं। बेशकीमती यादों से जुड़े कीमती जेवर मिल गए, यही क्या कम है, लेकिन अब आपको एक कष्ट उठाना पड़ेगा।"

"जी, बोलिए दीदी।"

"हीरे के वे सारे गहरे लेकर आपको थाने आना पड़ेगा। मुझे उनकी बरामदगी का पंचनामा बनाना होगा। अर्चिता के बयान लेना होंगे। सुपुर्दगीनामा बनाना पड़ेगा, ताकि प्रकरण का खात्मा किया जा सके।" इंस्पेक्टर रंजीता ने कहा।

"जी, जरूर।"

थाने की हाजिरी ड्यूटी पर तैनात थानेदार तिवारी को जब पता चला कि हीरों की चोरी ड्राइवर ने नहीं की है तो वह कहने लगा, "लोग नाहक ही गरीबों पर शक करते हैं।"

□

# चोर कर्नल साहब

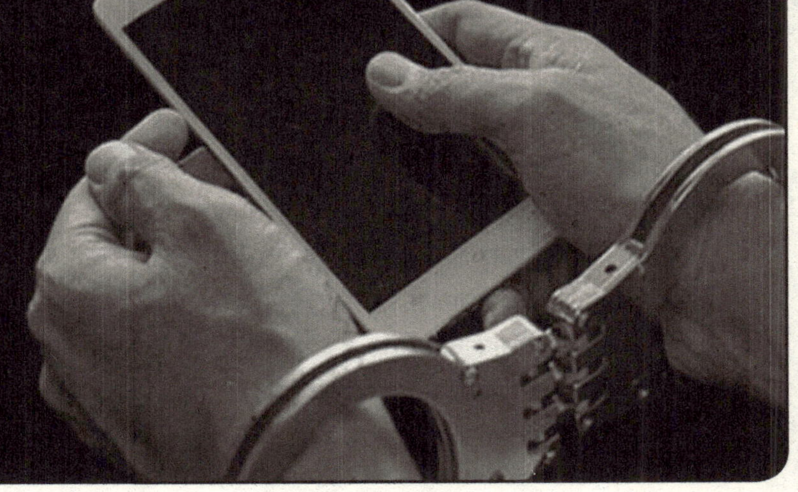

# चोर कर्नल साहब

"सर, लेकिन एक कर्नल चोर कैसे हो सकते हैं। उनको तनख्वाह के रूप में एक बड़ी रकम मिलती है। फिर वह क्यों चोरी करेंगे।" उप-पुलिस महानिदेशक अरविंद खन्ना ने बड़े ही असमंजस्य भरे भाव से पुलिस महानिदेशक अनु शर्मा से कहा।

वे कहने लगे, "हाँ, यह बात तो मेरे भी समझ के परे है, परंतु यह बात भी सच है कि उन पर चोरी का आरोप तो है।"

उनके सामने की सीट पर बैठी इंस्पेक्टर रंजीता ने धीरे से कहा, "सर, इस संबंध में हम किसी मनोवैज्ञानिक की राय ले सकते हैं।"

"हाँ, सुझाव तो अच्छा है, मगर क्या राय लेंगे।" पुलिस महानिदेशक अनु शर्मा ने कहा।

इंस्पेक्टर रंजीता बोली, "यही कि आर्थिक रूप से सक्षम कोई भी व्यक्ति क्या चोरी जैसी हरकत कर सकता है?"

"हाँ सर, कर्नल को छेड़ने से पहले हमें अपना होमवर्क कर लेना चाहिए।" उप-पुलिस महानिदेशक अरविंद खन्ना बोले।

पुलिस महानिदेशक अनु शर्मा मुसकराते हुए बोले, "सही है, परंतु इंस्पेक्टर रंजीता आपके दिमाग में यह आइडिया कैसे आया?"

"सर, मैं मनोविज्ञान की छात्रा हूँ। बी.ए. ऑनर्स इन साइकोलॉजी।" इंस्पेक्टर रंजीता ने भी मुसकराते हुए जवाब दिया।

"वेरी गुड। आप तो बहुत होनहार हैं।"

"जी, धन्यवाद।" इंस्पेक्टर रंजीता ने बड़े ही विनम्र भाव से जवाब दिया।

उप-पुलिस महानिदेशक अरविंद खन्ना ने रंजीता की ओर देखते हुए कहा, "तब तो आप किसी मनोवैज्ञानिक को भी जानती होंगी ?"

"जी सर, मेरी नजर में एक मनोवैज्ञानिक हैं डॉ. संघमित्रा। यदि आप कहें तो उनसे बात कर लूँ।" इंस्पेक्टर रंजीता ने कहा।

"हाँ रंजीता, आप जरूर बात करिए। आप इस प्रकरण की विवेचना अधिकारी हैं। इसलिए आप अपने स्तर पर बात करके बताइएगा कि उनकी विशेषज्ञ राय क्या रही।"

पुलिस महानिदेशक अनु शर्मा ऐसा कहते हुए अपनी कुरसी से उठे तो उनके साथ बाकी सभी पुलिस अधिकारी अपनी-अपनी कुरसियों से उठ गए।

इसी के साथ पुलिस नियंत्रण कक्ष में चल रही दो घंटे की बैठक भी समाप्त हो गई। सभी के दिमाग में एक ही प्रश्न था कि क्या एक कर्नल रैंक का व्यक्ति भी चोर हो सकता हैं ? चोरी तो छोटे लोगों का काम है।

खैर, दूसरे दिन सोमवार था। इंस्पेक्टर रंजीता ने डॉ. संघमित्रा के कार्यालय में जाकर उनसे कर्नल के चोरी प्रकरण पर चर्चा की। सारा विवरण बताने के साथ ही कर्नल साहब की फोटो भी दिखाई।

सारी बात सुनने के उपरांत डॉ. संघमित्रा कहती हैं, "देखिए, किसी भी संभावना से इनकार नहीं किया जा सकता। चोरी करना भी एक भाँति की मनोवैज्ञानिक बीमारी है। इस बीमारी को 'क्लेप्टोमेनिया' कहते हैं। इसके तहत व्यक्ति के दिमाग में 'सेरोटोनिन' नामक न्यूरोट्रांसमीटर का स्तर कम हो जाता है। जिससे व्यक्ति सही-गलत में फर्क नहीं कर पाता है और चोरी करने से अपने को रोक नहीं पाता है।"

"ओह ?" इंस्पेक्टर रंजीता आश्चर्य से कहती है।

"जी, सामान्यत: व्यक्ति के मन में आ रहे विचारों एवं आवेग को मस्तिष्क में मौजूद ओपिओइड सिस्टम नियंत्रित करता है। मगर क्लेप्टोमेनिया के रोगी का अपने मस्तिष्क पर नियंत्रण खत्म हो जाता है।"

इंस्पेक्टर रंजीता ध्यान से सुनते हुए कहती है "हूँउउ।"

डॉ. संघमित्रा आगे कहती हैं, "इसलिए जब तक ऐसे व्यक्ति चोरी की घटना को अंजाम नहीं दे देते हैं, तब तक वो रिलैक्स नहीं हो पाते हैं, लेकिन जैसे ही वो कुछ चुरा लेते हैं। उनके मस्तिष्क में डोपेमिन नामक कैमिकल उत्पन्न होता है, जो उन्हें खुशी का एहसास कराता है।"

"मैडम, पर व्यक्ति ऐसा क्यों करता है?" इंस्पेक्टर रंजीता ने पूछा।

"इस बीमारी से ग्रसित व्यक्ति खुद की नजरों में उठने के लिए ऐसा साहसिक काम करने की कोशिश करता है, जिससे वो रातों-रात फेमस हो जाए। इसके चलते वो सार्वजनिक जगहों व किसी के घर से सामान चुराता है। ऐसा करने पर उसे आत्म संतुष्टि मिलती है।"

"क्या भावनाओं के संतुलन में कमी होने के कारण ऐसा होता है।" इंस्पेक्टर रंजीता ने पूछा।

"हाँ जी। भावनाओं के असंतुलन के परिणामस्वरूप चोरी की भावना की उत्पत्ति होती है। दरअसल इस बीमारी के तहत व्यक्ति के मन में चोरी-छिपे काम करने की भावना विकसित होती है और साथ ही दिमाग व्यक्ति की इंद्रियों को ऐसा चुनौतीपूर्ण काम करने को कहता है, जिसे उसने पहले कभी न किया हो। इससे दिमागी तालमेल बिगड़ जाता है।"

"ओके।"

"मैं आपको एक बात और बताना चाहूँगी कि इस दौरान इन पर गुस्सा करने या चिल्लाने से इनके मस्तिष्क की क्रिया और ज्यादा सक्रिय हो जाती है, जिसके कारण वो आवेश में आकर कई गलत कदम उठा लेते हैं। वे तैश में आकर किसी पर प्रहार भी कर सकते हैं।"

"थैंक्यू सो मच मैडम। आपकी यह राय इस प्रकरण को सुलझाने में हमारी मदद करेगी।"

डॉ. संघमित्रा मैडम से बात करने के उपरांत वह अपने उच्चाधिकारियों को सारी बात बताकर विवेचना की व्यूह-रचना बनाने में मसरूफ हो जाती है। वह सर्वप्रथम कर्नल भूपेंद्र गुप्ता के साथियों, दोस्तों व बैचमेट्स का पता

कर उनकी एक सूची तैयार करवाती है। एक-एक करके सबसे फोन पर बात की जाती है।

बातों-बातों में कर्नल गुप्ता के एक बैचमेट्स ने बताया, "प्रशिक्षण के दौरान हम 60 लोग एक ही हॉस्टल में रहते थे। सभी के कमरे एक-दूसरे से जुड़े हुए थे। कई बार हममें से किसी की घड़ी तो किसी के पैसे तो किसी की बेल्ट कुछ भी गुम जाता था। हम सबको लगता था कि यह काम सफाई करनेवाली बाई या चौकीदार का होगा। एक दिन एक लड़के की सगाई की अँगूठी उसकी अलमारी में से गुम गई। बात ऊपर तक गई। सबकी तलाशी ली गई तो कर्नल गुप्ता के पास से वह अँगूठी निकली। उसने माफी वगैरह माँग ली तो बात रफा-दफा हो गई।"

एक अन्य दोस्त ने इंस्पेक्टर रंजीता को बताया, "हम दोनों एक ही शहर के हैं। एक बार हम लोग किसी कार्य के सिलसिले में शिमला गए थे। वहाँ पर एक फाइव स्टार होटल में रुके थे। जब हम चेक आउट करने लगे तो मैंने देखा कि कर्नल गुप्ता ने कमरे का एक टॉवेल झट से अपने सूटकेस में रख लिया। उसे लगा कि मैंने नहीं देखा है। परंतु मैंने देख लिया था। मैं उसे शर्मिंदा नहीं करना चाहता था। इसलिए मैंने इस बात का जिक्र कभी नहीं किया, लेकिन मुझे उनकी यह आदत विचित्र लगी।"

अब तक इंस्पेक्टर रंजीता समझ गई थी कि कर्नल साहब चोरी भी कर सकते हैं। अस्तु वह चोरी के लिखित आवेदन-पत्र को एफ.आई.आर. में तब्दील करके जाँच प्रारंभ कर देती है।

सर्वप्रथम वह क्षेत्रीय सेना प्रमुख को इ-मेल कर जाँच के दौरान कर्नल गुप्ता को थाने में पूछताछ के लिए बुलाने की अनुमति प्राप्त कर लेती है।

इसके उपरांत इंस्पेक्टर रंजीता फरियादी को बुलाकर सारा घटनाक्रम पूछती है तो वह बताता है, "चार दिन पहले मैं कर्नल गुप्ता, प्रो. श्रीवास्तव व एक अन्य मित्र के साथ डिनर लेने के लिए एक होटल गया था। खाना खाते समय हम सभी ने अपने-अपने मोबाइल टेबल पर रख दिए।

"फिर खाना खाने के बाद मेरे दो साथी बाथरूम चले गए। कर्नल गुप्ता

और मैं दोनों टेबल पर बैठे सेना में सुपर कंप्यूटर के उपयोग पर बात करते रहे। इसी दौरान मेरी भी इच्छा हुई बाथरूम जाने की तो मैं कर्नल गुप्ता से 'एक्सक्यूज मी' बोलकर चला गया। उस समय टेबल पर सिर्फ वही रह गए थे। बाथरूम नें मुझे याद आया कि मैंने अपना मोबाइल टेबल से उठाया ही नहीं। फिर सोचा कि कोई बात नहीं, कर्नल साहब तो हैं।"

"फिर क्या हुआ ?" इंस्पेक्टर रंजीता ने पूछा।

"मैं लौटकर आया देखा कि तो प्रो. श्रीवास्तव व एक अन्य मित्र टेबल पर बैठे बातें कर रहे हैं। मैंने उनसे पूछा, 'अरे, कर्नल साहब कहाँ चले गए ?'

"प्रो. श्रीवास्तव बोले, 'उनके घर से कोई इमरजेंसी कॉल आया था तो वे चले गए।'

'ओह ! सब ठीक तो है।'

'पता नहीं। वे बहुत जल्दी में निकल गए।'

'चलिए कोई बात नहीं, मैं अभी फोन लगाकर पूछ लेता हूँ।' इतना कहते हुए मैं यहाँ-वहाँ देखते हुए कहने लगा, 'ओह ! मेरा मोबाइल यहीं तो था।'

'नहीं, यहाँ तो हम लोगों ने नहीं देखा।'

'तो कहाँ गया ?' मैंने चिंतित स्वर में कहा।

"उसी वक्त वहाँ पर वेटर आ गया खाने का बिल लेकर। मैंने उससे भी पूछा, परंतु वह भी बोला कि उसे नहीं मालूम।"

वह एक गहरी साँस लेकर बोला, "मैंने पिछले महीने ही आइफोन 11 प्रो एक लाख पैंतीस हजार में खरीदा था। उसमें मेरा सारा डाटा था।

"जब मैं काफी परेशान होने लगा तो प्रो. श्रीवास्तव ने मेरे नंबर पर कॉल किया तो वह स्विच ऑफ आ रहा था। काफी ढूँढ़ने के बाद भी जब मेरा मोबाइल नहीं मिला तो दूसरे दिन मैंने घरवालों के कहने पर थाने में लिखित शिकायत की। जब थाने के हवलदार ने पूछा कि किसी पर शक है ? तो मेरे मुँह से अचानक निकल गया, 'कर्नल भूपेंद्र गुप्ता पर।'"

"ओके।" इंस्पेक्टर रंजीता ने कहा।

फिर इसके उपरांत फरियादी के साथ डिनर पर गए उसके दोनों साथियों के बयान दर्ज किए गए। उनके कथन फरियादी के कथन से मिलते-जुलते हैं।

अब वक्त आ गया था कर्नल गुप्ता से पूछताछ करने का। अस्तु इंस्पेक्टर रंजीता ने अपने उच्चाधिकारियों को सूचित किया और फिर अपने पुलिस दल को साथ लेकर वह चल दी छावनी की ओर।

सेना के कार्यालय में बैठे कर्नल गुप्ता से पूछताछ करने के लिए इंस्पेक्टर रंजीता बहुत ही सतर्क होकर जाती है। जरा सी चूक होने पर मिलेट्री के लोग बवाल मचा देते हैं। वे तोड़-फोड़ पर उतारू हो जाते हैं।

अपने कार्यालय में सेना की वर्दी पहनकर बैठे कर्नल भूपेंद्र गुप्ता बड़े ही शांत व हैंडसम लग रहे हैं। वे इंस्पेक्टर रंजीता को देखकर अदब से खड़े होते हैं। खातिरदारी करते हैं। फिर पूछते हैं, "कहिए, कैसे आना हुआ ?"

इंस्पेक्टर रंजीता थोड़ा सँभलकर कहती है, "सर, एक मोबाइल चोरी की रिपोर्ट आई है थाने में।"

"जी, मैडम, तो ?"

"सर फरियादी आपके साथ पिछले सप्ताह डिनर पर था।"

"क्या नाम है उसका ?"

"रमेश विश्वकर्मा।"

"ओह यस। ही इज माई वन ऑफ द फ्रेंड।"

"जी सर, लेकिन उनका कहना है…।" इंस्पेक्टर रंजीता कहते-कहते रुक गई तो कर्नल साहब आक्रोश में पूछने लगे, "क्या कहना है…यह कि वह मोबाइल मैंने चुराया है ?"

इंस्पेक्टर रंजीता को याद आया कि क्लेप्टोमेनिया के शिकार व्यक्ति आक्रोश में आकर हमला तक कर देते हैं। अस्तु इंस्पेक्टर रंजीता ने बहुत ही चतुराई से कहा, "सर, मुझे तो यकीन नहीं हो रहा है, लेकिन वो न जाने क्यों आप पर ही आरोप लगा रहा है।"

"झूठ बोलता है वो।" गुस्से में वह बोले।

"जी, सही है।" फिर तनिक रुककर इंस्पेक्टर रंजीता कहती है, "सर,

उसने लिखित में आपका नाम दिया है, इसलिए मुझे यहाँ आना पड़ा।"

"चलिए कोई बात नहीं, आपको कुछ और पूछना हो तो पूछ लीजिए।" वह थोड़ा शांत स्वर में बोले। परंतु इंस्पेक्टर रंजीता क्या पूछे? इतने बड़े व्यक्ति पर लगे चोरी के आरोप पर ही वह बड़ा अटपटा सा महसूस कर रही है।

खैर, 'नो थैंक्स।' बोलकर इंस्पेक्टर रंजीता वापस आ जाती है।

अब उसकी दुविधा और बढ़ गई थी। यह प्रकरण बड़ी ही अजीब सी भावनाओं को जन्म दे रहा था।

बड़ी कोशिशों के उपरांत वह सामान्य होती है। केस तो सुलझाना ही है। चोर को पकड़ना ही है। पर कैसे? रंजीता के कहने पर दूरसंचार प्रौद्योगिकी केंद्र में सूचना दे चुकी थी। सेंट्रल इंक्विपमेंट आइडेंटिटी रजिस्टर तैयार किया जा चुका है। अब जैसे ही कोई उस मोबाइल को चालू करेगा, पकड़ में आ जाएगा। भले ही चोर दूसरी सिम डाल ले, परंतु डिवाइस के कोड के आधार पर उसे ट्रेस कर लिया जाएगा।

करीब दो माह के उपरांत मोबाइल को एक्टिवेट करते ही चोर का लोकेशन पुलिस के पास आ गया। इंस्पेक्टर रंजीता अपने थाने की पुलिस के साथ पहुँचती है। वहाँ पर एक 14 वर्षीय लड़की अपने आँगन के झूले में बैठी मोबाइल पर कुछ कर रही है। उसके हाथ में चोरी का वह मोबाइल देखकर रंजीता पूछती है, "यह मोबाइल आपके पास कैसे आया?"

वह लड़की कहती है, "यह मेरा है।"

"आपको यह किसने दिया है?"

"भैया ने।"

"किस भैया ने?"

"मेरे एक ही तो भाई हैं, उन्होंने दिया है।"

"क्या नाम है उनका?"

"भूपेंद्र भैया।"

उसका यह उत्तर इंस्पेक्टर रंजीता के कान में टकराकर उसे घायल कर

गया। उसे ऐसा लगा मानो किसी ने उसकी आस्था पर जोरदार प्रहार किया हो।

"कहाँ हैं आपके भैया?"

"अंदर टी.वी. देख रहे हैं।"

"उनको बाहर बुला दोगी?"

"क्यों?"

"उनसे कुछ बात करनी है।"

"ठीक है, मैं उन्हें बुलाती हूँ।" कहकर वह लड़की अंदर चली गई। थोड़ी ही देर में कर्नल भूपेंद्र गुप्ता बाहर निकलते हैं। वे इंस्पेक्टर रंजीता को सामने देखकर कहते हैं, "ओह, तो आप मेरा पीछा कर रही थीं?"

"क्या करें सर, केस को सुलझाने के लिए करना पड़ा।"

"स्मार्ट महिला।"

"सर, चलिए, गाड़ी में बैठिए।" इंस्पेक्टर रंजीता कहती है।

वह बिना एक शब्द कहे गाड़ी में बैठ जाते हैं।

उनकी बहन को भी गाड़ी में बिठाकर, उसके हाथों से चोरी का वह मोबाइल ले लिया जाता है। वह रुआँसी होकर अपने भैया की ओर देखती है तो वह अपना सिर नीचे कर लेते हैं।

थाने में आकर अपने बयान में कर्नल भूपेंद्र गुप्ता बताते हैं—"उस दिन जब होटल में रमेश अपना मोबाइल छोड़कर बाथरूम गया तो मैंने उसे उठाकर अपनी जेब में रख लिया। तभी वहाँ पर हमारे साथ के दूसरे दो साथी आ गए तो बहाना बनाकर मैं वहाँ से बाहर आ गया। पार्किंग में लगी अपनी गाड़ी में बैठते ही मैंने ड्राइवर से कहा कि गाड़ी ऑफिसर मेस में ले चलो।

वह आगे बोला, "जब गाड़ी चल दी, मैंने झट से मोबाइल बंद किया। फिर मेस में पहुँचकर उसकी सिम निकालकर उसे टॉयलेट में फ्लश कर दिया। दूसरे दिन मोबाइल को अपने ऑफिस की अलमारी में रखकर उसे लॉक कर दिया।"

"फिर यह इस लड़की के पास कैसे आया?" कर्नल भूपेंद्र गुप्ता से इंस्पेक्टर रंजीता ने पूछा।

"कल ही मेरी इस छोटी बहन का फोन आया कि उसका मोबाइल सही नहीं चल रहा है। मैंने सोचा, यही मोबाइल दे आऊँ। अत: 60 किलोमीटर का सफर तय करके मैं महू से आज थोड़ी देर पहले ही वहाँ पहुँचा था कि आप लोग आ गए।"

"यानी कि फरियादी रमेशजी का शक सही था।" इंस्पेक्टर रंजीता ने कहा।

उसकी बात सुनकर निवेदन के लहजे में कर्नल गुप्ता कहने लगे, "यह गलती मेरी है, पर इसकी सजा मेरी बहन को न दी जाए।"

"जी।" कहती हुई इंस्पेक्टर रंजीता अपने मोबाइल पर नजर डालती है तो पाती है कि किसी अजनबी का कॉल आ रहा है। वह जैसे ही फोन उठाती है तो वहाँ से आवाज आती है, "मैडम, मुझे आपके आई.जी. साहब ने यह नंबर दिया है।"

"हाँ जी, कहिए सर।"

"मैडम, मैं ब्रिगेडियर जसविंदर सिंह बोल रहा हूँ।"

"जी सर, नमस्कार।"

"मैडम, भले ही कर्नल भूपेंद्र गुप्ता ने अपराध किया हो, लेकिन इससे सिर्फ उनका नहीं, बल्कि पूरी सेना का मान जुड़ा हुआ है। एक व्यक्ति की खातिर पूरे देश की सेना का नाम बदनाम न हो, इसलिए मैं यह निवेदन करता हूँ कि इस केस को हाईलाइट न किया जाए।"

"जी सर, आपकी भावनाओं का आदर करते हुए इस बारे में मैं अपने उच्चाधिकारियों से बात करूँगी।"

□

इंस्पेक्टर रंजीता SERIES

# बैग में बंद बॉडी

# बैग में बंद बॉडी

रेलगाड़ी के डिब्बे धीरे-धीरे रेल की पटरियों पर रेंगने लगे। हौले-हौले उनकी रफ्तार बढ़ने लगी। रफ्तार को देखकर सुरेश की साँसें तेज हो गईं। रेलगाड़ी को पकड़ने के लिए वह भी स्टेशन की जमीं पर तेजी से दौड़ने लगा। लेकिन पीठ पर टँगे भारी-भरकम बैग के कारण वह रेलगाड़ी की निरंतर बढ़ती रफ्तार के साथ तालमेल नहीं बना पा रहा है। अंततः गाड़ी निकल गई।

जाती रेलगाड़ी को देखते हुए उसने अपना सिर पकड़ लिया। हताश-निराश सुरेश की तेज चलती धड़कनों व माथे पर आए पसीने को देखकर प्लेटफॉर्म से गुजरनेवाला एक व्यक्ति बोला, "भैया, चिंता न करो शाम को दूसरी गाड़ी भी है।"

सुरेश ने उसकी ओर देखा, परंतु कुछ कहे बगैर वहीं स्टेशन पर घुटनों के बल बैठने लगा, परंतु पीठ पर लदे सामान का भार अधिक होने के कारण उसका संतुलन बिगड़ गया और वह वहीं जमीन पर पसर गया।

उसका मुँह छुटी हुई रेलगाड़ी की ओर है। आँखें अब भी उसी ओर देख रही हैं। कुछ छूट जाने का दर्द उसकी आँखों पर साया बनकर मँडराने लगा।

अनायास ही उसे कुछ याद आया तो उसके चेहरे पर हवाइयाँ उड़ने लगीं। उसने अपने इर्द-गिर्द देखा, फिर सँभलने का प्रयास करने लगा।

प्लेटफॉर्म के एकदम मध्य में जमीन पर पाँव फैलाकर बैठे सुरेश को देखकर एक ठेलेवाला बोला, "साहब, साइड में बैठ जाओ।"

उस ठेलेवाले की ओर फटी हुई निगाहों से देखते हुए वह उठने का प्रयास करने लगा। परंतु उठ नहीं पा रहा था। उसने अपने बैग के बक्कल को कंधे से उतारा। एक गहरी साँस ली, फिर उठ खड़ा हुआ। फुर्ती से अपने बैग को उठाने लगा। भार अधिक होने से वह उसे लगभग घसीटते हुए साइड में ले गया। वहाँ पर पड़ी एक खाली बेंच पर बैठ गया।

वह सोचने लगा कि अब क्या करे? दूसरी रेलगाड़ी तो शाम को आएगी। उसने यहाँ-वहाँ देखा। सभी कुछ सामान्य था। यद्यपि उसके जीवन में कुछ भी सामान्य नहीं था। उसका दिमाग शून्य होता जा रहा था। घबराहट के मारे उसे भूख-प्यास की अनुभूति नहीं हो रही है। रात भर से सोया भी नहीं है, परंतु आँखों में नींद नहीं, चिंता चमक रही है।

अधीरता के साथ वह इधर-उधर देख रहा है। काफी भयभीत है। तभी स्टेशन पर से एक मालगाड़ी गुजरती है। उसकी आँखों में चमक आ जाती है। वह सोचता है कि इसी में बैठकर चला जाऊँगा, परंतु लाख जतन करने के उपरांत उसे मालगाड़ी में नहीं बैठने दिया जाता है।

वह सोचने लगा कि बस स्टैंड से बस पकड़ लेते हैं। फिर सोचने लगा, नहीं, बस उतनी सुरक्षित नहीं है, जितनी कि ट्रेन है। दूसरी बात, इस भारी-भरकम बैग को उठाकर ले जाने की हिम्मत भी अब घटती जा रही है।

सोचते-सोचते ही शाम हो जाती है और एक रेलगाड़ी स्टेशन पर आकर रुकती है। रेलगाड़ी को देखकर उसे ऐसा लगा, मानो उसे प्राण वायु मिल गए हों। वह हर्षित होकर रेलगाड़ी के जनरल डिब्बे में बैठने के लिए अपना बैग उठाने लगता है। जब उससे नहीं उठता तो वह एक सहयात्री की मदद से बैग को अपनी पीठ पर बँधवा लेता है।

रेलगाड़ी के जनरल डिब्बे में बहुत भीड़ है। उसका दम घुटने लगता है। परंतु उसने टिकट तो इसी डिब्बे की ली है, इसलिए उसे इसी में जाना

पड़ेगा। वह वहीं बाथरूम के पास ही अपना बैग उतारकर उसके बगल में खड़ा हो जाता है।

ट्रेन के इस जनरल डिब्बे में पाँव रखने के लिए जगह नहीं है, परंतु यात्री अभी भी घुसे चले आ रहे हैं। धक्का-मुक्की में वह अपने उस बैग से दूर हो जाता है। फिर एक जोर का धक्का लगता है और वह बाथरूम की ओर खिसक जाता है। भीड़ इतनी कि अब तो उसे अपना बैग भी नजर नहीं आ रहा है।

कुछ ही देर में रेलगाड़ी हिलने लगती है और फिर एक जोर का सायरन बजाकर छुक-छुक करती गति पकड़ने लगती है। सुरेश के इर्द-गिर्द खड़े यात्री आपस में बात करने लगते हैं।

"एक कहता है भैया, कहाँ जा रहे हो?"

"मैं बस पास के ही शहर गोदिया जा रहा हूँ।"

"ट्रेन कितनी देर में पहुँच जाएगी वहाँ?"

"बस एक घंटे में।"

सुरेश उनकी बातें सुन रहा है। वह सोचता है कि मैं भी गोदिया में ही उतर जाऊँगा।

स्टेशन आया और सुरेश उतर गया। बड़ी-बड़ी डगें भरता हुआ वह स्टेशन से बाहर निकलता है। मुख्य निकास द्वार पर टी.टी. कहता है, "सब लोग अपने-अपने टिकट दिखाएँ।"

लाइन से चलते हुए यात्रीगण अपने टिकट दिखाते हुए आगे बढ़ने लगे। सुरेश की बारी आई तो उसने भी अपना टिकट दिखाया तो टी.टी. बोला, "सर, आप गलत स्टेशन पर उतर गए हैं।"

सुरेश कहता है, "ओह।"

तभी पीछे से दूसरे यात्रियों के टिकट लिये हाथ टी.टी. की ओर बढ़ते हैं। वह उनके टिकट चैक करने लगता है, तब तक सुरेश आगे बढ़ जाता है। बाहर आकर सुरेश को थोड़ा हल्कापन लगता है। कंधों में दर्द सा महसूस

होता है। वह पास की एक गुमटी में बैठकर चाय पीता है। थोड़ा सा कुछ खाता है। फिर एक ऑटो रिक्शा करके बस स्टैंड की ओर बढ़ जाता है।

वहाँ अपनी रफ्तार से चली जा रही रेलगाड़ी में रखे भारी-भरकम बैग की ओर किसी का ध्यान नहीं जाता। रात गहराने लगती है। फिर सुबह की पौ फूटते ही रेलगाड़ी की भीड़ कम होने लगती है। जगह-जगह पर लोग उतर जाते हैं। पर वह बैग अभी भी वहीं पर पड़ा है।

इसी डिब्बे में दो दोस्त अनूप व आदित्य भी सफर कर रहे हैं। उनमें से एक जब बाथरूम के लिए जाता है तो रास्ते में पड़े उस बैग पर उसकी नजर जाती है। उसे वह बैग महँगा व मालदार लगता है। वापस आकर वह अपने दोस्त को उस बैग के बारे में बताता है तो उसका दोस्त कहता है, चल देखते हैं। उसकी भी नीयत बिगड़ने लगती है।

अब दोनों दोस्तों ने उस बैग पर नजर रखनी शुरू कर दी। तीन स्टेशन गुजर गए। लोग भी उतर गए। परंतु अभी तक किसी ने उस बैग पर अपना आधिपत्य नहीं दिखाया तो उन दोनों दोस्तों ने एक-दूसरे की ओर देखा व उस बैग के पास जाकर खड़े हो गए। रेलगाड़ी अपनी गति से चली जा रही है।

जब उनका स्टेशन आया तो उन दोनों ने उस बैग को उठाया और रेलगाड़ी से नीचे उतर गए। वे दोनों यहाँ-वहाँ देखते हुए बड़ी ही सावधानी से प्लेटफॉर्म से बाहर निकलते हैं। रास्ते में टिकट चैक करता हुआ टी.टी. उनके भारी-भरकम बैग को देखकर पूछता है, "इसमें क्या भर लाए हो ठाकुर?"

"अगले महीने बहन की शादी है न। तो बस शहर से सामान लिये चले आ रहे हैं।" उन दोनों दोस्तों में से एक ने तपाक से जवाब दिया और मुसकराते हुए वे दोनों आगे बढ़ गए।

अनूप ठाकुर उस बैग को अपने घर ले जाने का प्रस्ताव रखता है तो उसका दोस्त आदित्य कहता है, "ठीक, तेरी बहन की शादी भी हो रही

है। इसलिए तेरे यहाँ इतना बड़ा बैग लेकर जाएँगे तो किसी को शक भी नहीं होगा।"

वे दोनों घर पहुँचकर बड़ी ही जिज्ञासा के साथ वह बैग खोलते हैं तो उन्हें उसमें एक पोलीबैग से लिपटा हुआ कुछ दिखता है। उन्होंने जल्दी-जल्दी पन्नी को फाड़ना प्रारंभ किया तो उन्हें बदबू सी आने लगी। वे थोड़ा सहम से गए।

दोनों दोस्तों ने एक-दूसरे को देखा। चिंता की लकीरें उनके माथे पर उभरने लगीं।

कुछ सोचकर वे पुनः बैग को खोलकर उसके अंदर रखे सामान को देखने का प्रयास करने लगे। बैग के अंदर बॉडी को देखकर दोनों अपने-अपने स्थानों पर उछलकर बाहर भागते हुए चिल्लाते हैं, "जीजा, जीजाजजज।"

उनकी आवाज सुनकर अनूप के पिताजी पूछते हैं, "अरे, क्या हुआ।"

अनूप की घिग्घी बँध गई। उसके मुँह से एक शब्द नहीं निकल रहा है। उसका दोस्त भी थरथर काँप रहा है। पिता के बारंबार पूछने पर अनूप बोला, "जीजा जी।"

उसी समय उसकी दीदी और माँ भी वहाँ पर आ खड़ी हुईं। जीजाजी का नाम सुनकर दीदी कुछ शरमा-सी गई। अनंत सपने आँखों में सँजोए वह अगले माह अपने पिया के घर जानेवाली है। इसलिए जीजाजी शब्द ही उसे रोमांचित कर देनेवाला है।

"क्या जीजाजी···जीजाजी लगा रखा है। अभी तो शादी भी नहीं हुई तो जीजाजी कहाँ से आ जाएँगे।" अनूप की माँ झुँझलाकर बोली।

आदित्य ने अपना हाथ अनूप के कमरे की ओर करते हुए कहा, "जीजाजी, वहाँ बैग में···।"

पिताजी बोले, "तुम दोनों पागल हो गए हो क्या? क्या बके जा रहे हो, मुझे तो कुछ समझ में नहीं आ रहा है।" फिर अपनी पत्नी की ओर देखते

हुए वे बोले, "चल तो, देखते हैं, ये लोग क्या बोल रहे हैं।"

वे दोनों शीघ्रता से अपने बेटे अनूप के कमरे का दरवाजा खोलकर जैसे ही प्रवेश करते हैं। बदबू का एक झोंका उनकी नाक में प्रवेश कर जाता है। उसकी माँ तो नाक पर हाथ लगाकर कमरे से बाहर लौट जाती हैं, परंतु उसके पिताजी हिम्मत करके पलंग पर रखे भारी-भरकम बैग तक जाते हैं। उसमें जैसे ही झाँककर देखते हैं, उसमें अपने होनेवाले दामाद की लाश देखकर घबरा जाते हैं। उनकी आँखों के सामने अँधेरा छा जाता है। वे वहीं पर धड़ाम से गिर पड़ते हैं।

जब बहुत देर तक पिताजी बाहर नहीं आते तो अनूप और उसका दोस्त आदित्य भी अंदर जाते हैं। पिताजी को पलंग के पास मूर्च्छित देखकर उन्हें बाहर लाकर होश में लाते हैं।

आदित्य जीजाजी मनोज की वह बॉडी कैसे व कहाँ मिली, सारी बात विस्तारपूर्वक बताता है। पूरी बात सुनकर परिवार के सभी सदस्यों का दिमाग शून्य हो जाता है। सभी एक कमरे में गुमसुम बैठे हैं। करीब एक घंटा हो गया। किसी को कुछ नहीं सूझ रहा है।

उसका दोस्त आदित्य कुछ सोचकर जीजाजी मनोज को फोन लगाता है तो वह स्विच ऑफ आता है। फिर वह उसके घर के एक दूसरे नंबर पर फोन लगाता है तो उसकी बहन उठाती है। पूछने पर वह चिंतित स्वर में बताती है, "भैया परसों से घर नहीं आए हैं।"

"कुछ बताकर गए क्या?"

"हाँ, वे कह रहे थे कि अपने दोस्त सुरेश के घर जा रहा हूँ। सुरेश भैया से पूछा तो वह कह रहे हैं कि वे उसके घर आए ही नहीं। अब हम लोग पुलिस में रिपोर्ट करने जा रहे हैं।"

"ओह!" कहकर वो फोन रख देता है।

अनूप के परिवार के लोग बड़े ही असमंजस में घबराए हुए हैं। वे तय नहीं कर पा रहे हैं कि कैसे और किसे बताते कि लालच में उनका

बेटा रेलगाड़ी से जो बैग उठाकर घर ले आया है, उसमें उनके ही होनेवाले दामाद की लाश है।

अंततः वे पुलिस को इसकी इत्तला दे देते हैं। खबर मिलते ही इंस्पेक्टर रंजीता घटनास्थल पर आती है। पूरा घटनाक्रम सुनकर इंस्पेक्टर रंजीता सोचने लगती है कि यह तो बड़ा ही विचित्र केस है। यकीन ही नहीं हो रहा है कि दो दोस्त जिस बैग को लावारिस समझकर रेलगाड़ी से घर तक छुपते-छुपाते लाते हैं। घर लाकर खोलने पर उसी बैग में उनके ही होनेवाले जीजाजी की लाश मिलती है।

खैर, इंस्पेक्टर रंजीता मृतक का पंचनामा बनाकर बॉडी को पोस्टमार्टम के लिए भेजकर मुलजिम की तलाश में जुट जाती है।

विवेचना करते समय इंस्पेक्टर रंजीता को सबसे पहले उन दोनों दोस्तों पर ही शक होता है। वह कड़ाई से उन दोनों दोस्तों व उनके परिवारवालों से पूछताछ करती है, लेकिन कुछ फायदा नहीं होता।

इसके बाद वह स्थानीय रेलवे स्टेशन में लगे कैमरों की छानबीन करवाती है, परंतु जब उसमें भी कुछ नहीं मिलता, तब वह रेलवे पुलिस की मदद से उन सभी रेलवे स्टेशनों में लगे कैमरों की छानबीन करवाती है, जहाँ से यह रेलगाड़ी चली थी।

अंततः उसे एक ऐसे व्यक्ति की रिकॉर्डिंग मिल गई, जो भारी-भरकम बैग लेकर रेलगाड़ी में चढ़ता हुआ दिखाई देता है।

इंस्पेक्टर रंजीता उसकी तसवीर निकालकर उसकी तलाश करना प्रारंभ कर देती है। उसे पता चलता है कि मृतक कल सुरेश के घर जाने का कहकर गया था।

पुलिस मृतक के दोस्त सुरेश की फोटो निकलवाकर उसका मिलान उस भारी-भरकम बैगवाले व्यक्ति से करती है तो प्रथम दृष्टया वह मैच कर जाती है।

इंस्पेक्टर रंजीता बिना विलंब किए सुरेश को पकड़ लेती है। उससे

पूछताछ करने पर वह साफ इनकार कर देता है कि मृतक मनोज उसके घर नहीं आया, न ही वह उससे मिला है।

उसका यह रुख देखकर इंस्पेक्टर रंजीता उसे रेलवे स्टेशन पर भारी-भरकम बैग के साथ उसका फोटो दिखाती है तो वह चौंक जाता है। वह समझ गया कि अब उसके पास बचने का कोई मार्ग नहीं है, इसलिए वह सारी बातें उगल देता है।

सुरेश बताता है, "उसने मेरी बहन के साथ प्यार का नाटक किया। उससे संबंध बनाए। उसे शादी के सपने दिखाए और अब वो किसी और के साथ विवाह कर रहा था। मुझसे मेरी बहन की यह बरबादी देखी नहीं गई। इसलिए मैंने उसे मार दिया।"

पास में खड़े अनूप के पिता आक्रोश में तपाक से बोले, "ऐसे लोगों को मार ही देना चाहिए। अच्छा है मेरी बेटी एक चरित्रहीन व्यक्ति के साथ सात फेरे लेने से बच गई।"

इंस्पेक्टर रंजीता ने उन्हें चुप करवाते हुए कहा, "प्लीज, आप बाहर जाइए।"

वह भुनभुनाते हुए कमरे से बाहर निकल गए, तो इंस्पेक्टर रंजीता ने सुरेश से पूछा, "तुमने अपने उस दोस्त को कैसे और कहाँ पर मारा?"

"परसों मैंने उसे अपने घर बुलवाया था। जब वो आया तो उसे शरबत में जहर डालकर पिला दिया। जब वह मर गया। तब मैं उसे एक बैग में भरकर चलती रेलगाड़ी में छोड़ आया।"

"इस हत्या में तुम्हारे घर के लोग भी शामिल हैं?"

"नहीं, उस दिन घर पर कोई नहीं था। सभी लोग फूफाजी की लड़की की सगाई में पूना गए हुए थे।"

इंस्पेक्टर रंजीता ने पूछा, "अब उन्हें पता है कि नहीं?"

"जी, अभी तक तो नहीं पता, परंतु अब···।"

उसकी पूरी बात सुनने से पहले ही इंस्पेक्टर रंजीता बोली, "अपने ही

दोस्त को धोखे से मारकर तुम्हें पछतावा तो हो रहा होगा।"

"नहीं, बिल्कुल नहीं।" दिलीप ने दृढ़ता से कहा।

इंस्पेक्टर रंजीता ने अपने साथ के हवलदार से कहा, "इसकी गिरफ्तारी लेकर इसे न्यायालय में पेश करो।"

□

इंस्पेक्टर रंजीता SERIES

# कार चोर

# कार चोर

जैसे-जैसे रात गहराती जाती है। क्लब में थिरकते पाँवों में रोमांच बढ़ता जाता है। नशा अपनी चरम सीमा पर पहुँच जाता है। पैसों या रुतबे में सभी एक से बढ़कर एक। यहाँ पर ऐश गूँजता है। सुविधाएँ परवान चढ़ती हैं। पैसों का कद बौना सा लगता है। यह रईसजादों की दुनिया है।

इसी दुनिया में मग्न सौम्य तिवारी रात के करीब तीन बजे क्लब से निकलकर डगमगाते पगों को सँभालता हुआ कार पार्किंग तक आता है। वहाँ पर अपनी कार लैंड रोवर को न पाकर अपनी आँखें मीजने लगता है। फिर देखता है, परंतु जब उसे कार नहीं दिखती तो वह वॉचमैन को आवाज लगाता है। वह दौड़ता हुआ आता है।

सौम्य उससे जोर से पूछता है, "कहाँ गई मेरी कार ?"

वह कहता है, "साहब, मुझे नहीं मालूम।"

"तो फिर किसे मालूम है ?"

उसी समय उसके साथ के दो-तीन साथी भी क्लब से बाहर निकलते हैं। सौम्य के चिल्लाने की आवाज सुनकर वे पास आकर पूछते हैं, "क्या हो गया डूड ?"

"माई कार इज नॉट इन इट्स प्लेस।"

"ओह! बट क्लब के अंदर से कौन ले जाएगा!" उनमें से एक ने आश्चर्यजनक स्वर में कहा।

"यस, वेरी ट्रू यही तो मैं सोच रहा हूँ।" दूसरा बोलता है।

तीसरा चौकीदार से पूछता है, "ऐ बता कौन ले गया?"

"मुझे नहीं मालूम साहब।"

"अबे तू नौकरी करता है या सो जाता है।"

"इसे तो नौकरी से ही हटवा देंगे।"

अब तक तो पूरे क्लब में कार चोरी की खबर फैल चुकी थी। काफी लोग पार्किंग के पास एकत्र हो चुके थे। सभी को अचरज हो रहा है कि आखिर क्लब के अंदर से कार कैसे चोरी हो सकती है!

क्लब के मैनेजर ने पुलिस को फोन लगाया। एलियंट क्लब से एक महँगी कार चोरी की घटना की खबर पाकर सभी पुलिस अधिकारी सतर्क हो गए। यह क्लब इंस्पेक्टर रंजीता के थाना क्षेत्र में आता है।

एक लूट के केस की औपचारिकता पूरी करवाकर वह रात के एक बजे तो घर लौटी थी। अभी वह गहरी नींद के आगोश में गई ही थी कि उसकी माँ ने उसे उठाया, "बेटा रंजीता, उठो। तुम्हारे मोबाइल में बार-बार कॉल आ रही है।"

वह अलसाई आँखों से मोबाइल को देखती है। पुलिस कंट्रोल रूम व सी.एस.पी. साहब की छह मिसकॉल देखकर वह हड़बड़ा गई। वह कॉलबैक करने लगी, तभी फिर पुलिस नियंत्रण कक्ष से फोन आ गया। उससे उठाया तो वह जैसे ही एलियंट क्लब में लैंड रोवर के चोरी होने की खबर सुनती है, वह वर्दी पहनकर फुर्ती से घटनास्थल पर पहुँच जाती है।

पुलिस को देखकर वे लोग क्रोधित होकर कहते हैं, "मैडम, यह क्या? आपके होते हुए कार चोरी हो गई!"

"मेरे होते हुए क्यों?"

"यह आपका थाना क्षेत्र है न?"

"तो?"

"अपराधियों को कंट्रोल में रखना आपकी जिम्मेदारी है।"

इंस्पेक्टर रंजीता ने उसे गौर से देखा तो वह कहने लगा, "मैडम, मैं ए.डी.जे. का बेटा हूँ। मुझे सारे कानून पता हैं।"

"तब तो आपको पुलिस की मदद करनी चाहिए, क्योंकि आप भी पुलिस परिवार से हैं।" इंस्पेक्टर रंजीता ने विनम्रता से कहा।

वहीं खड़े व्यक्तियों में से एक व्यक्ति कहने लगा, "मैडम, छोड़िए ये सब बातें। आप तो प्लीज कार ढूँढ़ने का प्रयास करें।" वह क्लब का मैनेजर था।

इंस्पेक्टर रंजीता ने कहा, "हूँउउ।" फिर तनिक रुककर उसने चौकीदार की ओर देखा, फिर उससे कहा, "आप कहाँ थे, जब कार चोरी हुई?"

"मैं तो यहीं था मैडम।" वह तपाक से बोला।

"ओके।" कहने के लिए होंठ हिलाते हुए वह गरदन हिलाती है। फिर कुछ सोचकर वह मैनेजर की ओर मुड़कर उसे देखते हुए कहती है, "चलिए सर, पहले रिपोर्ट लिखवा देते हैं। पूछताछ बाद में होती रहेगी।"

"जी। मैडम, मेरा निवेदन है कि आप यहीं पर रिपोर्ट लिख लें।"

"ओके।" कहती हुई इंस्पेक्टर रंजीता पूछती है, "सर, ये कार किसकी थी?"

"मेरी।" एक अन्य कार से टिककर खड़ा एक खूबसूरत नवयुवक कहता है।

"जी, नाम बताइए।"

"सौम्य तिवारी। पिता आदित्य तिवारी। मैडम, आप अभी रुकिए, मेरा ड्राइवर आ रहा है। वही रिपोर्ट लिखवाएगा।"

"ओके।"

थोड़ी देर में उसका ड्राइवर आता है। इंस्पेक्टर रंजीता कार चोरी की रिपोर्ट लिखकर छानबीन शुरू कर देती है। उस रात वहाँ पर कौन-कौन आया। कब कौन गया। इन सब बातों की जानकारी निकालती है। परंतु उसे कोई भी क्लू नहीं मिलता।

वह कैमरे की रिकॉर्डिंग निकलवाती है। उसमें उसे उस कार के जाने की कोई रिकॉर्डिंग नहीं मिलती। इंस्पेक्टर रंजीता समझ जाती है कि कार चोर कोई शातिर बदमाश है।

वह क्लब में कार्यरत हर व्यक्ति से पूछताछ करती है। गार्ड ड्यूटी पर तैनात होनेवाले सभी व्यक्तियों से पूछताछ करती है, परंतु कोई फायदा नहीं होता।

दूसरे दिन इंस्पेक्टर रंजीता शाम के वक्त क्लब में जाकर वहाँ के सुरक्षा इंतजामों की तहकीकात करती है। उसकी नजर क्लब के प्रागंण में बनी पान की एक गुमटी पर जाती है। जहाँ पर एक गाड़ी आकर खड़ी हुई और पान लेकर आगे चल दी। आगमन व प्रस्थान का गेट अलग-अलग है। अस्तु वह कार एक गेट से आई, दूसरे से निकल गई।

इंस्पेक्टर रंजीता ने वहाँ के मैनेजर से पूछा, "क्या यहाँ पर कोई बाहरी व्यक्ति भी पान खाने के लिए अंदर आ सकता है?"

"हाँ जी। वह तो क्लब के बाहर है न।"

"और क्लब के अंदर कौन-कौन आ सकता है?"

"सिर्फ मेंबर या उनके साथ उनके गेस्ट।" थोड़ा रुककर वह आगे बोला, "मैडम, क्लब के भीतर आने के नियम बहुत सख्त हैं। क्लब के अंदर हर कोई बाहरी व्यक्ति नहीं आ सकता।"

"यह तो ठीक है, लेकिन कोई भी प्रागंण तक तो आ सकता है?"

"जी।"

"तो जब कोई क्लब के परिसर में आता है तो उसे आना तो गेट के अंदर से होता है।"

"ऑफकोर्स।"

"तो क्या गेट पर तैनात गार्ड प्रवेश करनेवाले व्यक्ति को रोककर उसका कार नंबर दर्ज करता है।"

"नहीं, यहाँ पर हर कोई आने की हिम्मत तो करता नहीं है। इसलिए जो आता है, वह सदस्य या सदस्य का गेस्ट ही होता है। इसलिए गेट पर गाड़ी रोकने या नंबर दर्ज करने की व्यवस्था नहीं है।"

"ओके।" कहकर इंस्पेक्टर रंजीता सोचने लगती है कि यानी चोर आसानी से गेट के अंदर तो आ गया। परंतु गया कैसे? कैमरे की रिकॉर्डिंग

में उस नंबर की कार वापस ही नहीं गई, तो फिर कहाँ, कैसे, गायब हो गई वह कार?

इंस्पेक्टर रंजीता को लगता है कि जरूर इस काम में यहाँ के किसी-न-किसी व्यक्ति का हाथ भी होगा।

सर्वप्रथम उसने पानवाले से गहन पूछताछ की, "क्या कल कोई नया या बाहरी व्यक्ति पान खाने के लिए आया था?"

वह बोला, "मैं तो रात को ही बैठता हूँ, दिन में सेठ बैठते हैं।"

"अच्छा, उनसे बाद में पूछेंगे, पहले आप बताओ कि कल रात को क्या कोई ऐसा व्यक्ति आया था, जो तुमको अजनबी लगा हो?"

"नहीं।" फिर कुछ याद करते हुए वह बोला, "हाँ, सेठ को पूछने के लिए उनका एक दोस्त आया था।"

"क्या नाम है उसका?"

"अशोक।"

"वह क्या करता है? कहाँ रहता है?" हड़बड़ी में दो प्रश्न इंस्पेक्टर रंजीता ने कर दिए। जिसका उत्तर मिला, "नहीं, मुझे नहीं मालूम। मेरे सेठ को पता होगा।"

इंस्पेक्टर रंजीता पान के ठेले के मालिक से उस अशोक नाम के व्यक्ति की जानकारी माँगती है। वह कहता है, "मैं किसी अशोक को नहीं जानता।"

तब रंजीता उसके सारे दोस्तों व मिलने-जुलनेवालों के नाम व उनकी फोटो लेकर उसके उस नौकर को दिखाती है, जो रात के वक्त पान की दुकान में बैठता है। वह एक फोटो देखकर कहता है, "हाँ, यही व्यक्ति कल रात को करीब ग्यारह बज़े आया था।"

इंस्पेक्टर रंजीता उसका नाम व पता पानवाले से पूछकर उसके घर जाती है, तो वह साफ मना कर देता है कि उसे कार चोरी के बारे में कुछ नहीं मालूम।

जब इंस्पेक्टर रंजीता उसके घर के बाहर खड़े होकर उससे बात कर रही होती है, तभी उसके दो छोटे-छोटे बच्चे आपस में लड़ते हुए बाहर आते

हैं। दोनों वार्निश में सने हुए हैं। वे एक-दूसरे के ऊपर पेंट गिराने का आरोप लगा रहे हैं।

उन बच्चों को पेंट में भीगे देखकर इंस्पेक्टर रंजीता ने पूछा, "बेटे, ये कलर कहाँ से आया?"

"हमारे घर में खूब सारे कलर रखे हैं।" उस बच्चे ने तोतली आवाज में हाथ घुमाकर कहा।

उसका जवाब सुनकर इंस्पेक्टर रंजीता ने अशोक की ओर देखा, तो वह थोड़ा सा घबराकर बोला, "मैडम, घर को रँगना है, इसलिए थोड़ा ज्यादा पेंट ले आया हूँ।"

"घर नहीं, कार।" उनकी बातें सुन रहा बच्चा तपाक से बोला।

"कार?" इंस्पेक्टर रंजीता के मुँह से निकला।

छह साल का बड़ावाला बच्चा बोला, "हाँ कार।"

"नहीं मैडम, यह बच्चा है, इसे समझ नहीं है।"

"हाँ, इसलिए तो यह सच बोल रहा है।" कहते हुए उसने हवलदार से कहा, "चलो घर की तलाशी लेते हैं।"

अशोक तैश में बोला, "मैडम, आपके पास तलाशी वारंट है क्या?"

"हाँ, ये सब तो मैं साथ लेकर चलती हूँ। ये देख।" वारंट दिखाते हुए वह बोली, तो वह चुप हो गया। अंदर जाकर देखा तो कलर के बड़े-बड़े कंटेनर रखे है। रंग चढ़ाने की मशीन रखी है। कार के खुले हुए पुर्जे रखे हैं। यह सब देखकर इंस्पेक्टर रंजीता समझ गई कि अब वह मुलजिम के बहुत करीब है।

अशोक को इंस्पेक्टर रंजीता थाने ले गई। उससे पूछताछ की तो पहले तो वह खुद को इंजीनियर होने का रौब झाड़ता रहा, लेकिन फिर पुलिस की मार के डर से कहने लगा, "मैं तो सिर्फ खबर देनेवाला हूँ।"

"मतलब।"

"क्लब में जाकर मैंने उसे खबर दी थी कि एक महँगी कार लगी है।"

"किसे?" इंस्पेक्टर रंजीता ने पूछा।

"संजीव को।"

"कौन है ये?"

"यह भी इंजीनियर है। मेरा बैचमेट है।"

"हाँ, फिर।"

"मेरे द्वारा खबर देते ही संजीव अपनी कार में अजय व शकील को बिठाकर क्लब में आ गया। उसने गाड़ी ठीक उसी कार के पास लगाई जिसे चुराना था। अजय कार का काँच बिना किसी शोर के निकालने में माहिर है और शकील डुप्लीकेट चाबी बनाने में मास्टर है। संजीव अपनी कार पार्क करके वहीं बाहर घूमते हुए आस-पास के लोगों को देखता रहा। जैसे ही कोई आता, वह सचेत कर देता।

"मौका देखकर अजय गाड़ी से उतरा और काँच निकाल दिया। तब तक शकील गाड़ी में लेटा रहा। फिर जब अजय अपना काम करके आ गया तो शकील चाबी बनाने के लिए लैंड रोवर में जा घुसा। उसी वक्त मौका देखकर संजीव ने कार की नेम प्लेट बदल दी।"

इंस्पेक्टर रंजीता ने कहा, "ओहो, फिर?"

"चाबी बनते ही शकील व अजय गाड़ी लेकर निकल गए। उनको जाते देखकर मैं एक पान लेकर संजीव के पास गया। उसे पान दिया व उसके साथ गाड़ी में बैठकर वहाँ से निकल गया।"

"ठीक है, परंतु तुम क्लब के अंदर कैसे आए थे?" इंस्पेक्टर रंजीता ने अशोक से पूछा।

वह बोला, "संजीव भाई एक घंटा पहले मुझे क्लब के अंदर छोड़कर तुरंत वापस चले गए थे।"

"तुमको पानवाले ने उतरते हुए देखा था?"

"नहीं, हमने पानवाले की गुमटी के सामने नहीं, बल्कि क्लब के प्रवेश द्वार के सामने गाड़ी रोकी। इससे देखनेवाले को ऐसा लगा, मानो मैं क्लब के अंदर ही जानेवाला हूँ। लेकिन असल में मैं कार से उतरकर गेट के आधे रास्ते तक गया, वहाँ से फोन पर बातें करते वापस आ गया। फिर टहलते हुए

पार्किंग के पास तक गया। थोड़ी देर वहीं पर घूम-घूमकर कारों को देखता रहा, फिर जैसे ही मुझे लैंड रोवर खड़ी दिखी, मैंने संजीव के मोबाइल पर मैसेज कर दिया। वह सारा इंतजाम करके शकील व अजय को लेकर क्लब आ गया। मैं पानवाले के यहाँ जाकर खड़ा हो गया।"

"ओके। अब ये बताओ कि वह कार कहाँ है?"

"वह तो संजीव गोवा ले गया।"

"किसलिए?"

"ग्राहक को सौंपने के लिए।"

"क्या?"

"हाँ जी। ग्राहक जिस कार की डिमांड करता है, संजीव वही गाड़ी ढूँढ़कर चोरी करता है।"

"अच्छा, ये ग्राहक कहाँ से मिल जाते हैं?"

"गोवा में विदेशी लोग ज्यादा आते हैं। उन्हें लक्जरी गाड़ी चाहिए रहती है। दलाल का संजीव से संपर्क है। वह अपनी डिमांड बताता रहता है।"

"अभी तक कितनी कार चोरी की है तुम लोगों ने?"

"साल में चार से पाँच।"

"अभी तक पकड़े नहीं गए?" इंस्पेक्टर रंजीता ने पूछा।

"नहीं, ऊपरवाले का शुक्र है। वैसे हम लोग बहुत सावधानी से कार चोरी करके उसका रंग और नंबर वगैरह बदल देते हैं। उससे किसी को शक ही नहीं होता।"

"कार का रंग बदलने में तो तुम्हारी ही मास्टरी है।" इंस्पेक्टर रंजीता ने कहा।

वह थोड़ा संकोच में बोला, "जी, मैडम।"

"लैंड रोवर को किस रंग में रँग दिया।"

वह थोड़ा चुप रहा, फिर धीरे से बोला, "लाल।"

"किस रंग की थी वह?"

"सफेद।"

"परंतु इतनी जल्दी कैसे कलर बदल दिया?"

"मैडम, ये काम तो रातों-रात करना होता था।"

"यानी उसी रात को चोरी की कार का कलर बदल उसे ग्राहक के पास भेज दिया गया।"

"जी।" वह सिर झुकाकर जवाब देता है।

इंस्पेक्टर रंजीता अशोक को अपना मुख्य गवाह बनाकर गोवा पुलिस को फोन पर घटना की सारी जानकारी देकर कार चोरी करनेवाले एक बड़े गिरोह को पकड़वाती है।

इस कार्य के लिए इंस्पेक्टर रंजीता को राष्ट्रपति पदक से सम्मानित किया जाता है।

□

# फेसबुक पर बनाया लूट का प्लान

# फेसबुक पर बनाया लूट का प्लान

"अभी तक तो हम लोग व्हाट्सएप पर ही सारी योजना बनाकर अपना काम करते आए हैं, लेकिन यार, अब लगता है यह सुरक्षित नहीं है।" गन्नू ने चिंतित स्वर में कहा।

"क्यों, क्या हो गया है ?" उसके साथी मदन ने पूछा।

"अब पुलिस व्हाट्सएप की चेट को पढ़ सकती है।" गन्नू ने कहा।

"ओय तेरी की।" प्रतिक्रिया व्यक्त करते हुए मदन ने अपने चिर-परिचित अंदाज में कहा।

"तब तो हम पकड़े जाएँगे भाई।" माखन ने चिंता जाहिर करते हुए कहा।

"सही है भाई।" गन्नू ने कहा।

"यह तो बड़ी ही बुरी खबर है यार। अभी तक तो हम आपस में बिना मिले नेट पर ही मिल लेते थे। कोरोना के काल में भी हमें कोई दिक्कत नहीं हुई, लेकिन अब तो बहुत रिस्क का काम है ये।" अपने साथियों की बातें सुन रहा अमर बड़े ही गंभीर स्वर में बोला।

चारों साथी मालगोदाम के पीछे बने चबूतरे में बैठकर पिछले करीब दो घंटे से बातचीत कर रहे हैं। वे सभी चिंतित हैं। तभी उनका एक पुराना मित्र वहाँ पर आ पहुँचता है। उनका उतरा हुआ चेहरा देखकर पूछता है, "क्या बात है, सब-के-सब चेहरा लटकाए बैठे हैं।"

"क्या बताएँ यार, रोजी-रोटी पर आ पड़ी है।" मदन बोला।

"क्या मतलब?"

"मतलब यह कि अब हम सब लोग व्हाट्सएप ग्रुप पर योजना नहीं बना पाएँगे।"

"अच्छा, तो पेपर की उस खबर से परेशान हो।"

"हाँ, यार।"

"तुम लोग परेशान न हो, मेरे पास एक आइडिया है। उससे पुलिस तो क्या पुलिस के दादा भी हमें नहीं पकड़ पाएँगे।"

सब उसकी ओर बड़ी ही आशा भरी निगाहों से देखने लगे। गन्नू बोला, "अरे बता न यार, कैसे होगा ये?"

"चलो मेरे साथ।"

"कहाँ?"

"मेरी पहचान में एक कंप्यूटरवाला लड़का है, वह अपन सबके एकाउंट फेसबुक पर बना देगा। उसका एक पासवर्ड होगा। बस हम सब बिंदास होकर उसमें अपनी योजना बनाएँगे और किसी को पता ही नहीं चलेगा।"

उसकी यह बात सुनकर सब खुश हो जाते हैं। सब कहते हैं, "चल यार, अभी चलते हैं।"

कंप्यूटरवाला उनसे 50-50 रुपए लेकर उनके जाली एकाउंट बनाकर उन्हें पासवर्ड दे देता है।

सारे लोग खुश होकर वापस आते हैं।

इसके बाद एक के बाद एक लूट का सिलसिला प्रारंभ हो जाता है। सर्वप्रथम वे एक ड्राईफ्रूट्स के व्यापारी को लूटते हैं। रात के 10 बजे जब वह अपने घर जा रहा होता है, उसे सुनसान रास्ते में रोककर उससे नकदी व उसकी सोने की चेन व अँगूठी लूट ली जाती है।

तीसरे दिन फिर एक दूसरे व्यापारी को लूट लिया जाता है। इसके बाद एक मकान में जाकर एक महिला को लूट लिया जाता है। एक के बाद एक होती लूट की घटनाओं से इंस्पेक्टर रंजीता के कान खड़े हो जाते हैं। वह सोचने लगी कि ऐसा क्या हो गया कि अपराधी लगातार लूट की वारदात करने जा रहे

हैं और पकड़ में भी नहीं आ रहे हैं। पक्का कोई–न–कोई साजिश तो है।

इंस्पेक्टर रंजीता लूटवाले स्थान पर जाकर घटनास्थल का मुआयना करती है। पीड़ित व्यक्तियों से बातचीत करती है। तो उसे सभी स्थानों पर लूट का तरीका लगभग एक–सा लगता है। पहले एक व्यक्ति आता है। उनसे पता पूछता है। फिर दूसरा व्यक्ति नाक पर कपड़ा रखकर संबंधित व्यक्ति को अचेत करके उससे लूट की वारदात करता है। होश आने पर उसे पता चलता है कि उसका सबकुछ लुट चुका है।

इंस्पेक्टर रंजीता अभी घटनाओं को समझने का प्रयास कर ही रही थी कि एक सिपाही उसके चैंबर में आकर कहता है, "मैडम, डकैती पड़ गई है।"

"कहाँ पर?"

"साकेत में। फरियादी बाहर खड़े हैं।"

"उन्हें अंदर भेजो।"

फरियादी अंदर आकर बताते हैं, जब वे अपने घर के निकलकर गाड़ी में ही बैठ रहे थे, तभी एक व्यक्ति आया और एक पर्ची दिखाकर पता पूछने लगा। मैं उस पर्ची को पढ़ने लगा, तब तक एक दूसरा व्यक्ति मेरी गाड़ी लेकर भाग गया।"

"ओह, तो ये तो लूट हुई।"

"वो डकैत थे मैडम।"

"नहीं, जब दो से अधिक व्यक्ति किसी घटना को अंजाम देते हैं, साथ ही वे हथियारों का उपयोग करते हैं। मारपीट, हत्या का प्रयास या फिर कभी-कभी तो हत्या करके माल लूटकर ले जाते हैं, उस स्थिति में उसे डकैती की घटना कहते हैं।"

फरियादी के साथ आया एक व्यक्ति, जो कॉलेज का स्टूडेंट जैसा लग रहा था, वह इंस्पेक्टर रंजीता से पूछता है, "और मैडम, चोरी की घटना?"

फरियादी उसे डाँटते हुए बोला, "अरे, तू फिर अपना ज्ञानवर्धन करने लगा।"

"अरे, आप नाराज न हो। यह तो अच्छी बात है। सुनो। किसी की अनुमति के बिना किसी की कोई भी वस्तु को एक स्थान से दूसरे स्थान पर रख देना चोरी है।"

"ओह! धन्यवाद मैडम, मुझे तो पता ही नहीं था कि किसी की वस्तु को एक स्थान से दूसरे स्थान पर रख देना चोरी कहलाता है।"

"इसमें आशय देखा जाता है, यानी नियत की छानबीन की जाती है।"

"जी मैडम धन्यवाद।"

तभी एक और लूट की खबर आ जाती है। रंजीता बहुत परेशान हो जाती है। एक बार रात्रि गश्त के दौरान उसे एक व्यक्ति मिलता है। वह कहता है, "मैडम मुझे आपको एक बात बतानी है।"

"हाँ, बोलिए।"

"मैडम, परंतु मेरा नाम नहीं आना चाहिए। मैं तो एक पी-एच.डी. का विद्यार्थी हूँ। परंतु देश व समाज के प्रति अपना कर्तव्य समझकर आपको यह सूचना दे रहा हूँ।"

"यह तो बहुत अच्छी बात है। यदि सभी नागरिक आपके जैसे हों तो अपराधों को आसानी से नियंत्रित किया जा सकता है।"

"जी मैडम।"

"हाँ, तो बताइए।"

"मैं दो-तीन दिनों से आपको अकेले में यह बताना चाह रहा था कि संजय नगर के पास एक कंप्यूटरवाला है। मैं किसी काम से उसके साइबर में गया तो वहाँ पर मैंने देखा कि वह पचास रुपए लेकर लोगों के फेक एकाउंट फेसबुक पर बनाता है।"

"ओह!" इंस्पेक्टर रंजीता ने आश्चर्य से कहा।

"मेरे सामने ही उसने जिन दो-तीन लोगों के फेसबुक एकाउंट बनाए थे, बाहर आकर वे लोग आपस में खुश होकर बातें कर रहे थे कि अब तो लूटना आसान हो जाएगा।

"उनकी ये बातें, अपनी गाड़ी को स्टैंड से बाहर निकालते समय जैसे

ही मैंने सुनी, मैं समझ गया कि ये खुराफाती लोग हैं। मैंने तुरंत आपको बताने की सोची। लेकिन मौका नहीं मिला।"

"उस साइबरवाले का पता बताइए।"

वह उसका पता बता देता है। इंस्पेक्टर रंजीता उसे 'थैंक्यू सो मच' कहती है। वह 'माई प्लेजर' बोलकर जाने लगता है तो इंस्पेक्टर रंजीता उसे रोककर कहती है, "आपको पता है देश-सेवा क्या है?'

वह विद्यार्थी अचानक ही किए गए इस प्रश्न के लिए तैयार नहीं था, इसलिए वह एकदम से कुछ कहता, उससे पहले ही इंस्पेक्टर रंजीता आगे कहती है, "देश भक्ति के लिए बॉर्डर पर जाकर युद्ध करना जरूरी नहीं है। समाज में रहकर भी इस भाँति के उत्तरदायित्व का निर्वहन करना ही असल में एक प्रकार की देश-सेवा है। मैं आपके इस काम से बहुत प्रभावित हुई। गुड नाइट।"

वह एक मीठी-सी मुसकान देकर चला जाता है।

दूसरे दिन इंस्पेक्टर रंजीता दिए गए पते पर एक मुखबिर को उस कंप्यूटरवाले के यहाँ फेक एकाउंट बनाने के लिए भेजती है।

वह कहता है कि ये लो पचास रुपए और मेरा भी एक नकली एकाउंट फेसबुक पर बना दो।

उसने झट से 50 रुपए लेकर जेब में रखे। फिर पूछता है, "आपको यह किस काम के लिए बनाना है?"

मुखबिर धीरे से बोला, "लूट के लिए।"

आश्चर्य व्यक्त किए बगैर वह पूछने लगा, "किस नाम से बनाऊँ?"

"नाम-वाम में क्या रखा है, किसी भी नाम से बना दो। बस ऐसा नाम हो कि किसी को शक न हो और साथियों को भी नाम याद हो जाए।"

"ठीक है, मैं 'इक्का' के नाम से बना देता हूँ।"

"जी।"

"चलेगा न?"

"अच्छा, इसे चलाने का तरीका भी बता दो। जिससे काम-धंधा जल्दी-से-जल्दी शुरू कर दें।"

"आप लोग जैसे व्हाट्सएप पर बात करते थे, बस वैसा ही फेसबुक पर करो।"

"अच्छा, इसमें कोई डर की बात तो नहीं है न?"

"नहीं, बिल्कुल नहीं।"

"चलो, आपका धन्यवाद।" कहकर वह चला जाता है, फिर बाहर जाकर मैडम रंजीता को फोन पर बताता है कि काम हो गया। वह कहती है, "मैं एक थानेदार को भी भेज रही हूँ, इनका भी एकाउंट बनवा दीजिए।"

साइबरवाला जैसे ही उस थानेदार का एकाउंट बनाने लगता है, उसी वक्त वहाँ पर इंस्पेक्टर रंजीता पहुँच जाती है। उसे देखकर साइबरवाला घबराकर अपना कंप्यूटर बंद कर देता है। वह खड़ा होकर ऐसे नमस्कार करता है, जैसे वह कोई गलत काम कर ही नहीं रहा हो।

तब साइबरवाले से वह कहती है, "मेरा भी एकाउंट बना दोगे क्या?"

"कौन सा?"

"वही, जो तुमने अभी थानेदार साहब का बनाया है।"

"नहीं, मैंने तो नहीं बनाया।"

इंस्पेक्टर रंजीता साइबरवाले के गाल पर जोर का एक चाँटा मारते हुए कहती है, "चल, थाने में चलकर बताती हूँ, कौन से एकाउंट की बात कर रही हूँ। इसे ले चलो।"

थानेदार व हवलदार साइबरवाले को पकड़कर ले जाने लगते हैं तो वह धमकी देता है, "आप लोगों को मेरी एप्रोच नहीं मालूम। बहुत महँगा पड़ेगा मुझे पकड़ना।"

थाने में लाकर उसकी खूब पिटाई होती है। जब उसकी अकड़ चली जाती है तब इंस्पेक्टर रंजीता उससे पूछताछ करती है तो वह सारे खुलासे कर देता है। कुछ लोगों के नाम भी बता देता है।

उसके द्वारा बताए गए व्यक्तियों को पकड़कर थाने लाया जाता है।

उनकी भी खूब धुनाई होती है। तब वे बताते हैं, "उन्होंने जाली एकाउंट की मदद से लूट की योजना बनाई है।"

"कौन-कौन सी?"

वे लोग करीब दस वारदातों को कबूल कर लेते हैं। उनमें से आठ तो इंस्पेक्टर रंजीता के थाना क्षेत्र की ही हैं। इतने सारे प्रकरणों का एक साथ खुलासा हो जाने की खबर से पुलिस के बड़े अधिकारियों का थाने में ताँता लग गया। थाने में करीब पंद्रह मुलजिम गिरफ्तार हो गए। मीडिया के लोगों के समक्ष केस का विवरण दिया। यह इंस्पेक्टर रंजीता की बहुत बड़ी सफलता है।

जब सारे लोग चले जाते हैं, तब इंस्पेक्टर रंजीता लूट के उन आरोपियों में से चार को अपने चैंबर में बुलाकर पूछती है, "तुम लोग मुझे यह बताओ कि फेसबुक पर कैसे लूट की योजना बनाते थे?"

वे चारों एक-दूसरे को देखने लगे।

इंस्पेक्टर रंजीता ने बल देकर कहा, "बताओ।"

मदन बोला, "मैडम, हम लोगों ने अपने-अपने इलाके बाँट लिये थे। अपने इलाके में जाकर पहले हम रेकी करते थे।"

"रेकी! मतलब?"

"मतलब टोह लेते थे। जिस व्यक्ति को लूटना है, उस पर नजर रखते थे। अब जैसे किसी व्यापारी को लूटने का प्लान बनाया तो वह मेरे इलाके से निकलकर माखन के इलाके की ओर जा रहा है तो मैं उसकी लोकेशन लिख देता। वह मैसेज पढ़कर माखन सजग हो जाता।"

"ओह!"

"फिर ऐसे हम लोग उस व्यक्ति के बारे में हर बात फेसबुक पर लिखते जाते। इससे किसी को शक भी नहीं होता और हम लोग बिना किसी से मिले या फोन पर बात किए एक-दूसरे से कनेक्ट रहते थे।"

"अच्छा, उस महिला को लूटने की योजना कैसे बनाई थी?"

"मैंने गन्नू को मैसेज किया कि "उसके इलाके में एक महिला ढेर सारे गहने पहन कर रहती है।"

"हूँउउ।"

"अमर का इलाका उसके इलाके के पास था, इसलिए उसको यह पता लगाने का कार्य दिया कि कहीं वे गहने नकली तो नहीं हैं।"

"यह कैसे पता चला?" इंस्पेक्टर रंजीता ने उत्सुकतावश पूछा।

"अमर रोजाना उस महिला पर नजर रख रहा था। उसने यह नोटिस किया कि जब भी वह महिला घर से बाहर अकेले जाती है, साड़ी का पल्लू गले में लपेटकर अपने कड़े व अँगूठी को ढाँक सी लेती है। लेकिन जब कभी घर के बाहर सब्जी ले रही होती है या फिर अपने पति के साथ कहीं जाती है तो जेवर को नहीं ढाँकती है। ये सारी बातें हम लोग फेसबुक पर एक-दूसरे को बताते जा रहे थे।"

"ओह!"

"अमर ने उसके पति व बच्चों के जाने का समय भी जान लिया। फिर हम लोगों ने प्लान किया कि जब वह महिला घर में अकेली होगी, तब गन्नू उस महिला के पास सब्जीवाला बनकर जाएगा। जब वह सब्जी की टोकरी लेकर अंदर की ओर जाने लगेगी, उसी समय अमर उसके पास जाकर पता पूछेगा। वह पता बताने लगेगी, तभी अमर उसकी नाक में बेहोशी की दवा सुँघा देगा। जैसे ही वह बेहोश होगी, उसके जेवर छीन लेंगे। जब तक अमर यह काम करेगा, तब तक गन्नू सब्जी का ढेला उसके घर के सामने लेकर खड़ा रहेगा। जैसे ही काम हो जाएगा, वह घर के बाहर आकर सब्जी की टोकरी बाहर देगा। उस टोकरी में लूटे गए जेवर भी होंगे इसके बाद अमर सड़क पार करके निकल जाएगा और गन्नू मदन को उस टोकरी का सामान सब्जी सहित दे देगा।"

"यह सारी योजना फेसबुक पर ही बनती थी?"

"जी मैडम।"

"लेकिन ये सब मिलकर भी कर सकते थे।"

"फेसबुक पर ज्यादा सेफ लगता है।"

"ओके। आप लोग ज्यादा बुद्धिमान हैं। तकनीकी का दुरुपयोग करना

आप लोगों को खूब आता है।" कहते हुए इंस्पेक्टर रंजीता ने अपनी कॉलबेल बजाई।

सिपाही के आते ही उसने कहा, "थानेदार साहब को बुलाओ।"

जब थानेदार साहब आए तो उनसे पूछा, "बाकी लोगों की काररवाई हो गई?"

"जी, बस चल ही रही है।"

"ठीक है, इन्हें भी ले जाओ। सारी लिखा-पढ़ी करके इन चारों को भी न्यायालय के समक्ष पेश करो।"

"जी।"

□

# फैशन मॉडल और ड्रग्स का व्यापार

# फैशन मॉडल और ड्रग्स का व्यापार

फिल्म कास्टिंग डायरेक्टर उतपम बसु इंस्पेक्टर रंजीता की आँखों-में-आँखें डाले बोले जा रहे थे, "मायानगरी में फैशन सिर्फ वस्त्रों का नहीं, बल्कि विचारों का भी हैं। नियमों के ऊपर सुख की अनुभूति को प्राथमिकता देना यहाँ की संस्कृति है। इसलिए तो भारत के विविध क्षेत्रों से मॉडल बनने का सपना लेकर आनेवाली हर लड़की इस मायानगरी के रंग में रँग जाती है। यहाँ पर ड्रग्स का सेवन करना भी एक फैशन है। जो ऐसा नहीं करता, उसकी बिरादरी अलग सी हो जाती है।"

इंस्पेक्टर रंजीता बड़े गंभीरतापूर्वक सुने जा रही थी। बसु उसका बचपन का दोस्त है, जो अब मुंबई में एक स्थापित डायरेक्टर है। वह सदैव इंस्पेक्टर रंजीता को मैसेज करता रहता है। दूर रहकर भी उसके पास रहता है। इसलिए कल जब यह फैशन मॉडलवाला केस आया तो उसने बसु की राय माँगी। तो वह अपना सारा काम छोड़कर इंस्पेक्टर रंजीता के सामने हाजिर हो गया।

उससे इंस्पेक्टर रंजीता ने इस प्रकरण से जुड़े कई मुद्दों पर चर्चा की, जिससे इंस्पेक्टर रंजीता को पुलिस विवेचना में एक नवीन आयाम मिला। वह सोचने लगी कि भले ही उनकी दुनिया में ड्रग्स का सेवन करना एक फैशन हो, परंतु उस रुपहले संसार के बाहर यह एक अपराध भी तो है।

उसने अनेक प्रभावशाली लोगों का दबाव होने के बावजूद वंशिका की रिपोर्ट लिख ली। उसने अपनी रिपोर्ट में बताया कि मेरी इंस्टाग्राम प्रोफाइल को देखकर एक दिन उल्लास सर के पी.ए. का मैसेज आया।

"उल्लास सर कौन? वो हंसा फिल्म के डायरेक्टर?" इंस्पेक्टर रंजीता ने पूछा।

"जी।"

"पर वो बहुत बड़े डायरेक्टर हैं।"

"इसलिए उनका मैसेज पाकर मैं बहुत खुश हो गई।"

"फिर?"

"फिर इंस्टाग्राम पर भेजे गए उनके नंबर पर मैंने फोन लगाया। उन्होंने बहुत अच्छे से बात की और मुझे मुंबई बुलाया। खूब सोचने के बाद मैं अपनी दोस्त अंजली के साथ मुंबई चली गई।

उन्होंने हम दोनों की रहने-खाने की व्यवस्था की। एक विज्ञापन में काम भी दिया। उसके बाद एक शॉर्ट फिल्म के लिए साइन भी किया। मैं बेहद खुश थी। पाँचवें दिन उन्होंने हम दोनों को एक पार्टी में आमंत्रित किया। बहुत बड़ी पार्टी थी। मैं बेहद खुश थी। उन्होंने हमें सफेद रंग को कोई पाउडर सुँघाया तो हम दोनों बेहोश हो गए। जब होश आया तो हमने खुद का निर्वस्त्र पाया। डर के मारे हम दोनों भागकर अपने घर आ गए। मेरी दोस्त ने राय दी कि पुलिस को बताना चाहिए तो मैं यहाँ आ गई।"

"चलो तुमने ठीक किया। यह हिम्मत का काम है।" इंस्पेक्टर रंजीता ने कहा।

रिपोर्ट लिखाकर वे दोनों चली गईं।

इंस्पेक्टर रंजीता ने उस शाम अपने दोस्त बसु को डिनर पर अपने घर बुलाया। वे दोनों खाना खाकर जब यों ही छत पर टहल रहे थे, बसु बोला, "रंजीता, पता है, मैं तुमसे शुरू से ही…।"

बसु अपनी बात पूरी करता, इससे पहले ही पुलिस नियंत्रण कक्ष से इंस्पेक्टर रंजीता को फोन आता है कि ऐलिंटन कॉलेज के पीछे दो लड़कियों की लाश पड़ी है।

वह बसु को 'एक्सक्यूज मी' बोलकर जाने लगती है, तो उसे ऐसा लगा जैसे उसकी क्षणिक खुशी में ग्रहण लग गया हो। उसने उसे रोकते हुए कहा, "रंजीता…।"

"जी।"

"मैं भी तुम्हारे साथ चलूँ। तुम्हारी पुलिसिंग देखने का मन कर रहा है।"

इंस्पेक्टर रंजीता एक क्षण के लिए कुछ सोचने लगी फिर बोली, "ओके। कम।"

ड्राइवर सीट के बाजू में बैठी रंजीता उसे बहुत ही भा रही थी। पीछे की सीट में बैठा बसु तिरछी निगाहों से बार-बार रंजीता को देखता रहता है।

कुछ ही देर में गाड़ी ऐलिंटन कॉलेज के पीछे जाकर रुक जाती है। इंस्पेक्टर रंजीता बिजली सी कड़कती हुई गाड़ी से उतरकर जैसे ही उन दोनों लड़कियों की लाश को टॉर्च की रोशनी से देखती है, वह सहम जाती है। सामने वंशिका व उसकी दोस्त अंजली की लाशें पड़ी हैं।

वह पहली बार भावुक होकर अपने पीछे खड़े दोस्त से सट गई। उसे ऐसा लगा मानो किसी ने इन लड़कियों को नहीं, उसे मार डाला है।

बसु ने उसके कंधे पर हाथ की थपथपी देते हुए कहा, "रंजीता, सँभालो खुद को।"

वह 'जी' कहते हुए सचेत हो गई।

मृतक शरीर का पंचनामा। घटनास्थल के मौका नक्शा वगैरह बनाए गए, फोटो व अन्य विधिक काररवाइयाँ करते हुए उसकी आँखें नम हो गईं, फिर एकाएक वह आक्रोश से भर गई और सोचने लगी कि भले ही ये दोनों लड़कियाँ फिर न जिंदा हों, मगर इनके साथ जो जुल्म हुआ है, वह भी फिर से जिंदा न हो। इसके लिए मुझे पूरी ताकत के साथ इस केस से जुड़े अपराधियों को कड़ी-से-कड़ी सजा दिलवानी चाहिए।

वह थानेदार को घटनास्थल से जुड़ी अन्य औपचारिकताओं के लिए अपने थानेदार को तैनात करके लाशों को पोस्टमार्टम के लिए भेज देती है।

थाने में आकर इंस्पेक्टर रंजीता को परेशान देखकर बसु भी परेशान हो जाता है, वह उसका मन हल्का करने के लिए कहता है, "आखिर उन प्रभावशाली लोगों ने दोनों को मरवा ही दिया।"

"नहीं उतपम, अभी कुछ कह पाना मुश्किल है।" रंजीता के मुँह से

अपना नाम सुनकर बसु गद्गद हो गया। सोचने लगा कि काश! वो हमेशा यूँ ही मेरा नाम अपने होंठों से पुकारती रहे तो मैं उसके लिए सबकुछ त्याग दूँ। ये पैसा, ये दौलत, ये शौहरत सब बेकार हैं। देख लिया, यह सब क्षणिक है।

उसे चुप देखकर इंस्पेक्टर रंजीता बोली, "उतपम, रात काफी हो गई है। कल सुबह आपकी फ्लाइट है। इसलिए प्लीज, अब आप आराम करें।"

"नो, इट्स ओके।"

"प्लीज।" इंस्पेक्टर रंजीता की भावनाओं को समझते हुए वह बोला, "ठीक है। मैं तुम्हारी यह बात मान लेता हूँ, परंतु तुमको भी मेरी एक बात माननी पड़ेगी।"

"कहो।" इंस्पेक्टर रंजीता मुसकराते हुए बोली तो वह उस पर फिदा ही हो गया, बोला, "फोन करके बताता हूँ।"

"ठीक है। गुड नाइट।"

"गुड नाइट।"

बसु के जाते ही इंस्पेक्टर रंजीता ने एक गहरी साँस ली। फिर पुलिस नियंत्रण कक्ष में प्रकरण का ब्योरा दिया। फिर अपने उच्चाधिकारियों को बताया। तो उनके एस.पी. साहब बोले, "मैडम, इसीलिए तो मेरा मन नहीं था कि उन लड़कियों की रिपोर्ट लिखने का। परंतु फिर आपका वो महिलावादी वाला रुख देखकर मैं चुप हो गया।"

"जी सर। सपोर्ट करने के लिए मैं आपकी आभारी हूँ।" इंस्पेक्टर रंजीता ने कहा।

"चलो कोई बात नहीं।"

इंस्पेक्टर रंजीता बोली, "सर, आपका एक और सपोर्ट चाहिए।"

"हाँ, बोलो।"

"सर, आपको तो पता है कि इस केस की जड़ें मुंबई से जुड़ी हुई हैं। इसलिए सर, मुझे ऑफ रिकॉर्ड मुंबई जाने की अनुमति प्रदान करें। ताकि मैं कुछ दिन वहाँ रहकर आरोपियों को पकड़ सकूँ।"

"ठीक है। मैं आई.जी. साहब से बात कर लेता हूँ।"

"धन्यवाद सर।"

दूसरे दिन सुबह–सुबह रंजीता बसु को उसके होटल में जाकर उठाती है और कहती है, "चलो, फ्लाइट का टाइम हो गया है।"

तो वह कहता है, "अब तुम भी मेरी बात मान लो, मुझे आज जाने के लिए न कहो प्लीज। मैंने अपना टिकट कैंसिल करवा लिया है।"

"ओह नो।"

"क्यों? तुम्हें अच्छा नहीं लगा?"

"नहीं, ये बात नहीं है।"

"तो क्या बात है?"

"मैं भी तुम्हारे साथ चलने के लिए आई हूँ। मैंने अपना टिकट भी बुक करवा लिया है।"

उसकी बात सुनकर बसु को यकीन नहीं हो रहा था। वह सोचने लगा, भला दिन में चाँद कैसे चमक सकता है। फिर जब उसकी नजर रंजीता के सूटकेस पर पड़ती है तो खुशी के मारे उसकी आँखें भर आती हैं।

नई टिकट बुक करके दोनों आसमान में उड़ जाते हैं। ऐसा लग रहा था मानो उन दोनों के पर निकल आए हों और वो खो जाते हैं बादलों के उस पार।

मुंबई की जमीं पर पाँव रखते हुए इंस्पेक्टर रंजीता की आँखों के सामने मृतक वंशिका का भोला–भाला चेहरा आ गया। वह बसु से बोली, सबसे पहले हम उल्लासजी के पास चलें?

उसका जवाब सुनने से पहले ही वह कहती है, "नहीं, सिर्फ मैं उससे मिलने अकेली जाऊँगी।"

"उफ्फ! वो अच्छा इनसान नहीं है, तुम्हें कुछ हो गया तो?"

"कुछ नहीं होगा। तुम मेरे साथ हो। बाहर या आस–पास बने रहना। वैसे मेरे पास बटन कैमरा है, जिसका कोड मैंने अपने पुलिस नियंत्रण कक्ष में दे रखा है। तुमको भी दे देती हूँ।"

इंस्पेक्टर रंजीता की इंटेलीजेंसी पर खुश होकर बसु हँसते हुए कहता है,

"आई लाइक इट। वैसे मुंबई मेरा भी अड्डा है। तुम्हें कुछ हो गया तो पूरी मुंबई में आग लगा दूँगा।"

इंस्पेक्टर रंजीता बसु की बातों को हँसी में टालकर अपने काम में लग जाती है।

इंस्पेक्टर रंजीता फिल्म डायरेक्टर उल्लास के पास अकेले जाती है। बेहद खूबसूरत स्मार्ट कड़क लड़की को अकेले अपने चैंबर में देखकर वह पागल सा हो जाता है।

रंजीता कहती है, "उसे फिल्मों में काम करने का शौक चढ़ा है, इसलिए वह अपने गाँव से यहाँ चली आई।"

"इस उम्र में?"

"मेरी उम्र ज्यादा है क्या?" इंस्पेक्टर रंजीता मासूमियत से बोली।

"नहीं-नहीं। ऐसी बात नहीं है। यहाँ पर तो हर उम्र के लोगों का काम होता है।"

एक मैच्योर लड़की को देखकर उसके अंदर कुछ अलग सी फीलिंग का जन्म हो रहा था। इसलिए उसने झट से रंजीता से उसी वक्त एक कॉण्ट्रेक्ट भरवा लिया। उसके रहने की व्यवस्था भी कर दी।

जिस फ्लैट में वह रहती है, वहाँ के लॉन में वह कुछ लोगों को बैठे देखती है। ध्यान से देखने पर उसे वहाँ पर उल्लास भी दिखता है। वहाँ पर उसे ड्रग्स सेवन करते हुए लोग दिखते हैं तो वह पूरी तैयारी के साथ वहाँ पहुँच जाती है।

वह उल्लास सर के पास जाकर खड़ी होती है तो वह कहता है, "ओह, मैं तुम्हें बुलवाने ही वाला था। अच्छा है तुम खुद चली आई।"

इंस्पेक्टर रंजीता सिर्फ मुसकरा देती है। वह उसे अपने पास की कुरसी पर बिठाकर कहता है, "कुछ नया ट्राय करोगी?"

"क्या?"

"वही जो हम सब ले रहे हैं। मेरा भरोसा है, यह तुमने कभी नहीं लिया होगा।"

"जी, सही कह रहे हैं आप। वैसे क्या है ये सब?"

"सुनहरे सपनों की दुनिया जिसे कोकीन, हीरोइन, ब्राउन शुगर और मार्फिन कहते हैं, तो ये लो।" उल्लास ड्रग्स का एक डोज उसकी ओर बढ़ाते हुए कहता है। इंस्पेक्टर रंजीता के दुपट्टे में लगे माइक्रो कैमरे से वसु व पुलिस नियंत्रण कक्ष में सभी लोग यह सब देख रहे हैं।

वह कहती है, "नहीं, मुझे डर लग रहा है।"

"हाँ, शुरू-शुरू में हमें भी डर लगा था, लेकिन अब इसको लिये बगैर चैन नहीं मिलता।"

इंस्पेक्टर रंजीता कहती है, "पर मैं नहीं लूँगी।"

"तो फिर मॉडलिंग कैसे करोगी?"

"मॉडलिंग के लिए ये करना पड़ता है?"

"और भी बहुत कुछ करना पड़ता है।"

"क्या?"

"यहाँ सबके सामने कैसे बताऊँ?"

"तो फिर?"

"तुम अपने रूम में जाओ, मैं वहीं आकर समझाता हूँ।"

इंस्पेक्टर रंजीता अपने फ्लैट में जाकर सारे कैमरे वगैरह ऑन करके उल्लास के आने का इंतजार करने लगती है। उल्लास नशे में झूमता हुआ आता है और इंस्पेक्टर रंजीता से कहता है, "चलो समझाता हूँ।" वह उसके साथ जबरदस्ती करने लगता है तो इंस्पेक्टर रंजीता उसके चेहरे पर एक चाँटा जड़ देती है। वह हिंसक हो जाता है। तभी फ्लैट का दरवाजा खुलता है और बसु स्थानीय पुलिस के साथ आ जाता है।

पुलिस को देखकर उल्लास का सारा उत्साह रफूचक्कर हो जाता है। उसे स्थानीय पुलिस थाने ले जाया जाता है तो वह पूछता है, "किस जुर्म में मुझे थाने ले जा रहे हो?"

स्थानीय थाने का थानेदार कहता है, "थाने चलो, वहीं पर बताते हैं।"

थाने पर जाकर उल्लास को पता चलता है कि जिसको उसने मॉडलिंग

के लिए साइन किया है, वह एक पुलिस इंस्पेक्टर है और उसकी सारी गतिविधियाँ उसके कैमरे में रिकॉर्ड कर ली गई हैं तो वह बौखलाकर कहता है, "उसे देख लूँगा।"

मुंबई पुलिस पर बाहरी दबाव आए, इससे पहले ही रंजीता कानूनी काररवाई कर पत्रकारों को बुलाकर सारा ब्योरा दे देती है। फिर उनको बता देती है कि वह उल्लास को पुलिस रिमांड में लेकर आगे की पूछताछ करेगी।

उन दोनों लड़कियों के बारे में पूछने पर वह कहता है कि वो उन्हें नहीं जानता। तब रंजीता उस होटल के कैमरे की रिकॉर्डिंग दिखाती है, जिसमें उल्लास वंशिका व उसकी दोस्त को लेकर गया था। फिर कमरों में आते जाते-समय के भी साक्ष्य थे। वहाँ के वेटर को विश्वास में लेकर रंजीता ने पूछ लिया कि उस दिन उल्लास सर ने कोल्ड डिंक में ड्रग्स मिलवाया था। इसके बदले में उसे दो हजार का नोट दिया था।

इतने सब सबूत देखकर वह टूट जाता है और स्वीकार कर लेता है कि हाँ, उसने उनके साथ बलात्कार किया था और अपने गुंडों को भेजकर वंशिका व उसकी दोस्त को मरवाया था, क्योंकि वह पुलिस के पास तक चली गई थी।

इंस्पेक्टर रंजीता उल्लास के विरुद्ध हत्या व बलात्कार की धारा भी बढ़वा देती है। ड्रग्स लेनेवाले उसके सभी साथियों को भी मुंबई पुलिस गिरफ्तार कर लेती है। करीब 21 लोगों के खिलाफ ड्रग्स के सेवन का प्रकरण बना। यह अब तक का सबसे बड़ा प्रकरण है।

महाराष्ट्र पुलिस कमीश्नर इंस्पेक्टर रंजीता को बुलाकर शाबाशी देते हैं तो वह कहती है, "यह सब संभव हो पाया है बसुजी के कारण, जिनकी हिम्मत के कारण मैं अपने छोटे से शहर से इस महानगर तक चली आई। मेरी इस सफलता का श्रेय मेरे एस.पी. श्री राजन शर्मा को जाता है, जिन्होंने मुझ पर विश्वास करके मुझे यहाँ आने की अनुमति दी।"

इस प्रकार मुंबई के अखबारों में भी इंस्पेक्टर रंजीता छा गई।

उन दोनों लड़कियों के हत्यारे इंस्पेक्टर रंजीता के शहर के ही हैं, अतः

उनका नाम व पता लेकर वह अपने शहर की ओर चलने की तैयारी करने लगती है।

एयरपोर्ट पर इंस्पेक्टर रंजीता व बसु एक-दूसरे को देख रहे हैं। बिछड़ने का दर्द बसु की आँखों में साफ देखा जा सकता है। उसे देखकर रंजीता के मन में कुछ होने लगा। उसे एकाएक ऐसा लगने लगा कि वह सब छोड़कर यहीं बसु के साथ रह जाए। वह प्यार की एक छोटी सी दुनिया बसा ले, तभी वह देखती है कि एक लड़की आती है और बसु से गले मिलकर कहती है, "हाय! कैसे हो?"

बसु भी उससे बड़े ही प्यार से मिलता है। यह देखकर रंजीता के सपने काँच के घरौंदे की भाँति टूटकर बिखर जाते हैं।

उसे सन्न देखकर बसु कहता है, "शी इज माई फ्रेंड।"

वह सोचने लगी कि मेरा प्यार महानगर की इस संस्कृति में तो तड़प-तड़पकर मर जाएगा। उसे तो कोई ऐसा चाहिए, जो सिर्फ उसका हो और वह सिर्फ उसकी।

तभी एनाउंसमेंट होता है और इंस्पेक्टर रंजीता बसु से कहती है, "उतपम, चलती हूँ। थैंक फॉर ईच एंड एवरीथिंग।"

अपनी आँखों में भर आया पानी कहीं छलक न जाए, इस डर से वह पलटकर नहीं देखती।…बसु उसे जाते हुए देखता रहता है।

□

# मोबाइल गेम की लत ने बनाया स्टूडेंट को चोर

# मोबाइल गेम की लत ने बनाया स्टूडेंट को चोर

चोरी की सूचना मिलते ही इंस्पेक्टर रंजीता अपने पुलिस बल सहित घटनास्थल पर पहुँच जाती है। पूरे बँगले का निरीक्षण करते हुए उसने पाया कि चार एकड़ में फैला यह एक भव्य बँगला है। पंद्रह कमरोंवाला सर्व सुविधायुक्त इस बँगले के पीछे बने तीन मकानों में सेवक सपरिवार रहते हैं, जो पूरे समय साहब की सेवा के लिए तैनात रहते हैं। बँगले के चारों ओर दीवार है। बँगले के सामने एक बड़ा ही खूबसूरत सा बगीचा है। बँगले के पिछवाड़े में सब्जियाँ व दालें वगैरह उगाई जाती हैं। सरकारी गाड़ी चालक सहित चौबीस घंटे दरवाजे के सामने खड़ी रहती है। बँगले का एक ही प्रवेश द्वार है, जिस पर चौबीस घंटे गार्ड तैनात रहते हैं।

वह सोचने लगी कि सुरक्षा के इतने पुख्ता प्रबंध होने के उपरांत भी चोरी कैसे हो सकती है ? वह भी मात्र 20 हजार नगदी की। इतने बड़े अधिकारी के यहाँ चोरी की यह घटना घटित होना आश्चर्य की बात है।

खैर, इंस्पेक्टर रंजीता एक जिम्मेदार पुलिस अधिकारी है, इसलिए बिना किसी पूर्वग्रह के विवेचना कार्य में जुट गई। वह जानती है कि उसकी जरा ही चूक उसकी नौकरी ले डूबेगी। वह जिस जगह अभी खड़ी है वहाँ के साहब को छोटे-मोटे अधिकारियों की तो बात ही छोड़िए, जिले का कलेक्टर भी 'जी सर।' कहता हुआ आगे-पीछे घूमता है। बस उनको अपनी इच्छा जाहिर करने की देरी है। हर सुख-सुविधाएँ उनके लिए मुफ्त में पेश हो जाती हैं, फिर

चाहे वो किसी मंदिर में दर्शन करना हो या किसी होटल में भोजन करना हो।

इंस्पेक्टर रंजीता तय करती है, सर्वप्रथम एफ.आई.आर. दर्ज की जाए। अत: वह बँगले में तैनात साहब के एस.डी.ओ.पी. श्री पार्थ अग्रवाल से आवश्यक जानकारी लेती है तो वह कहता है "मैडम, साहब की इच्छा है कि पहले आप बिना एफ.आई.आर. के ही छानबीन करने का प्रयास करें।"

एस.डी.ओ.पी. पुलिस उप-अधीक्षक की रैंक का व्यक्ति है। उसके मुँह से ऐसी बात सुनकर इंस्पेक्टर रंजीता को थोड़ा अटपटा लगा। फिर वह सोचने लगी कि बड़ों की बात मान लेने में क्या बुराई है ?

छानबीन के द्वितीय चरण में वह घटनास्थल का मुआयना करती है। वह देखती है कि साहब के बेडरूम की अलमारी खुली पड़ी है। कपड़े बिखरे पड़े हैं।

वह फोरेंसिक साइंस की टीम बुलावाकर उनसे अलमारी के हैंडल में आए फिंगर प्रिंट लेने के लिए कहती है। सारी वस्तुओं के फोटो लिये जाते हैं।

इसके बाद वह साहब से बात करने का प्रयास करती है, परंतु उनके व्यस्ततम कार्यक्रम के कारण वह उनसे बात नहीं कर पाती।

इसलिए वह मेम साहब से बातचीत करती है। पूछताछ के दौरान वे बताती हैं, "उनके घर में होनेवाली यह छठवीं चोरी है।"

"क्या ?" इंस्पेक्टर रंजीता चौंककर कहती है।

"जी।" मेम साहब दृढ़ता के साथ कहती हैं।

इंस्पेक्टर रंजीता ने उनसे पूछा, "तो आपने इससे पहले रिपोर्ट क्यों नहीं लिखवाई ?"

"हमारे साहब को पसंद नहीं है।" वे उदास स्वर में बोली।

"तो अब कैसे पुलिस को बुलवा लिया ?"

"ये मेरी जिद थी। मैंने ही उनसे झगड़ा करके कहा कि यदि आप इस बार पुलिस को नहीं बुलवाएँगे तो मैं खुद ही थाने में जाकर रिपोर्ट लिखवा दूँगी।"

"ओके।"

"हमारे यहाँ छोटी-मोटी चोरियाँ तो होती रहती है, परंतु मैं किसी को कुछ बोल नहीं सकती। कोई सर्वेंट कितना भी बड़ा नुकसान कर दे, परंतु मैं उसे डाँट नहीं सकती।"

"क्यों?"

"हमारे साहब को पसंद नहीं है।"

"ओह! तो क्या वो खुद सारा कंट्रोल रखते हैं?"

"हाँ जी। इसलिए मैं घरेलू कामों में ज्यादा दखलअंदाजी नहीं देती। नौकरों को यह बात पता है। इसलिए वो भी मनमानी करते हैं। जिसको जो सामान अच्छा लगता है वह उठाकर ले जाता है। जब जिसका मन होता है, छुट्टी ले लेता है।"

"ओह। तो वे लोग आपकी बात नहीं मानते?"

मेम साहब अपने सिर को हिलाकर कहती हैं, "नहीं।"

इंस्पेक्टर रंजीता को यह सब सुनकर बड़ा आश्चर्य होता है। वह सोचने लगती है कि फिर तो जरूर इन नौकरों में से ही कोई है, जो मौका देखकर चोरी करता रहता है।

वह बँगले में तैनात सभी कर्मचारियों से पूछताछ करती है। सभी एक सा बयान देते हैं, "मैडम, हमें इस विषय में कुछ नहीं मालूम।"

इंस्पेक्टर रंजीता को उन सब पर शक होता है। उसका मन तो करता है कि वह उन सबको थाने ले जाकर खूब पीटे। पिटाई से अच्छे-अच्छों के मुँह खुल जाते हैं, परंतु फिर उसे इस बँगले के साहब की इच्छा याद आती है तो वह चुप हो जाती है।

उस रात को इंस्पेक्टर रंजीता सो नहीं पाई। दूसरे दिन सुबह-सुबह उसने बँगले में तैनात साहब के एस.डी.ओ.पी. श्री पार्थ अग्रवालजी को फोन लगाया और उनसे बँगले में हुई चोरी के बारे में चर्चा की। बातों-बातों में इंस्पेक्टर रंजीता ने एस.डी.ओ.पी. श्री पार्थ अग्रवाल से कहा, "सर, यदि आपका एक फेवर मिल जाएगा तो शायद मैं यह केस सुलझा लूँगी।"

"हाँ जी, बोलिए, क्या फेवर चाहिए? यदि मैं कर पाया तो जरूर करूँगा।"

"यह काम आपके अलावा और कोई नहीं कर सकता।"

"ऐसा क्या काम है?"

"प्लीज, बँगले में काम करनेवालों में से जो लोग घर के अंदर रहते हैं, उन्हें मेरे थाने में पूछताछ के लिए भिजवा दीजिए।"

"ठीक है, मैं साहब से बात करता हूँ।"

"सर, तब तो यह काम नहीं हो पाएगा।"

"क्यों?"

"क्योंकि साहब कभी भी किसी को थाने भेजने की इजाजत नहीं देंगे।" इंस्पेक्टर रंजीता निराशा भरी आवाज में कहती है।

"चलिए, ठीक है। यह सब आप मुझ पर छोड़िए। मैं देखता हूँ।"

दूसरे दिन रंजीता के थाने में तीन बाई व दो मेल सर्वेंट आते हैं। रंजीता खुश हो जाती है। लेकिन फिर अगले ही क्षण सोचती है कि नहीं, जोश में होश नहीं खोना है। मुझे ये सारी बातें अपने सी.एस.पी. को बता देनी चाहिए। यह मामला हाई प्रोफाइल का है। इसलिए इसे बहुत ही सावधानी से हैंडल करने की जरूरत है।

वह अपने उच्चाधिकारियों को विश्वास में लेकर उन पाँचों से पूछताछ करनी शुरू करती है। तीन लोगों से पूछताछ हो जाती है। चौथे से अंदर पूछताछ हो ही रही थी कि उसी वक्त एक सिपाही इंस्पेक्टर रंजीता के पास आकर उसे बताता है, "बाहर बैठा एक आदमी पसीना-पसीना हो रहा है।"

इंस्पेक्टर रंजीता बाहर आकर देखती है कि साहब का करीब 65 वर्षीय कुक पसीने में भीगा बेचैनी महसूस कर रहा है। वह उसे नीबू पानी देती है। फिर उसके पड़ोसी नौकर से उसके घर पर फोन करवाती है। अपने एक सिपाही को पाँच हजार रुपए देकर कहती है, "इन्हें पास के अस्पताल ले जाओ।" बँगले में उसके साथ में काम करनेवालों में से दो लोग पुलिस की गाड़ी में उस कुक को बिठाकर अस्पताल ले जाते हैं। परंतु अस्पताल पहुँचने से पहले ही उसकी मौत हो जाती है।

यह घटना इंस्पेक्टर रंजीता को झकझोरकर रख देती है। चारों ओर

उसकी आलोचना होती है। उसे सस्पेंड करने की माँग की जाने लगती है। वह बुरी तरह से टूटने लगती है।

तब इंस्पेक्टर रंजीता की कार्यशैली व कर्तव्यनिष्ठा का पुराना रिकॉर्ड देखते हुए उसके डी.आई.जी. उसे संबल देने के लिए अपने नेतृत्व में पुलिस विभाग की ओर से एक पत्रकार वार्त्ता आयोजित करके पत्रकारों को संबोधित करते हुए कहते हैं, "यदि आप लोग ऐसी घटनाओं से पुलिस को भयभीत करेंगे तो पुलिस किसी को भी पूछताछ के लिए थाने बुला ही नहीं पाएगी और जब पूछताछ नहीं होगी तो हम मुलजिम तक कैसे पहुँचेंगे।"

बात एकदम सही थी। कुक की मौत के पीछे इंस्पेक्टर रंजीता की कोई गलती या मंशा नहीं थी। वह तो प्रकरण को सुलझाने के उद्देश्य से बँगले के नौकरों को थाने में बुलाती है और उससे पूछताछ करने से पूर्व ही कुक की मौत हो गई। दरअसल पहले से ही वह हार्ट की बीमारी से ग्रसित था।

जो भी हो, परंतु इंस्पेक्टर रंजीता को स्थानांतरित कर दिया जाता है। उस स्थिति में मेम साहब उसे अपने बँगले में बुलाकर कहती हैं, "भले ही आप दूसरे थाना क्षेत्र में चली गई हैं, लेकिन इस प्रकरण की जाँच आप ही करेंगी।"

मेम साहब की मंशा का ध्यान रखते हुए पुलिस के बड़े अधिकारी इंस्पेक्टर रंजीता का स्थानांतरण रोक देते हैं।

दूसरे दिन इंस्पेक्टर रंजीता फिर बँगले में पहुँच जाती है। चोर को पकड़ने के लिए वह फिर से मेम साहब से बात करती है। तभी उसे बड़े से बैठक कक्ष के कोने में एक 14–15 वर्षीय बालक बैठा दिखता है।

वह मैडम से पूछती है, "यह कौन है?"

"मेरा छोटा बेटा।"

"यह क्या कर रहा है?"

"कुछ नहीं, बस पूरे समय गेम खेलता रहता है।"

"कौन सा गेम?"

"पता नहीं क्या नाम है उस गेम का।"

"यह अमूमन कितने घंटे खेलता है?"

मेम साहब थोड़ा चिढ़कर कहती हैं, "मुझे तो चाहे जब वह मोबाइल पर खेलते ही दिखता है।"

उनका मनोभाव समझते हुए इंस्पेक्टर रंजीता कहती है, "मैडम, क्या मैं आपके बेटे से बात कर सकती हूँ?"

"हाँ, जरूर।"

"हैलो। छोटे मास्टर, क्या कर रहे हो?" इंस्पेक्टर रंजीता उसके करीब जाकर पूछती है, परंतु वह एक बार नजर तक उठाकर नहीं देखता। वह मोबाइल पर ऐसे आँख गड़ाए है, मानो यदि उसने आँखें जरा भी यहाँ-वहाँ कर लीं तो कयामत आ जाएगी।

उसका यह व्यवहार देखकर वह वापस मेम साहब के पास आकर बैठ जाती है। तभी उसके कानों में उस बच्चे की आवाज आती है। वह किसी से कहता है, "शुभम, नाउ इट्स योअर टर्न।"

रंजीता समझ जाती है कि इसके साथ गेम में और लोग भी शामिल हैं। वह मेम साहब से पूछती है कि इनका नाम क्या है?

"अंकुर।"

"किस स्कूल में पढ़ता है?"

"इंटरनेशनल शिशुविहार में कक्षा नौ में पढ़ता है।"

"ओह, इनका स्कूल तो बहुत अच्छा है।"

"जी, परंतु जब से इसे यह गेम की लत लगी है, यह पढ़ने में ज्यादा ध्यान नहीं देता। अभी तक तो ठीक है। परंतु अगले साल बोर्ड की परीक्षा है, तब जाने कैसे क्या होगा?" मेम साहब चिंता जाहिर करते हुए कहती हैं।

इंस्पेक्टर रंजीता मेम साहब की चिंता समझ रही थी। कुछ देर बाद वह इजाजत लेकर बँगले से अपने थाने में आ जाती है। उसे गेम की बहुत ज्यादा समझ नहीं है, इसलिए वह गेम के जानकार एक व्यक्ति को थाने में बुलाकर उससे बात करती है।

वह कहता है, "गेम भी बहुत प्रकार के होते हैं। कई गेम तो सट्टे की भाँति होते हैं। उसमें गेमर की हार व जीत दोनों होती हैं। गेम में अंतरराष्ट्रीय

स्तर पर मैच होते हैं। उसमें दुनिया भर के लाखों लोग अपना पैसा लगाते हैं।"

"ओह! ऐसा भी होता है!"

"जी मैडम।"

"चलिए ठीक है। धन्यवाद।"

इंस्पेक्टर रंजीता इसके बाद अंकुर के स्कूल जाकर उसके बारे में पता करती है, तो उसकी क्लास टीचर कहती है, "मैडम, हमने कई बार देखा कि अंकुर बस से स्कूल तो आता है, परंतु कक्षा में नहीं आता, वह बाहर गार्डन में बैठकर मोबाइल में गेम खेलता रहता है।"

"अकेले ही?"

"नहीं, उसके साथ में उसका दोस्त शुभम व अनुवाद भी रहते हैं।"

"आप उसे मना नहीं करतीं?"

"नहीं, मैडम, उसके पापा बड़े आदमी हैं। उनसे हमारी प्रिंसिपल भी डरती हैं, तो फिर हम कैसे कुछ कहेंगे। वैसे वो अच्छा लड़का है, इसी साल से उसे यह गेम की लत लग गई है।"

"ओह! अभी स्कूल में उसका कोई दोस्त मिल सकता है क्या?"

"नहीं मैडम, अभी तो सब लोग गए।"

"ठीक है, धन्यवाद।"

दूसरे दिन इंस्पेक्टर रंजीता फिर से बँगले में जाकर अंकुर के फिंगर प्रिंट लेने का प्रयास करती है। वह बैठक कक्ष में बैठकर मेम साहब के आने का इंतजार करती है। उससे कुछ दूरी पर अंकुर बैठा है। वह अपने मोबाइल गेम में इतना व्यस्त है कि उसे जूस तक पूरा पीने का होश नहीं है। उसने आधा जूस पिया है। आधा अभी भी गिलास में बाकी है।

एक नौकर आकर कहता है, "बाबा, पहले जूस तो पी लो। ज्यादा देर रखा रहने से वह खराब हो जाएगा।"

अंकुर उसकी बात पर ध्यान नहीं देता, तो वह वापस किचन की ओर चला जाता है। तभी उसका एक सिपाही बैठक कक्ष में झाँकते हुए कहता है, "मैडम, सी.एस.पी. साहब···।" उसकी बात पूरी सुनने से पहले ही वह उसे

इशारे से अंदर बुलाकर उसके कान में कहती है कि अपने रूमाल से यह जूस का गिलास उठा ले जाओ और इस पर आए फिंगर प्रिंट को जाँच के लिए लेबोरेटरी भेज दो।

वह वैसा ही करता है। उसके बाहर जाते ही मेम साहब आ जाती हैं तो वह उन्हें एक इमरजेंसी बता वहाँ से विदा ले लेती है।

दूसरे दिन अलमारी पर आए फिंगर प्रिंट से अंकुर के फिंगर प्रिंट का मिलान किया जाता है। वही होता है जिस बात का रंजीता को शक था।

वह एस.डी.ओ.पी. श्री पार्थ अग्रवालजी और अपने उच्चाधिकारियों को फिंगर प्रिंट की रिपोर्ट के बारे में बताती है तो सभी चौंक जाते हैं।

फिर बड़ी हिम्मत करके वह बँगले में आकर मैडम से मिलकर कहती है, "मैम, एक बात कहनी है।"

"हाँ, कहिए।"

"मैडम, आपकी अलमारी पर आए फिंगर प्रिंट से मिलान किया गया तो पता चला कि…।"

"क्या पता चला?" मेम साहब उतावली होकर बोलीं।

"यही कि यह सब आपके ही बेटे अंकुर का काम है।"

"क्यायाया!" वह इतनी जोर से चीखी, ऐसा लगा मानो आसमान ही टूट पड़ा है। उनकी आवाज सुनकर दूसरे कमरे से साहब भागते हुए आ जाते हैं।

रंजीता बड़े ही खेद के साथ साहब को पूरी बात बताती है। उसकी पूरी बात सुनकर प्रतिक्रियास्वरूप साहब बड़े ही दार्शनिक अंदाज में कहते हैं, "हूँउउ, तो मोबाइल गेम की लत ने एक अच्छे-खासे स्कूल छात्र को चोर बना दिया।"

परंतु मेम साहब की प्रतिक्रिया एकदम अलग है, वह एकाएक अपने स्थान से उठकर अंकुर के पास पहुँचती हैं और एक झपट्टा मारकर उसके हाथ से मोबाइल छीन लेती हैं। अंकुर उन्हें गुस्से से देखता है।

मेम साहब उसकी ओर ध्यान दिए बगैर इंस्पेक्टर रंजीता से कहती हैं,

"मैडम, इसे ले जाइए और जो सजा एक चोर की होती है, वही सजा इसे दीजिए।"

साहब कहते हैं, "यह क्या बक रही हो! पागल तो नहीं हो गई हो! अपने घर की इज्जत को बाहर उछालोगी।"

"हाँ, यह जेल जाएगा, तब इसे जीवन के सही मायने समझ में आएँगे। लाड़- प्यार में यह बिगड़ गया है।"

उनकी बातें सुनकर अंकुर सहम जाता है। वह डर के मारे रोने लगता है और सबके सामने हाथ जोड़कर कहता है, "मुझसे बहुत बड़ी मिस्टेक हो गई। मैंने गेम के लिए चोरी की। अब मैं ऐसा नहीं करूँगा।" ऐसा कहते हुए वह अपने आई फोन 11 प्रो को धरती पर पटककर तोड़ देता है।

□

# पादरी को किसने मारा

# पादरी को किसने मारा

पेड़ के झुरमुट से पिस्टल की नाल तनी और पहली, फिर दूसरी और फिर तीसरी गोली सीधे पादरी फर्नांडो कार्डिमा की छाती में जा धँसी। लंबी-लंबी डगों से चला आ रहा पादरी धड़ाम से जमीन पर जा गिरा। गोली की दूर तक जाती गूँज ने आस-पास के लोगों को चौंका दिया। पादरी के कराहने की आवाज सुनते ही चर्च के इर्द-गिर्द बिखरे लोग एकत्र होने लगे।

पादरी ने तड़पते-तड़पते वहीं घटनास्थल पर ही दम तोड़ दिया।

गोली कहाँ से आई? किसने चलाई? क्यों चलाई? इन प्रश्नों के उत्तर ढूँढ़ने के लिए चर्च की वरिष्ठ नन सिस्टर जेसमी मारिया ने 100 नंबर पर फोन लगा दिया। कुछ ही देर में इंस्पेक्टर रंजीता की गाड़ी साँय-साँय करती चर्च के गेट पर आ पहुँची।

पादरी सफेद कपड़ों में लिपटा हुआ सड़क पर पड़ा है। सफेद रंग पर खून के लाल-लाल निशान दिल को दहला रहे हैं। खून बहता हुआ जमीन पर एक डबरा बनकर एकत्र हो गया। पादरी की आँखें बंद व मुँह खुला हुआ है।

लाश का मुआयना करने के उपरांत इंस्पेक्टर रंजीता ने अपनी निगाहें उठाकर घटनास्थल का प्रारंभिक अवलोकन किया तो पाया कि जहाँ पर लाश पड़ी हुई है, उसके दाहिनी ओर गुलमेहँदी के पेड़ों की ऊँची सी क्यारी है। दाईं ओर चर्च की दीवार है, जिसके किनारे फूलों के पेड़ों की सुंदर कतार है। थोड़ी दूरी पर एक मोड़ है, जो कि एक छोटी सी इमारत पर जाकर खत्म होता है।

छह एकड़ में फैली इस कैथोलिक चर्च के चारों ओर का नजारा बेहद खूबसूरत और व्यवस्थित है। खुला-खुला सा परिसर देखकर इंस्पेक्टर रंजीता ने यों ही एक नन से पूछ लिया, "इस चर्च में कितने निकास द्वार हैं?"

वह नन बोली, "मैडम, इस चर्च में कोई बाउंड्री वॉल है ही नहीं। बस तार की फेंसिंग है, जिनके साथ गुलमेहँदी के पेड़ों के झुरमुट हैं। इसके निकास द्वार भी बहुत सारे हैं।"

"ओह!" कहते हुए इंस्पेक्टर रंजीता ने अपनी दूसरी ओर देखा।

वहाँ पर बड़ी संख्या में नन खड़ी हैं। सुबह-सुबह चर्च की प्रार्थना में शामिल होने आए लोगों की भीड़ है। इनमें ज्यादातर लोग मतांतरवाले हैं। उनके हाव-भाव में भय का साया है।

इंस्पेक्टर रंजीता ने वहीं खड़े एक व्यक्ति से पूछा, "आपने क्या देखा?"

"अपन ने कछु नई देखो।" वह मुँह बिचकाते हुए बोला।

उसकी बोली व पहनावे से इंस्पेक्टर रंजीता समझ गई कि यह धर्मांतरण से आया हुआ व्यक्ति है। उसके जैसे और भी बहुत सारे लोग हैं, जिसमें महिला व पुरुष दोनों शामिल हैं।

फिर उसने एक नन से पूछा तो उसने बताया, "मैं सुबह की प्रार्थना में शामिल होने के लिए अपने क्वार्टर से निकलकर चर्च की ओर आ रही थी, तभी उसे गोलियाँ चलने की आवाज आई।"

"किस तरफ से?"

"उस तरफ से।" उसने घटनास्थल के पास ही स्थित पेड़ों के झुरमुट की ओर संकेत करते हुए कहा।

"यानी गार्डन की ओर से?"

"हाँ जी।"

"किसी व्यक्ति को देखा भी है क्या?"

"नहीं।"

"चलिए ठीक है, धन्यवाद।" कहते हुए इंस्पेक्टर रंजीता ने फिर पादरी के मृत शरीर की ओर देखा। अब तक थानेदार लाश का पंचनामा बना चुका था। फोरेंसिक साइंस वाले व फोटोग्राफर वगैरह अपना काम कर चुके थे।

लाश को पोस्टमार्टम के लिए अस्पताल भेजने के लिए एंबुलेंस आ चुकी थी। इंस्पेक्टर रंजीता की अनुमति लेकर पादरी की लाश को एंबुलेंस में रखा जाने लगा। मोटे तौर पर यह अनुमान लगाया जा रहा था कि गोलियाँ पादरी के शरीर में धँसी हुई हैं, परंतु एक गोली पादरी की पीठ से निकल छन्न से जमीन पर आ गिरी।

गोली को दूर से देखकर ही इंस्पेक्टर रंजीता समझ गई कि यह रिवॉल्वर की गोली है। वह सोचने लगी कि रिवॉल्वर की प्रभावी रेंज 50 मीटर होती है। यानी यहीं-कहीं आस-पास से किसी ने गोली मारी है। संभवतया हत्यारा गोली मारकर इन्हीं झाड़ियों की आड़ में छुपता-छुपाता हुआ भाग गया होगा।

लाश को लेकर एंबुलेंस घटनास्थल से रवाना हो गई। इसके उपरांत इंस्पेक्टर रंजीता ने चर्च के समूचे परिसर का निरीक्षण किया। फिर वहाँ की मुख्य सिस्टर जेसमी मारिया से कहा कि परिसर में जितने लोग हैं, सभी को चर्च के अंदर प्रार्थना कक्ष में जाने के लिए कहें।

करीब 15 मिनट के अंतराल में सभी लोग प्रार्थना कक्ष में जमा हो गए। तभी गार्डन के पिछलेवाले भाग में बने एक गजेबो से कुछ लोगों के आपस में बात करने की आवाज आई, तो सिस्टर ने एक नन को उनके पास भिजवाकर उन्हें भी प्रार्थना कक्ष में जाने के लिए कहा, तो जवाब में एक व्यक्ति बोला, "ऐ मैडम, हम लोग आपकी बातों में नहीं आने वाले।"

"क्या मतलब?"

"मतलब तुम लोग लालच देकर पहले अपने पास बुलाते हो, फिर हमें ही हमारों से अलग कर देते हो।" उन तीन में से एक व्यक्ति ने आक्रोश में कहा।

दूसरा व्यक्ति बोला, "अरे, ये लोग हमें बाँटने का काम करते हैं।"

तीसरा व्यक्ति कुछ कहता, इससे पहले ही वह नन वहाँ से वापस

आ गई। सारी बातें उसने सिस्टर जेसमी मारिया के सामने इंस्पेक्टर रंजीता को बताई।

इंस्पेक्टर रंजीता ने बड़ी चतुराई से अपने साथ के दो सिपाहियों को सादी ड्रेस में, दो अन्य लोगों के साथ उन चारों को पकड़ने के लिए भेजा।

वे पहले तो अकड़कर बात करने लगे, लेकिन जब उन्हें यह पता चला कि ये पुलिस के जवान हैं तो वे चारों भागने लगे। ठीक उसी समय वहाँ पर अपने दल के साथ इंस्पेक्टर रंजीता पहुँच गई और उन्हें पकड़ लिया। थाने में लाकर उनसे पूछताछ की गई तो उनमें से एक ने बताया, "हाँ, हम लोग इन चर्चवालों से नफरत करते हैं, परंतु हम लोगों ने पादरी को नहीं मारा है।"

उनमें से एक ने यह भी बताया, "यह पादरी अच्छा इनसान नहीं था। इसका कैरेक्टर ढीला था।"

"यह सब आप कैसे कह सकते हैं?"

"क्योंकि हम लोगों ने देखा है?"

"आप लोग कहाँ पर रहते हैं?"

"रहते तो हम दूर हैं, परंतु इस बगीचे में अकसर आकर बैठते हैं। चर्च के पीछे बने मकानों में से एक मकान में हमारा एक दोस्त रहता है।"

"क्या नाम है उसका?"

"उसका नाम आइविन है।"

"यानी वह क्रिश्चियन है?"

"नहीं, वह पहले नहीं था, अब हो गया है।"

"ओह!"

"तो अब वह है कहाँ?"

"अस्पताल में।"

"क्यों?"

"क्योंकि वह बीमार है। उसकी बेटी आनेवाली है स्कूल से। उसका

ध्यान रखने के लिए मेरे ये दो दोस्त यहाँ आए हुए थे। फिर मैं भी मिल गया और गपशप शुरू हो गई।"

इंस्पेक्टर रंजीता ने क्रॉस चेक किया तो उन तीनों का बयान सही पाया गया। उन्हें छोड़ दिया गया, लेकिन अब सवाल उठता है कि आखिर पादरी को किसने मारा?

जाँच-पड़ताल से पता चला कि मृतक पादरी की परसों ही विक्टर नाम के एक व्यक्ति से कहासुनी हो गई थी। उस व्यक्ति का आरोप था कि पादरी का उसकी पत्नी से अवैध रिश्ता है।

वह व्यक्ति कहाँ मिलेगा, इस बात का पता लगाया गया तो पाया कि वह यहीं चर्च परिसर में स्थित क्वार्टर में ही रहता है। इंस्पेक्टर रंजीता उसके घर जाकर उससे पूछताछ करती है।

विक्टर कहता है, "भले ही पादरी ने मेरा धर्म बदलवाने के लिए मुझ पर दबाव डाला, मेरी पत्नी को मुझसे छीनने की कोशिश की, परंतु फिर भी मैंने पादरी को नहीं मारा।"

"तो फिर किसने मारा?"

"मुझे नहीं मालूम मैडम। मैं सच कह रहा हूँ।"

"ठीक है। आपकी पत्नी कहाँ है?"

"वह अपने मायके गई है।"

"कब?"

"परसों।"

"पादरी से झगड़ा होने के बाद?" इंस्पेक्टर रंजीता ने पूछा।

"जी।" गरदन झुकाकर विक्टर धीरे से बोला।

"तुमने उसके साथ मारपीट की थी क्या?"

"जी।"

वाह! तो पहले तुमने शक के आधार पर पादरी से झगड़ा किया। नी पत्नी को पीटा और जब वह मायके चली गई तो मौका देखकर हत्या कर दी। अच्छा अब बता दो कि वो रिवॉल्वर कहाँ है,

जिससे तुमने पादरी को मारा था?" इंस्पेक्टर रंजीता ने पूछा।

"मैडम, मैं सच कह रहा हूँ, मैंने पादरी साहब को नहीं मारा है।"

उसकी बात को अनसुना करते हुए इंस्पेक्टर रंजीता ने हवलदार से कहा, "इसे गिरफ्तार कर लो।"

उसे पुलिस की गाड़ी में बिठाकर इंस्पेक्टर रंजीता चर्च के पास से गुजर रही होती है, तभी एक नन उसकी गाड़ी के पास दौड़ते हुए आती है और गाड़ी को रोकने के लिए हाथ हिलाती है। उसे देखकर इंस्पेक्टर रंजीता ने अपनी गाड़ी रोककर उससे पूछा, "क्या हो गया?"

वह नन हाँफते हुए कहती है, "मैडम, वहाँ कूड़े में एक पिस्टल पड़ी है।"

"कहाँ पर?"

"वहाँ पर।"

इंस्पेक्टर रंजीता नन के साथ उसके बताए हुए स्थान पर जाती है तो देखती है कि कचरे के ढेर के पास एक रिवॉल्वर पड़ी है। वहीं पास में कचरा साफ करनेवाली गाड़ी खड़ी है। उसी ने नन को इसके बारे में बताया था। वह रिवॉल्वर को जब्त कर लेबोरेटरी में भेज देती है। गाड़ी में बैठे विक्टर को थाने की ओर रवाना करके स्वयं वहीं चर्च में रुक जाती है। उसे लगने लगा कि पादरी का हत्यारा यहीं चर्च का ही है।

इंस्पेक्टर रंजीता ने चर्च से जुड़े समस्त लोगों से पूछताछ की तो एक नन ने बताया कि पादरी व सिस्टर जेसमी मारिया के आपस में अच्छे रिश्ते थे।

सिस्टर जेसमी मारिया यहाँ की वरिष्ठ नन है। पिछले 15 सालों से वह इसी चर्च में अपनी सेवाएँ दे रही है। वह जन्मजात क्रिश्चियन है। मृतक पादरी फर्नाडो कार्डिमा उनके पैतृक गाँव का है। इसलिए दोनों में अच्छा तालमेल है। शायद भावनात्मक जुड़ाव भी है। खैर!

इंस्पेक्टर रंजीता ने सिस्टर जेसमी मारिया को पूछताछ के लिए चर्च के ही एक पृथक् कक्ष में बुलाया और उससे सीधा सवाल किया, "जब पादरी

साहब विक्टर की वाइफ से बात करते थे तो आपको कैसा लगता था?"

"बहुत बुरा।" सिस्टर जेसमी मारिया ने तपाक से कह दिया।

"ओह! तो इसलिए आपने उन्हें मार दिया?"

"नहीं, मैं क्यों मारूँगी?"

"ठीक है, आप नहीं तो आपकी रिवॉल्वर सब बता देगी, जिस पर आपके हाथों व उँगलियों के निशान अब तक हैं।"

"वह रिवॉल्वर आपको कहाँ मिली?"

"कचरे के ढेर में।"

"ओके।" वह कुछ चिंतित स्वर में बोली।

सिस्टर जेसमी मारिया के हाव-भाव देखकर इंस्पेक्टर रंजीता ने कहा, "बता भी दीजिए अब, कि आपने पादरी साहब को कैसे मारा?"

"मैडम, मैंने नहीं मारा है।"

"तो फिर किसने मारा है?"

"मैं नहीं जानती।"

"ठीक है, विस्टर को मैंने अभी-अभी थाने भेजा है। अब आप भी थाने चलिए, वहीं पर पूछताछ करेंगे।

"नहीं मैडम।" वह घबराते हुए बोली, "मैं बताती हूँ।"

"बताइए।"

"मैडम, मैंने नहीं, पादरी साहब को विल्सन ने मारा है।"

"क्यों? और कौन है यह विल्सन?"

"विल्सन मेरा कुक है। पिछले माह उसकी छोटी बहन के साथ पादरी साहब ने बदसलूकी की थी। तभी से वह नाराज था।"

"तो बदसलूकी करने पर हत्या कर देते हैं क्या?"

वह कुछ नहीं बोली। उसे चुप देखकर रंजीता बोली, "चलो, विल्सन के पास चलते हैं।"

सिस्टर मारिया के मकान के पीछे ही विल्सन का एक छोटा सा मकान है। अपने घर पर पुलिस को देखकर विल्सन भयभीत हो गया। अगले ही क्षण

सिस्टर जेसमी मारिया को पुलिस के साथ देखकर वह आगबबूला हो उठा।

सिस्टर जेसमी मारिया को देखकर वह चिल्लाते हुए बोला, "अच्छा मैडम जी, पादरी साहब को मरवाकर अब पुलिस के साथ मिल गई हो आप।"

वह निगाहें नीची करके चुपचाप खड़ी रही।

इंस्पेक्टर रंजीता के कहने पर मारिया व विल्सन दोनों को गिरफ्तार करके थाने लाया गया। उनसे की गई लंबी पूछताछ के उपरांत यह रहस्य खुलकर सामने आया कि सिस्टर जेसमी मारिया को पादरी साहब से मन–ही–मन में प्यार हो गया था। संत के वेष में भी वह जिस्मानी जरूरतों को काबू में न रख पाई।

यही स्थिति पादरी साहब की भी थी। वह भी चर्च के प्रमुख पादरी होकर भी अपनी इंद्रियों को वश में न कर सके। जब–तब उन्हें मौका मिलता, वह सिस्टर जेसमी मारिया के साथ होते थे। यहाँ तक तो ठीक है, लेकिन जब कभी वह किसी और महिला के साथ रिश्ता बनाते तो सिस्टर जेसमी मारिया उस बात को सहन नहीं कर पाती। कई बार तो वे जबरदस्ती करते थे।

एक दिन मरिया पादरी साहब के घर गई तो उसने देखा कि पादरी साहब घर में काम करनेवाली एक नाबालिग लड़की के साथ जबरदस्ती कर रहे हैं। उसे देखकर वे सहम गए। मारिया के कहने पर वह लड़की रोती हुई बाहर चली गई। घर जाकर उसने अपने भैया को सारी बात बताई तो उसका भैया विल्सन क्रोध में पादरी के घर आया।

वहाँ पर बाहर ही सिस्टर मारिया को देखकर वह पादरी की इस घिनौनी हरकत के बारे में बताने लगा। मारिया तो पहले से ही यह सब जानती थी। इसलिए गंभीर आवाज में उसने कहा, "तुम घर चलो। मैं आती हूँ।"

मारिया खुद भी पादरी की इन हरकतों को पसंद नहीं करती थी। इसलिए उसने मौके का फायदा उठाया और अपने कुक विल्सन को पादरी की हत्या करने के लिए उकसाया। चर्च की सुरक्षा के लिए दी गई रिवॉल्वर

का प्रयोग उन लोगों ने पादरी को मारने के लिए किया। फिर उसे कूड़ेदान में कचरे के साथ एक पन्नी में रखकर फेंक दिया, ताकि पुलिस यदि तलाशी ले तो उसे कोई सबूत न मिल सके।

इंस्पेक्टर रंजीता ने पादरी की हत्या करने के शक में थाने लाए गए विक्टर को छोड़कर सिस्टर जेसमी मारिया व उसके कुक विल्सन को गिरफ्तार कर जेल भेज दिया। मीडिया ने इस खबर को पहली बार सुर्खियों में छापा।

□

# WhatsApp की डाटा चोरी

# WhatsApp की डाटा चोरी

आज इंस्पेक्टर रंजीता में गजब की फुर्ती दिखाई दे रही है। वह आरोपी अक्षय को पकड़ने के लिए बहुत तेजी से उसके पीछे दौड़ रही है। इस गली से उस गली तक उसका पीछा कर रही है। वह जहाँ से दौड़ती हुई गुजरती है, लोग उसे देखने के लिए ठहर जाते हैं। उसे देखकर लग रहा है कि मानो आज तो वह आरोपी को नहीं छोड़ेगी। हुआ भी यही, उसने फिल्मी अंदाज में एक लंबी छलाँग मारकर आरोपी को पकड़ लिया, परंतु वह फिर छूटकर भाग निकला है।

उसके पीछे-पीछे आ रहे थानेदार वर्मा ने जब यह देखा तो वह बड़ी सहानुभूति के साथ इंस्पेक्टर रंजीता से कहता है, "मैडम, अब आप बैठ जाइए। थक गई होंगी। मैं उसे पकड़ता हूँ।"

इंस्पेक्टर रंजीता ने उसे ऐसे घूरकर देखा, मानो उसे कच्चा चबा जाएगी। उसका यह रूप देखकर थानेदार सकपका गया।

वह फिर से उसका पीछा करने के लिए भागती है। इसी दौरान आरोपी हिंसक रूप धारण कर लेता है। वह रास्ते में आनेवाले लोगों को मारता-पीटता हुआ भागता है। कई लोगों को उसने जानकर गिरा दिया। रास्ते में खड़ी एक महिला को वह जोर का धक्का देता है। महिला धड़ाम से सड़क पर गिरती है। उसका पीछा कर रही इंस्पेक्टर रंजीता यह देखकर गुस्से से भर जाती है।

आरोपी एक कॉलोनी की सड़क से गली की ओर भाग रहा होता है, उसके रास्ते में बीच में एक बच्ची आ जाती है। आरोपी उसका हाथ पकड़कर

उसे घुमाता हुआ दूर फेंक देता है। लड़की दूर जाकर गिरती है।

यह देखकर इंस्पेक्टर रंजीता बौखला जाती है। वह अपनी कमर में बंधी रिवॉल्वर निकालती है और आरोपी के दाहिने पैर पर फायर कर देती है। आरोपी कराहते हुए पलटकर इंस्पेक्टर रंजीता को देखता है। फिर भागने की कोशिश करने लगता है, लेकिन अब उसकी रफ्तार जा चुकी थी।

इंस्पेक्टर रंजीता ने लपककर आरोपी अक्षय का कॉलर पकड़ लिया और उसको लात-घूँसे मारने शुरू कर दिए। वह दर्द से कराहते हुए हाथ जोड़कर गिड़गिड़ाते हुए बोला, "मैडम, मुझे मत मारो। मत मारो। मैडम, मैं सब बताऊँगा।"

तब तक वहाँ पर पुलिस के अन्य लोग भी आ जाते हैं। आसपास के लोग एकत्र होकर भीड़ का रूप धारण कर लेते हैं।

हाँफता हुआ थानेदार वर्मा भी वहाँ पर आ पहुँचता है। उसे देखकर इंस्पेक्टर रंजीता कहती है, "वर्माजी, मैं इस आरोपी को लेकर थाने जा रही हूँ। आप एक हवलदार के साथ मिलकर यहाँ पर उपस्थित चश्मदीद गवाहों के बयान ले लें।"

'जी मैडम' कहता हुआ वह इंस्पेक्टर रंजीता को एक जबरदस्त सैल्यूट मारता है। वह अपने पुलिस वाहन में आरोपी को बिठवाकर खुद गाड़ी में बैठकर पुलिस दल के साथ चल लेती है।

रास्ते में वह अपने उच्चाधिकारियों को मोबाइल पर बताती है कि सर, व्हाट्सएप डाटा चोरी के आरोपी अक्षय को पकड़ लिया गया है। साथ में वह उन परिस्थितियों का भी विवरण देती है, जिनके तहत उसे आरोपी के पाँव में गोली मारनी पड़ी।

उच्चाधिकारी उसे शाबाशी देते हैं।

वह उनका धन्यवाद ज्ञापित करने के उपरांत पुलिस नियंत्रण कक्ष को इसकी सूचना देती है।

फिर वह मेडीकल व फोरेंसिक साइंस दल को फोन लगाकर उन्हें थाने आने के लिए निर्देशित करती है। उसके थाने पहुँचने के कुछ समय बाद ही

वहाँ पर आरोपी के लिए चलायमान अस्पताल सुविधा का प्रबंध हो जाता है।

इस समूचे घटनाक्रम की खबर आग की भाँति पूरे शहर में फैल जाती है। पत्रकार बंधुओं की भीड़ लग जाती है। इंस्पेक्टर रंजीता अपने थाने से बाहर आकर परिसर में एकत्र हुए पत्रकारों से निवेदन करती है कि पहले आरोपी का बयान हो जाने दीजिए, फिर आप लोगों को पूरी जानकारी दी जाएगी।

आरोपी अक्षय के पाँव में आए घाव की मरहम-पट्टी करवाने के उपरांत उसे पूछताछ कक्ष में लाया जाता है। वह लँगड़ाता हुआ आता है। इंस्पेक्टर रंजीता को देखते ही अपनी गरदन नीचे कर लेता है।

इंस्पेक्टर रंजीता उसे घूरकर देख रही है। उसकी आँखों से शोले निकल रहे हैं। उसका यों नाराज होना भी स्वाभाविक है, क्योंकि उसके सामने एक ऐसा आरोपी है, जिसने एक के बाद एक कई अपराध किए हैं।

पूछताछ शुरू करने से पहले इंस्पेक्टर रंजीता ने अक्षय का जब्त किया हुआ लैपटॉप खोला। खोलते ही स्क्रीन पर रीना के मोबाइल का व्हाट्सएप डाटा खुल पड़ा था।

उसे देखकर इंस्पेक्टर रंजीता कहती है, "अच्छा, तो अपनेपन का ढोंग रचाकर तुम पीठ पर छुरी मारते हो!"

वह कुछ नहीं बोला। नजरें नीची किए जमीन को ताकता रहा।

"तुझे पता है न कि किसी के मोबाइल से चोरी छिपे डाटा चुराना अपराध है?"

वह आगे बोली, "तूने ऐसा क्यों किया?"

वह तपाक से बोला, "उसके भाई से बदला लेने के लिए।"

"कैसा बदला?"

वह बताने लगा, "मैं एक गरीब घर से हूँ, लेकिन मेरी भी इज्जत है। एक दिन रीना के भाई ने सबके सामने मेरी गरीबी का मजाक उड़ाया था। उसी दिन मैंने उससे बदला लेने की ठान ली थी। उससे प्रतिशोध लेने के लिए मैंने उसकी बहन को प्यार में फँसाया।"

"फिर।" इंस्पेक्टर रंजीता ने पूछा।

"कुछ दिनों में जब रीना फँस गई, तो वह मुझसे अकेले में मिलने लगी। एक दिन जब रीना अपना मोबाइल चालू हालत में छोड़कर अपने लैपटॉप पर काम करने लगी थी, तब मैंने उसे पानी के बहाने भेजकर उसका मोबाइल उठाया व उसमें स्टॉकिंग सॉफ्टवेयर इंस्टॉल कर दिया। उसके बाद से मैं उसके व्हाट्सएप के डाटा को जब चाहे ले लेता था। उसकी चैट को देखता था।"

"उसके फोटो भी चोरी करके उन्हें सोशल मेडिया पर डाल दिया।" इंस्पेक्टर रंजीता ने गुस्से में कहा।

वह चुप रहा।

इंस्पेक्टर रंजीता ने कहा, "यह सब भी तुमने उसके भाई को नीचा दिखाने के लिए ही किया होगा?"

उसने इंस्पेक्टर रंजीता की ओर देखा, फिर गरदन नीचे कर ली। इंस्पेक्टर रंजीता बोली, "अब इतना सीधा बनने की जरूरत नहीं है। ये बता, तूने बैंक से पैसा कैसे निकाला और किसके एकाउंट में पैसे डाले?"

"वो तो मैंने नहीं निकाले।"

इंस्पेक्टर रंजीता ने उसे चट से एक चाँटा मारते हुए कहा, "अभी भी झूठ बोले जा रहा। सही-सही बता। कुछ भी छुपाने की कोशिश मत करना, वरना हम तेरे शरीर की चमड़ी निकाल देंगे।"

वह डरी हुई निगाहों से इंस्पेक्टर रंजीता को देखते हुए बोला, "उसके बाप को बरबाद करने के लिए।"

उसी समय रीना घर से पुनः थाने आ जाती है। वह पूछताछ कक्ष की ओर जाती है तो उसके कानों में यह शब्द पड़ते हैं, "लेकिन रीना तो तुम्हें प्यार करती थी।" मैडम के ये शब्द सुनते ही, वह वहीं ठिठककर दरवाजे की ओट में खड़ी हो जाती है। यह बात अक्षय को नहीं पता है।

वह मैडम की बात पर प्रतिक्रिया व्यक्त करते हुए कहता है, "वो मुझे प्यार करती थी, लेकिन मैं तो किसी और से प्यार करता हूँ। मैडम, सच कहूँ तो उसी को खुश रखने के लिए मैंने यह सब किया है। वह पैसा भी मैंने उसी के खाते में ट्रांसफर किया है।"

उसकी यह बात सुनकर रीना को रोना आ जाता है। वह सोचने लगी कि अब उसे मलाल नहीं है। अच्छा हुआ जो उसने एक धोखेबाज को पकड़वा दिया।

तभी वहाँ पर एस.पी. साहब जा जाते हैं। वे रीना को दरवाजे पर बैठकर रोता हुआ देखकर कहते हैं, "हवलदार, इस लड़की को अटैंड करो।" और आगे बढ़ जाते हैं। पूछताछ कक्ष में उन्हें देखते ही इंस्पेक्टर रंजीता खड़ी होकर सैल्यूट करती है।

वे कहते हैं, "वाह रंजीता। आज तो आपने गजब कर दिया।"

"शुक्रिया सर।"

वे पूछते हैं, "वैसे क्या मामला है ?"

इंस्पेक्टर रंजीता उन्हें अभी तक की सारी बातें बताने लगती है। बताते हुए उसकी आँखों के सामने सारा घटनाक्रम एक-एक करके गुजरने लगता है।

अभी पिछले सप्ताह की ही तो बात है, जबकि रीना के पिताजी थाने में रिपोर्ट लिखवाने आते हैं कि उनके एकाउंट से किसी ने दस लाख रुपए निकाल लिये हैं।

मैंने रीना के पिता से पूछा, "क्या आप इंटरनेट बैंकिंग का इस्तेमाल करते हैं ?"

वे बोले, "हाँ जी।"

मैंने पूछा, "क्या आपने अपना कोई कोड या पासवर्ड किसी के साथ शेयर किया है ?"

वे बोले, "नहीं।"

"तो क्या आपने वह कोड अपने मोबाइल वगैरह में लिखकर रखा था।"

"नहीं।"

थोड़ा याद करके वे कहते हैं, "हाँ, मैंने एक बार अपनी इंटरनेट बैंकिंग का पासवर्ड अपनी बेटी को व्हाट्सएप पर मैसेज किया था। सोचा, मैं हार्ट का पेशेंट हूँ। इसलिए इमरजेंसी में उसके पास भी पासवर्ड होना चाहिए।"

"आपकी सिर्फ एक ही बेटी है क्या?"

"नहीं, एक बेटा भी है। परंतु आप तो जानती हैं कि बेटी पापा के ज्यादा करीब होती है।" वे थोड़ा सा गंभीर होकर बोले।

"कहाँ है आपकी बेटी?"

"जी वो घर पर है। वह मेरे दिल का टुकड़ा है। वह कभी भी कोई गलत काम नहीं कर सकती। उस पर मुझे पूरा भरोसा है।"

मैंने कहा, "हाँ, मैं समझ सकती हूँ, परंतु पुलिस को तो सबसे पूछताछ करनी ही पड़ती है।"

वे कहने लगे, "जी हाँ, सही बात है।"

मैंने कहा, "यदि वह यहाँ पर आ जाए तो उसे बुलवा लीजिए।"

अपने पापा के फोन करने पर थोड़ी ही देर में रीना थाने पहुँच जाती है। रीना को देखते ही उसके पापा कहते हैं, "मैडम, ये आ गई मेरी बेटी।"

वह एक मुसकान के साथ इंस्पेक्टर रंजीता से अभिवादन करती है। फिर बैठने का इशारा मिलने पर अपने पापा के बाजू में बैठ जाती है।

मैंने पूछा, "रीना, आपने पापा के इंटरनेट बैंकिंग का पासवर्ड कहाँ रखा था?"

"जी, अपने मोबाइल में। मेरा मतलब उनके व्हाट्सएप नंबर पर पासवर्ड अब भी सेफ है।" रीना ने बड़ी ही सहजता के साथ कहा।

मैंने कहा, "ओह। अच्छा यह बताइए, आप अपना मोबाइल लॉक रखती हैं?"

"हाँ जी।"

"क्या आपका मोबाइल कभी किसी और के हाथ में गया है?"

वह सोचने लगी। फिर बोली, "ऐसा तो कुछ याद नहीं।"

मैंने कहा, "जी ठीक है। आप लोग जा सकते हैं।"

वे दोनों बाप-बेटी धन्यवाद कहकर बाहर चले गए।

मैं बैंक मैनेजर को फोन लगाकर उनसे पूछताछ कर रही थी कि तभी मैंने देखा कि रीना पुनः मेरे चैंबर में आकर खड़ी हो गई। इस बार वह अकेली थी।

फोन पर हो रही बातों को शीघ्रातिशीघ्र समाप्त करके मैंने रीना से कहा, "हाँ रीना, कहो।"

"मैडम, मुझे आपको कुछ बताना है।"

"हाँ बताओ, क्या बात है?" मैं सोचने लगी कि यह लड़की अपना गुनाह कबूल करने आई है।

रीना ने हाथ जोड़कर कहा, "मैडम, पर यह बात मेरे पापा को पता नहीं चलनी चाहिए।"

मैंने कहा, "ठीक है, नहीं बताएँगे। डरो नहीं। जो कहना है। खुलकर कहो।"

"जी मैडम, बात यह है कि दो दिन पहले मेरी किसी ने भद्दी-भद्दी तसवीरें सोशल मीडिया पर वायरल कर दी हैं। मैं बहुत परेशान हूँ। पापा को पता चलेगा तो वो टेंशन में आ जाएँगे और वे हार्ट की बीमारी से ग्रसित हैं। इसलिए मैं नहीं चाहती कि उन्हें कोई भी तनाव हो और यदि मेरे बड़े भैया को पता चलेगा तो वे मुझे जिंदा ही गाड़ देंगे।"

"क्यों, ऐसा क्या है उन तसवीरों में?" मैंने जिज्ञासावश पूछा।

"जी।" थोड़ा झिझकते हुए वह बोली, "मेरी वे तसवीरें अक्षय के साथ हैं।"

"ये कौन है?"

"मैं उससे प्यार करती हूँ। वह एक गरीब लड़का है। मेरी कॉलोनी का ही है। मेरा भाई कहता है कि वह अच्छा इनसान नहीं है। परंतु वह मुझे अच्छा लगता है। इसलिए मैं उससे चुपके-चुपके मिलती हूँ।"

"हुँउउ। आपको किसी पर शक है क्या?"

"हाँ, मेरे कॉलेज में मेरी ही कक्षा में एक लड़का है राहुल। वह मेरे पीछे पड़ा रहता है।"

मैंने राहुल को कॉलेज से उठा लिया। उससे बहुत ही कड़ाई के साथ पूछताछ की, परंतु वह एक ही बात कहता रहा कि जिसे मैं चाहता हूँ, उसे

कष्ट क्यों दूँगा। अंततः मैंने राहुल को छोड़ दिया, परंतु उस पर निगरानी रखने के लिए एक मुखबिर लगा दिया।

यह दस लाख की चोरी का मामला था, इसलिए मैं इस प्रकरण को सुलझाने की चौतरफा कोशिश कर रही थी। लगभग रोज बैंक के चक्कर लगाकर कुछ-न-कुछ साक्ष्य एकत्र करने का प्रयास करती।

आज भी मैं बैंक कर्मचारियों का बयान लेने के बाद बैंक मैनेजर से बात कर रही थी कि तभी फोन आया कि साइबर अपराध शाखा ने मुलजिम का पता लगा लिया है। मुलजिम का पता लेकर मैं तुरंत उसके घर पहुँची, परंतु उसके घर पर ताला लगा देखकर मैं निराश हो गई।

आस-पासवालों से पूछताछ की तो पता चला कि अक्षय व उसका परिवार पिछले सप्ताह यह घर खाली करके चले गए। वे किराएदार थे। पता नहीं अब कहाँ गए हैं।

मैं सोचने लगी कि मुलजिम बहुत होशियार है। दस लाख रुपए हाथ में आते ही उन्होंने अपना स्थान बदल लिया।

तभी मेरे पास रीना का भी फोन आ गया। वह रोते हुए बोली, "मैडम, मेरी तसवीरें सोशल मीडिया पर डालनेवाला अक्षय ही है।"

"कौन? वो जिसे तुम चाहती हो?" मैंने उससे पूछा।

"जी।"

मैंने उससे पूछा, "पर तुम्हें कैसे पता चला कि उसने ही ऐसा किया है?"

रीना बोली, "मैडम, मैं आज दोपहर अक्षय से मिलने उसके एक दोस्त के घर गई थी। कमरे में हम दोनों ही थे। हम लोग बहुत देर तक साथ रहे। जब वह बाथरूम गया तो मैंने नोटिस किया कि मेरे मोबाइल में जब-जब मैसेज की टिन-टिन आवाज आती तो ठीक उसी समय उसके लैपटॉप में से भी आ रही थी। मैंने उसके लैपटॉप को खोलकर देखा तो उसमें मेरे मोबाइल का व्हाट्सएप डाटा खुला पड़ा था। मैं यह देखकर दंग रह गई। उसी समय उसके दरवाजा खोलने की आवाज आई तो मैंने झट से उसका लैपटॉप बंद

कर दिया। दिल किया कि उससे पूछूँ कि उसने ऐसा क्यों किया? फिर न जाने क्या सोचकर मैं घर जाने का बहाना करके वहाँ से निकलकर सीधे आपके पास थाने आ गई। आप थाने में नहीं थी, इसलिए फोन किया।"

मैंने कहा, "रीना, तुम्हें पता है, तुम्हारे व्हाट्सएप से तुम्हारे पापा के इंटरनेट बैंकिंग का पासवर्ड चुराकर उनके खाते से 10 लाख रुपए चुरानेवाला भी मिल गया है।"

वह चहककर पूछने लगी, "सच! मैडम, कौन है वह?"

मैंने कहा, "अक्षय।"

वह चुप। एकदम सन्नाटा सा छा गया।

मैंने उससे पूछा, "रीना, उसे पकड़वाने में तुम मेरी मदद करोगी?"

वह हौले से बोली, "जी।"

"तो फिर बताओ, अक्षय इस समय कहाँ मिलेगा?"

रीना ने डरते-डरते उसका पता बता दिया। मैं बताए गए पते पर अपने दल के साथ पहुँची। वह अपने दोस्त के घर पर अकेला था। मुझे देखकर वह डर गया और तेजी से भाग निकला।···परंतु कड़ी मेहनत के बाद अंतत: वह पकड़ा गया।

□

# रेलगाड़ी में डकैती

# रेलगाड़ी में डकैती

छुक-छुक करती रेलगाड़ी पटरियों पर लहराती-इतराती चली जा रही है। उसकी बोगियाँ भी उसी की धुन में हिलती-डुलती बढ़े जा रही हैं। डिब्बा क्रमांक ए-वन में कई केबिन हैं। इनमें से कूपे क्रमांक 15 वी सीट पर पड़े एक व्यक्ति के लहूलुहान शरीर में से आँतें निकलकर बाहर आ गई हैं। उसकी आँखों को किसी धारदार चीज से फोड़ दिया गया है। उसका दाहियाँ हाथ कटकर सीट के नीचे पड़ा है।

सीट के नीचे उसकी पत्नी का गरदन विहीन शरीर पड़ा हुआ है। उसके कपड़ों की अस्त-व्यस्तता को देखकर यह अंदाजा लगाया जा सकता है कि उसके साथ बलात्कार हुआ है। उसके शरीर पर कोई जेवर नहीं है। न ही उसके आस-पास उनका अपना कोई सामान दिखाई दे रहा है।

रेलगाड़ी तेज गति से चली जा रही है। चलती रेलगाड़ी के एक बड़े झटके के कारण मृतक का शरीर ढुलकर उसकी नव विवाहिता पत्नी के मृत शरीर के नजदीक जा गिरता है। अब दोनों के शव साथ-साथ पड़े हैं। दोनों के शरीर में धारदार हथियार से किए गए इतने घाव हैं कि उन घावों से बहते हुए रक्त को देखकर ऐसे लग रहा है, मानो किसी छिद्र वाले मटके से लाल पानी रिस रहा हो। दोनों के शरीर से निकलता खून एक साथ, एक धारा में बहकर सीट के नीचे जमा हो रहा है।

ए-वन कोच के केबिन क्रमांक 15 में दो सीटें हैं। दोनों पर खून बिखरा है। डोर क्लोजर के कारण दरवाजा बंद है।

रेलगाड़ी अपने गंतव्य स्थान सुलासपुर पहुँच गई। सुबह का वक्त है। सभी यात्री उतर गए। रेलगाड़ी के सफाईकर्मी डिब्बों की सफाई करने के लिए रेलगाड़ी में चढ़े और एक-एक डिब्बे की सफाई में जुट गए। जैसे ही सफाईकर्मी ने कोच ए-वन के केबिन क्रमांक 15 का दरवाजा खोला, वहाँ का दृश्य देखकर वह बौखला गया। भयभीत होकर वह भागता हुआ बोगी से बाहर आकर अपने एक साथी के सामने हाँफते हुए कहता है, "खून··· खून···।"

"कहाँ?" उसका साथी पूछता है।

"अंदर···बोगी में···।"

वे पुलिस को सूचना देते हैं।

जी.आर.पी. थाना की थाना प्रभारी पुलिस इंस्पेक्टर रंजीता रात्रिकालीन ड्यूटी से अभी-अभी घर पहुँची ही थी कि उसे इस घटना की सूचना मिलती है। वह तुरंत घटना-स्थल की ओर चल देती है।

रेलगाड़ी के अंदर का दृश्य देखकर उसके भी रोंगटे खड़े हो जाते हैं। बड़ी ही बेरहमी से किसी ने उन दोनों को मारा है।

वह घटनास्थल का विभिन्न कोणों से निरीक्षण कर उसका मौका नक्शा बनाती है। फोरेंसिक साइंस की टीम को बुलाकर घटना के साक्ष्य एकत्र करती है। खून के नमूने, बालों के नमूने लिये जाते हैं। पुलिस फोटोग्राफर दोनों शवों व घटना स्थल की विभिन्न फोटो लेता है। इंस्पेक्टर रंजीता फोटोग्राफर से कहती है, "दोनों के शवों के चेहरे का नजदीक से फोटो लीजिए।"

इंस्पेक्टर रंजीता के समक्ष यह एक बहुत ही चुनौतीपूर्ण प्रकरण है। इस दोहरे हत्याकांड को सुलझाने की शुरुआत वह अपने वरिष्ठ पुलिस अधिकारी को सूचना देकर करती है।

इंस्पेक्टर रंजीता की खबर पर पुलिस नियंत्रण कक्ष में भी खलबली मच जाती है। बड़े अधिकारी मौके पर पहुँचने लगते हैं। पत्रकार बंधु व सामान्य जनता भी बोगी के इर्द-गिर्द एकत्र होने लगते हैं।

इंस्पेक्टर रंजीता सर्वप्रथम मृतकों का पता करवाती है। रेलवे में प्राप्त

रिकॉर्ड के अनुसार उनका नाम श्रेया भार्गव व अंकुर भार्गव हैं। दोनों के पते एक से हैं। इंस्पेक्टर रंजीता उनके पते पर पहुँचती है।

वहाँ जाकर उसे मालूम होता है कि वे दोनों नव विवाहित पति-पत्नी हैं। हनीमून मनाने के लिए पिछले सप्ताह शिमला-मनाली गए थे।

मृतकों की पहचान करने के उपरांत उनका पोस्टमार्डम करवाकर उनका शव उनके परिवारवालों को सौंप दिया जाता है।

अब इंस्पेक्टर रंजीता के समक्ष सबसे बड़ी चुनौती अपराधी को खोज निकालना है। वह रेलवे के उन समस्त कर्मचारियों से पूछताछ करती है, जो उस रात ड्यूटी पर थे। वह पुलिस का एक दल शिमला की ओर भेजती है। दूसरा दल गठित कर उसे उसी रेल में रहकर निगरानी का कार्य देती है।

वह दूसरे दिन मृतकों के परिवार वालों के कथन लेने के लिए उनके घर जाती है। सर्वप्रथम वह लड़के अंकुर भार्गव के पिताजी से पूछताछ करती है तो वे बताते हैं उनका बेटा अपनी बहू के साथ हनीमून के लिए गया था। बहू ने सारे गहने पहन रखे थे। उनके पास काफी नगदी भी था।

"आपने उन्हें गहने पहनकर जाने के लिए मना नहीं किया था?" इंस्पेक्टर रंजीता ने पूछा।

"किया तो था, परंतु उसकी माँ कहने लगी कि नई-नई बहू है, उसे गहने पहनकर जाने दो। मैंने उसकी हाँ में हाँ कर दी थी।"

पास में बैठी लड़के की माँ सिसकते हुए बोली, "मेरी मति मारी गई थी, जो मैंने उसे गहनों के साथ जाने दिया।"

सामने खड़ी उसकी बड़ी लड़की कहने लगी, "हमें लगा ज्यादातर डायमंड के गहने हैं। उन्हें कोई आसानी से नहीं पहचान पाता है, इसलिए कोई रिस्क नहीं है।"

"कितने के गहने रहे होंगे?"

"जी, हमने हिसाब तो नहीं लगाया, परंतु दोनों के मिलाकर करीब 7-8 लाख के गहने तो रहे होंगे।"

"अच्छा, यह बात किस-किस को पता थी?"

"सभी को पता थी।"

"आप लोगों की किसी से कोई रंजिश है क्या?"

"नहीं, ऐसा तो नहीं है।"

"आपको किसी पर शक है?"

वे तीनों एक-दूसरे की ओर देखने लगे। तो इंस्पेक्टर रंजीता ने उनसे कहा, "आप लोग जब खुलकर सारी बात बताएँगे, तभी हम अपराधी तक पहुँच पाएँगे।"

लड़के के पिताजी ने थोड़ा झिझकते हुए कहा, "जी। बात यह है कि शादी के दो दिन पहले ही मुझे पता चला कि मेरे बेटे अंकुर के किसी लड़की से संबंध थे।"

"हूउउउ। फिर?"

"वह लड़की गर्भवती भी हो गई थी, लेकिन मेरे बेटे ने उस लड़की को छोड़कर मेरे पसंद की लड़की से शादी कर ली।"

"आपको यह सब कैसे पता चला?"

"उस लड़की के दो भाई शादी के दो दिन पहले मेरे घर आए थे।"

"फिर?"

"उन लोगों ने हम लोगों को खूब खरी-खोटी सुनाई और देख लेने की धौंस दी।"

"धौंस?" इंस्पेक्टर रंजीता बुदबुदाई।

लड़के की माँ रोते हुए बोली, "हाँ मैडम, उन्हीं ने मेरे बेटे-बहू को मौका देखकर मारा डाला है।"

एक क्षण के लिए इंस्पेक्टर रंजीता को भी यह बात सही लगी, परंतु अगले ही क्षण वह सतर्क होकर सोचने लगी कि बिना प्रमाण के कोई बात स्वीकार करना पुलिस आचार संहिता के विरुद्ध है।

खैर, इंस्पेक्टर रंजीता अंकुर की प्रेमिका का पता लेकर उसके घर जाती है। वह भी वहीं सुलासपुर की ऑफिसर कॉलोनी में ही रहती है। वह लड़की घर पर ही मिल जाती है। पूछताछ करते हुए इंस्पेक्टर रंजीता उससे पूछती है

"क्या तुमसे अंकुर ने शादी का वायदा किया था?"

वह अपनी गरदन झुकाकर कहती है, "हाँ।"

"अच्छा, इसलिए जब उसने शादी नहीं की तो उसे मरवा दिया।"

"नहीं, नहीं, मैंने ऐसा कुछ नहीं किया।" वह घबराकर बोली।

"तो आपके भाइयों ने किया होगा?"

"नहीं, वे भी ऐसा नहीं कर सकते।" वह लड़की रोते हुए बोली।

"क्यों नहीं कर सकते। कोई उनकी बहन को धोखा देगा तो गुस्सा तो आएगा न।" इंस्पेक्टर रंजीता ने घुमाते हुए कहा।

"हाँ, आप सही कह रही हैं, उन्हें गुस्सा आया था, परंतु वे अंकुर को मार नहीं सकते।"

"आप यह कैसे कह सकती हैं?

"क्योंकि वे दोनों पिछले चार दिनों से अस्पताल में भर्ती हैं।" बताते-बताते वह फूट-फूटकर रो पड़ती है।

उसके इस कथन का इंस्पेक्टर रंजीता जाँच करवाती है तो यह बात सही निकलती है। दोनों भाई एक सड़क दुर्घटना में घायल हो गए थे, इसलिए पिछले चार दिनों से अस्पताल में भर्ती हैं। दोनों अभी भी खतरे की स्थिति से बाहर नहीं आए हैं।

अब इंस्पेक्टर रंजीता को अपनी जाँच का केंद्रबिंदु बदलना पड़ा। वह सोचने लगी। अब क्या किया जाए?

जहाँ-जहाँ रेलगाड़ी रुकी थी, उन सारे रेलवे स्टेशन के कैमरे की रिकॉर्डिंग निकलवाई गई। खास करके बोगी नं. ए-वन की, परंतु कोई खास जानकारी नहीं मिली।

धीरे-धीरे इस घटना की खबर आग की तरह पूरे शहर व प्रदेश में फैल गई। जैसे-जैसे वक्त बीतने लगा, सोशल मीडिया के जरिए पुलिस की निक्रियता के चर्चे होने लगे। अखबारों में भी इंस्पेक्टर रंजीता की निंदा छपने लगी।

इंस्पेक्टर रंजीता अपने थाने में यों ही तनाव में बैठी थी, तभी उस दल

के इनचार्ज ए.एस.आई. का फोन आता है, जो शिमला गया था। वह बताता है कि उस रात रास्ते में अर्जुनगढ़ नामक स्थान पर उस रेलगाड़ी की चैन खींचकर रोका गया था।

इंस्पेक्टर रंजीता के कान खड़े हो जाते हैं। वह अपने वरिष्ठ अधिकारियों से अनुमति लेकर अर्जुनगढ़ की ओर पुलिस बल सहित रवाना होती है। वहाँ पहुँचकर वह सिविल कपड़ों में गोपनीय तरीके से उस स्थान का निरीक्षण करती है तो उसे रेल की पटरी के बीच में एक जूता पड़ा हुआ मिलता है। वह उसे जब्त कर लेती है। फिर वह वहीं पास के होटल में कमरा लेकर रहने लगती है। पुलिस दल के अन्य सदस्य भी उसी होटल में रहते हैं।

तीसरे दिन उसी इलाके में डाका पड़ जाता है। स्थानीय पुलिस को डकैतों का पता भी चल जाता है। उन डकैतों में से एक स्थानीय पुलिस की गिरफ्त में आ जाता है तो इंस्पेक्टर रंजीता उस इलाके के थाने में जाकर अपना परिचय देकर अपने दोहरे हत्याकांड के विषय में बताकर थाने के हवालात में बंद एक डकैत रूपसिंह से पूछताछ करती है। सहसा ही रंजीता मैडम उस डकैत को वह जूता दिखाकर उससे पूछती है, "यह तुम्हारा है न?"

जूता देखकर अनायास ही उसके मुँह से निकल जाता है, "नहीं, यह तो रामशंकर का है।"

"कौन रामशंकर?" इंस्पेक्टर रंजीता तपाक से पूछती है।

रूपसिंह सहम जाता है। कोई जवाब नहीं देता।

तब उसका मुँह खुलवाने के लिए इंस्पेक्टर रंजीता को उसके साथ सख्ती से पेश आना पड़ता है। स्थानीय थाना प्रभारी की सहमति से वह उसकी जमकर बेल्ट से पिटाई करती है। अंततः वह मुँह खोल ही देता है।

अपने दोनों हाथ जोड़कर वह इंस्पेक्टर रंजीता से कहता है, "मैडम, मुझे मत मारो, मैं सबकुछ बताता हूँ।"

"हूउउउउ। बता।"

"यह जूता रामशंकर का है।

"वह तो हमें पता चल गया, लेकिन यह रामशंकर कौन है?"

"हमारा साथी है।"

"अच्छा, इसी साथी के साथ मिलकर रेलगाड़ी में डकैती कर उन दोनों निर्दोष पति-पत्नी को मार डाला था।"

"नहीं, मैंने नहीं मारा।"

उसकी इस बात पर इंस्पेक्टर रंजीता उसे जोर का चाँटा मारते हुए कहा "तो फिर तुझे यह कैसे पता कि यह रामशंकर का ही जूता है।"

वह सकपका जाता है।

इंस्पेक्टर रंजीता कहती है, "अब बस करो। सही-सही सारी बात बता दो, वरना···।"

वह बीच में बोल पड़ा, "यदि मैंने आपको सब बता दिया तो वो लोग मुझे मार डालेंगे।"

"कौन?"

"मेरे साथी लोग।"

"और यदि नहीं बताओगे तो हम तुम्हें एनकाउंटर में मार देंगे। इसलिए तुम्हारी भलाई इसी में है कि सारी बातें सही-सही बता दो। हम तुमको संरक्षण में रखेंगे और सजा भी कम करवा देंगे।"

इंस्पेक्टर रंजीता के दबाव के कारण अंततः रूपसिंह धीरे-धीरे राज खोलने लगता है कि "उसका एक साथी भँवरसिंह अपने साले के साथ दिल्ली गया था। वह जब स्टेशन पर था, तभी उसने एक नए-नए शादीशुदा जोड़े को देखा। उनके पास कुछ महँगे गहने भी उसे दिखे तो उसने उनका पीछा किया। उसकी बोगी पर नजर रखी। फिर उसने हम दो लोगों को, अर्जुनगढ़ से तीन स्टेशन पहले उदयपुरा पर बुलवाया।"

"फिर?"

"जैसे ही रेलगाड़ी उदयपुरा स्टेशन पर रुकी। रामशंकर की योजना के हिसाब से हममें से एक टी.टी., एक हेल्पर बॉय, एक सफाई कर्मी व एक कुली के रूप में बोगी क्रमांक ए-वन पर चढ़ गए। आधी रात का वक्त था। बोगी में सभी सो रहे थे। हम लोग बाथरूम के पास जाकर बैठ गए। जैसे

ही रेलगाड़ी चली। रामशंकर टी.टी. के भेष में केबिन नं. 15 में गया। उनके पीछे-पीछे भँवरसिंह भी बोगी बॉय बनकर गया और दोनों ने केबिन का अंदर से दरवाजा लगाकर उन दोनों पति-पत्नी का मुँह दबोच दिया।

मैं केबिन के बाहर खड़ा निगरानी कर रहा था और भोला उस स्थान पर खड़ा था, जहाँ पर रेलगाड़ी को रोकने की चेन थी।

करीब 15 मिनट में वे दोनों केबिन से बाहर आ गए। उन्हें देखते ही भोला ने चेन खींच दी। रेलगाड़ी के रुकते ही हम चारों नीचे उतरकर अँधेरे में गायब हो गए। भागते समय रामशंकर का एक जूता वही पटरी पर छूट गया था।

इंस्पेक्टर रंजीता ने पूछा, "उस लेडी के साथ रेप भी तो किया था।"

"रेप किसी ने नहीं किया। रेप का केस बनाने के लिए उसके कपड़ों को अस्त-व्यस्त कर दिया था।"

"उन दोनों को मारा किसने था?"

"उन्हीं दोनों ने मारा था।"

"किसने, रामशंकर व भँवरसिह ने?" इंस्पेक्टर रंजीता ने पूछा।

"हाँ।"

"और वे गहने?" इंस्पेक्टर रंजीता ने पूछा।

"वो हम सबने बराबरी से बाँट लिये थे।"

"अब वे गहने कहाँ हैं?"

"हम सबने उन्हें भूसा के नीचे दबाकर रख दिए हैं।"

"चलो बताओ, कहाँ पर?"

इंस्पेक्टर रंजीता स्थानीय पुलिस की मदद से रूपसिंह को लेकर उस स्थान पर जाती है, जहाँ पर गहने छुपाए गए थे, परंतु बहुत ढूँढ़ने के बावजूद उसे भूसा के ढेर में वे जेवर नहीं मिलते। तो इंस्पेक्टर रंजीता रूपसिंह की खिंचाई करती है, परंतु जब वह गिड़गिड़ाते हुए कहता है कि "मैडम, मेरा भरोसा करो। मुझे नहीं मालूम, यहाँ से वे जेवर कहाँ गए। हो सकता है रामशंकर दादा अपने साथ ले गए हों।"

"चलो, रामशंकर के गाँव।" इंस्पेक्टर रंजीता कहती है।

पुलिस दल के साथ इंस्पेक्टर रंजीता रामशंकर के गाँव पहुँचती है। उस वक्त रात के एक बज रहे थे। रामशंकर घर में ही सोते हुए मिल जाता है।

इंस्पेक्टर रंजीता उसे गिरफ्तार करने का आदेश देती है। फिर उसके घर की गहन तलाशी लेती है, परंतु वे गहने नहीं मिलते।

इंस्पेक्टर रंजीता अपने सिपाही से बंदूक लेकर उसे रामसिंह की ओर तानकर कहती है, "बता, गहने कहाँ हैं, वरना यहीं तेरा एनकाउंटर कर दूँगी।"

वह भयभीत होकर कहता है, "खेत में।"

उसके बताए स्थान पर खुदाई की जाती है। गहने मिल जाते हैं।

इंस्पेक्टर रंजीता दोनों आरोपियों की मदद से बाकी के दो आरोपियों को भी गिरफ्तार चालान पेश कर देती है। फिर सुकून की एक लंबी साँस लेकर वह आसमाँ की ओर ऐसे देखती है, मानो कह रही हो, केस सुलझाने के लिए शुक्रिया भगवान्!